#축제_0419

달빛 장편소설

#축제_0419

달빛 장편소설

해피북스
투유

차례

들어가기에 앞서.

이 소설은 실화에 바탕을 두고 창작하였음을 밝힙니다. 또한 '1960년 4월 마산'이라는 분위기를 위해 대화는 최대한 사투리를 복원하였고, 지문 역시 시대와 지역색이 강하나 사전적으로 통용 가능한 비표준어를 다수 사용했습니다.

첫 숨

남자는 유리 너머를 보았다.

치달리다 떨어지기를 반복하는 선 하나만 반짝였다. 선은 모니터 속에서 뜀박질을 계속했다.

무한한, 아니 무한할 것 같은 기계적 속임수.

모니터를 따라, 손끝으로 이어진 전극은 분명 그보다 느리게 오르내리는 낡은 생명에 다다랐다. 침대 위 낡은 생명은 홑이불을 덮고 환자복을 입었다. 그에게 연결된 선은, 뜀박질이 끊어졌고, 찰나 생멸의 순간을 지나 지금은 되붙었다.

생각이 흔들리자 시선이 흐려졌다. 그 탓에 남자의 얼굴이 유리에 반사되었다. 너머의 얼굴과 반사된 얼굴은, 척 보기에도 비슷했다. 그저 세월을 달리 입었을 뿐. 사이를 유리가 갈

라놓았다. 사람도, 세월도.

그때 남자를 감싼 공기가 단번에 빠져나갔다. 하얀 가운이 공기를 대신하며 들어왔다. 하얀 가운은 초췌했다. 짙은 갈색 뿔테와 가뭇한 수염이 초췌한 얼굴에 더부살이하듯 이질적이었다.

"어, 아직 계셨네요."

하얀 가운이 남자를 내려다보았다. 남자는 그제야 첫 숨을 내쉬었다.

1

아버지를 망치로 때릴 것처럼.

지유는 프레스 손잡이를 지르눌렀다.

반장은 달관이라도 한 사람처럼 내려가기가 어려운 게 인생과 연탄 틀이라고 말했다. 아버지처럼 구는 반장이 고까웠지만 아버지처럼 굴어주어서 고마울 때가 더 많았다. 적당히 힘을 빼고 살아라. 반장은 일장 연설 끝에 마침표처럼 이 말을 덧붙였다.

적당히 힘을 뺐다 싶은 찰나, 입술을 감쳐물며 힘을 짜냈다. 검은 칠이 닳아 반들반들해진 손잡이가 바투 내려갔다. 22공탄의 틀이 올라가자 말끔한 연탄이 나타났다. 가루였던 흑탄이 모여 다르지만 같은 원통형의 물체로 바뀌었다. 연탄은 빛이 났다. 가루에서는 서리지 않던 검고 그윽한 빛은 깊었다. 장인이 무두질에 박음질을 더해 물과 불로 광택을 낸 구두 표면과 다름없었다. 가죽 표면을 살피듯 얽은 자국이 있는지 단번에 확인했다. 정상 연탄! 군기 빠진 군인의 경례 소리처럼 '연탄'은 지유의 입술 근처에서 산화했다.

지유는 연탄을 빼내 우측에 있는 정호에게 던졌다. 포물선을 그린 연탄이 고무장갑을 낀 정호의 손에서 반동을 줄이고 가슴께에 안겼다. 돌차간 수봉은 프레스 기계에 삽으로 석탄을 채웠다. 수봉이 석탄을 한 삽 더 떴다. 군더더기 없는 동작으로 석탄을 채워 넣은 수봉이 삽 왼쪽 모서리로 거푸집을 긁었다. 왼쪽만 닳아버린 삽 모서리가 반원을 그리자 석탄가루가 바닥으로 나부라졌다. 수봉은 가루를 퍼붓고, 지유는 이들을 하나로 뭉쳤다. 하나는 다시 여럿이 되어 정호의 곁에 쌓이고 쌓였다. 강원도 어딘가에서 수송돼 온 가루는 그렇게 연탄이 되었다.

돌아보면 흑탄 가루나 지유는 매한가지였다. 흑탄은 모여 연탄이 되고 지유는 기억을 쌓으며 사람이 되어간다. 기억을 쌓아도 원망은 쉬이 사라지지 않았다. 청도에서 마산까지 오게끔 만든, 또 마산까지 왔음에도 돌아보지 않는, 아버지의 이중성은 모르긴 몰라도 친일파와 다르지 않으리라. 더불어 지유는 강원도에서 왔다는 석탄가루보다 못한 남루하기 그지없는 삶을 살고 있었다. 지유는 마지막 주문을 속으로 말했다. 연탄은 행복한 가정에 배달이 된다.

아버지를 망치로 때릴 것처럼. 주문을 외우며 손잡이를 내렸다. 묵직하게 내려가야 할 손잡이 끝이 사정을 끝낸 성기처럼 힘없이 고개를 숙였다.

"씨바, 또 핀이 나가뺐다. 잠깐 쉈다 하자 마."

지유는 수봉과 정호가 들을 수 있도록 '정상 연탄'과 반대로 우렁찬 기합을 넣었다. 수봉이 검지와 중지를 들어 입에 가져다 댔다. 고개를 돌려 정호를 보자 정호는 도리질을 했다. 어깨를 으쓱한 지유가 수봉과 연탄 공장 바깥으로 나왔다. 마스크를 내리는 수봉의 얼굴이 흑과 백으로 또렷이 나뉘어졌다. 언제 석탄가루를 먹었는지 수봉의 앞니 네 개가 모조리 까맸다. 큭큭 웃으며 지유도 마스크를 내렸다.

"깜상 새끼."

"니는 어떻고."

구겨진 아리랑 갑에서 지유가 담배 두 개비를 꺼냈다. 조건반사처럼 손가락을 세우는 수봉에게 하나를 건넸다. 동시에 반장의 욕설이 고막을 울렸다.

"개새끼들아, 공장에 불똥 튀면 다 타 죽는다. 모리나? 저어짝에 나가서 피우라꼬."

성냥을 그으려다 얼른 모서리를 꺾었다. 콜타르를 칠한 함석 베니어 담벼락에 서자 마산항 1부두가 눈앞에 펼쳐졌다. 바다는 남송색과 쪽빛이 어우러지며 일렁였다.

"씨바, 바다 쭉이네."

"안 카드나, 도다리 잡으러 가포 가자꼬."

"별로다."

지유는 목을 싸맸던 수건을 꺼내 땀을 닦았다. 땀에 엉긴 석탄가루가 수건을 검게 물들였다.

"입 벌려봐라 새끼야."

수봉이 입을 헤벌렸다. 지유는 요령껏 수건의 하얀 부분으로 수봉의 이를 문질렀다.

수봉과 지유는 열일곱 살 단짝이었다. 5년 전, 넝마주이를 할 때부터 둘은 죽이 맞았다. 가르쳐준 것도 아닌데 가난은 가난을 알아보았다. 누가 먼저였는지는 모른다. 다만 지유는 수봉을 알아보았다. 지유도 그렇지만 수봉도 모난 구석 없이 두루두루 사람들과 어울리려 들었다. 소위 '빤스' 한 장 없이 전쟁 통에서 살아남은 고아답게 밥만 굶지 않아도 수봉은 행복해했다. 지유와 수봉은 오래전부터 그래왔던 가족인 양 바닷가 앞 댓거리 판자촌에 8천 환짜리 방을 얻었다.

1960년이 되었다. 전쟁이 한국을 뒤흔든 지 7년, 초토화된 땅에서 아이들은 무시로 굶어 죽고 태어났다. 거지조차 배부르게 잔다는 서울에서도 청계천 주변에는 고아들의 시체가 나뒹군다는 말을 지유는 노 씨에게 들었다. 어려서는 생선 대가리를 훔쳐 미군이 버린 반합에 끓였고, 조금 커서는 쓰레기를 줍고 살았다. 열일곱 살이 된 지금은 어엿하게 월급을 받는 '어른'이 되었다. 전쟁으로 수백만 명의 어른이 사라진 이 땅에는, 어른을 흉내 내는 아이들과 상실감에 젖은 허수아비만 남았는지도 모른다. 그래도 전국 6대 도시에 속한다는 마산은 지유 같은, 또 수봉과 정호 같은 가난뱅이에게는 더없는 천국이었다. 열일곱 살짜리가 돈을 벌 수 있는 몇 안 되는 도시였다. 다만 천국은 혹독한 대가를 요구했다. 눈을 뜬 뒤부터 자기 전까지 일, 일, 일. 일하는 청춘이 아름답다? 틀린 말은 아니겠지. 세상과 격리당한 것처럼 일만 하는 삶도 얼마간 지나면 끝이 나지 않을까. 어른 흉내를 내려 피운 담배를 어른이 되면 끊을 거라 여기듯 지유가 어른이 된다면.

시야를 휘저으며 사라지는 담배 연기 너머로 도다리가 수면에서 오르내리기를 반복했다. 물이 뒤집어진 것이다. 연기와는 다른 파문이 물결의 표면에 원을 그리다 잠잠해졌다. 바다와 지유, 그 사이로 탁한 목소리가 끼어들었다.

"어이, 난쟁이 똥자루 둘이서 뭐 하노?"

덜덜거리는 트럭 소리가 점차 가까워졌다. 군용 로우 덴 꽁무니에서 시커먼 배기가스가 석탄가루처럼 휘날렸다. 운전석 창 바깥으로 불쑥 머리 하나가 튀어나왔다. 2개월 전부터 연탄 차를 몰기 시작한 용수가 삐뚜름하게 모자챙을 고쳐 썼다. 지유는 못내 아니꼬운 감정이 솟아올라 주먹을 쥐고는 검지와 중지 사이에 엄지를 밀어 넣었다.

"씨발 난쟁이 새끼가!"

"꼴리모 한판 뜨든가."

지유가 차 앞으로 다가갔다. 지유를 박을 듯 다가오던 로우덴 트럭은 무릎이 닿을락 말락 한 거리에서 멈추었다.

"하여튼 또라이 니는 알아주야 된다 칸께네."

용수가 졌다는 듯 고개를 절레절레 흔들었다. 그대로 차를 세운 용수는 시동을 끄고 차에서 뛰어내렸다. 킬킬거리는 용수에게 지유가 아리랑을 갑째로 던졌다. 어디서 배운 건지 용수가 엄지를 세우더니 한쪽 눈만 찡그렸다.

"하여튼 바람둥이 저 새끼 저거. 눈은 뭐 한다꼬 한쪽만 감노?"

수봉이 웃으며 용수를 타박했다.

"홍콩다방 김 양이 시민극장에서 〈아가씨와 건달들〉 봤다 카데, 마론 부란드랑 후랑크 시나트라* 나오는 영화. 거서 건달들이 눈을 이카는 기······."

용수가 한 번 더 오른쪽 눈만 슴벅였다. 홍콩다방 김 양은 허풍이 심했다. 진짜인지 가짜인지도 모르는 이야기일 텐데 용수는 진짜라고 믿는 모양이다. 눈을 찡그리느라 멈추었던 말을 용수가 마저 꺼냈다.

"그리 멋있었다 카더라꼬."

"귀신은 제비 저거 와 안 잡아가는고 몰라."

---

* 1960년 신문 표기를 따름.

지유가 용수에게 쐐기를 박았다.

지유와 수봉, 정호는 같은 나이인데 용수는 한 살이 많다. 고향이 마산인 수봉과 정호, 용수는 어려서부터 친구였다. 고아나 다름없었던 셋은 댓거리 번개시장을 누비는 악동들이었다. 지유는 이들에 비해 뒤늦게 마산으로 왔다. 어머니를 찾기 위해서였다.

지유의 고향은 경상북도 청도군 각남면 함박리였다. 가을이면 동네의 모든 산은 주홍색으로 불타올랐다. 주먹보다 큰 감이 나무를 채웠고 나무는 산을 태웠다. 장씨 집성촌 사람들이 하나로 뭉쳐 수확에 나섰다. 마을 사람들은 집성촌이 관리하는 열두 개의 산을 하루에 하나씩 '정복'했다. 감은 물레에서 벗겨지고 처마에서 늙고 병든 끝에 추위가 엄습하면 뼈만 남아 앙상해졌다. 따뜻한 바람이 돌기 시작하면 축에 꿰어진 감은 새로이 태어났다. 첫 곶감이 출하될 때 마을에는 축제가 열렸다. 동경 제국 대학에 유학까지 다녀왔다는, 촌장인 아버지는 멀고 가까운 친척들 앞에서 근엄한 어른으로 행동했다.

"올해도 감이 잘 익었습니다. 마을분들이 마저작침 하는 마음으로 최선을 다해준 덕에 어느 마을보다 유복하게 지낼 수 있을 겁니다. 오늘 하루만큼은 마음껏 먹고 마시기 바랍니다."

아버지가 말을 하면, 청도뿐 아니라 멀리 대구에서도 힘깨나 쓴다는 사람들이 아버지의 옆에서 고개를 주억거렸다. 말이 끝나기 무섭게 아버지 주변으로 막걸리 잔을 든 사람들이 모여들었다. 지유가 낄 자리는 없었다. 지그시 손을 끌어 술지게미라도 건네주는 이는 이제 마당도 쓸지 못하는 하인 할멈이었다.

아버지가 추악하기 그지없다는 사실을 알게 된 것은 열 살이 되면서였다. 이태 전 전쟁이 났고 나라는 쑥대밭으로 변했다. 마을을 챙기고 사람들을 챙기는 아버지가 존경스러웠다. 그러는 사이 두 살 어린 동생이 먼저 학교에 입학했다. 지유의 방이 머슴방으로 옮겨 가게 된 것도 이때였다. 동생에게 뒤지기 싫어 한글을 떼고 한문을 익혔다. 다만 차별의 이유를 알 수 없었다. 증조할아버지 대부터 음식을 도맡았다는 할멈에게 조르고 졸라 이유를 물었다. "되련님은 일본인 첩 태생이어라." 어슷했던 밑그림에 색채가 더해진 순간이었다. "미츠코가 마산 선창에서 국수 장사를 한다 캤지라." 할멈은 빠져버린 앞니 사이로 키읔을 힘들게 날름거렸다.

지유는 오만 정이 떨어졌다. 아버지도, 가족도 그리고 집마저도.

열일곱 살이었던 어머니는 사랑을 믿었다. 사랑 하나만을 믿고 조선까지 건너왔다. 조선에서 어머니를 맞은 건 아버지의 '다른 부인'이었다. 아버지는 민며느리도, 또 지유의 친어머니도 내치지 않고 함께 살았다. 지유를 낳고 열 달이 지나 광복이 되었다. 광복이 되고 일주일이 지났을 때 지유의 어머니는 쫓겨났다. 퇴각하는 일본인을 위한 연락선이 남아 있을 때 얼른 일본으로 가라는 아버지의 '배려'였다고. 지유는 이 대목에서 아버지에게 덤벼들었다. 어머니는 속았고, 버려졌다. 열 살 지유가 아버지를 이길 힘은 없었다. 뺨을 맞고 배를 차였다. 스스로 분을 이기지 못한 아버지는 지유를 개처럼 짓밟았다.

그날 밤 지유는 친어머니라 믿었던 여인의 지갑을 훔쳤다. 반짝거리는 아버지의 삼천리 자전거를 타고 읍내까지 나왔다. 미루나무가 얼기설기 도로변을 차지한 시골길에 달이 내비쳤다. 달을 밀어내며 지유는 바득바득 페달을 밟았다. 시골길은 부옇게 흐려졌다. 뒤는 흙으로 앞은 눈물로. 따르릉 따르릉 비켜나세요, 아무도 없는 시골길에 지유의 노래가 울렸다. 박자를 맞추며 엄지로 딸랑이를 누르고 눌렀다. 대구에 도착했을 때 오른 엄지에 물집이 잡혔다. 첫차를 타고 대구로, 대구에서 마산으로 내려왔다. 마산에 도착한 이틀 뒤 물집은 아물었다. 어머니를 만났고 어머니는 죽었다.

집으로 돌아가면 아버지가 받아줄까? 그럴 리 없다. 아버지에게 묻고 싶었다. 국가와 사람은 대등합니까? 아니 여자와 국가는 같은 겁니까? 지유는 담배를 바닥에 던졌고 기억을 비벼서 밟았다. 나는, 아버지 같은 거 없다.

어머니와 3년을 살았다. 암이 지유보다 가까이에서 더 오랫동안 어머니와 동거했다. 어머니는 화장을 해달라고 유언했다. 지유는 화장을 한다는 것이 무섭고 납득하기 어려웠다.

행려병자로 죽어도 묘를 써주는 게 우리나라 문화다. 한국으로 왔던 어머니도, 지유를 두고 떠난 어머니도, 지유를 남기고 죽은 어머니도 모르겠다. 어머니는 물집 하나를 아들에게 남겼다. 지유는 어머니를 뿌렸던 가포 해수욕장에 두 번 다시 가기 싫었다. 단짝인 수봉도 그런 사실을 모를 리 없었다. 다만 사람은 사람마다 슬픔과 기쁨, 죽음과 삶을 대하는 방법이 다른 법이다. 지유는 저도 모르게 수봉을 향해 읊조렸다. 도다리 잡으러 가포에 안 간다꼬. 엄마 뼛가루를 먹고 자랐을 도다리를 내가 우찌 묵노, 미친놈아. 욱여넣듯 삼키는 목소리 끝이 갈라졌다.

"핀 갈았단다."

정호의 목소리가 함석 베니어에 난 창을 넘어왔다.

지유는 일렁이며 떠오르는 듯하던 바다에서 눈길을 거두었다. 모퉁이를 돌아 입구로 가려는데 수봉과 용수가 공장을 벗어나는 게 보였다. 무슨 작당을 하려는지 본새가 들떴다. 눈으로 좇던 지유도 발맘발맘 둘을 따랐다. 수봉과 용수가 큰 도로로 나가나 싶더니 허리에 손을 얹고 무춤 서버렸다.

"장관이네."

"장관이다."

지유도 두 사람 옆에 섰다. 수봉과 용수는 곧게 뻗은 도로를 따라 길게 내려오는 여학생들을 구경하고 있었다. 제1부두도, 곧게 뻗어 무학산 중턱 제일여고까지 오르는 555미터

길도, 신사 참배를 위해 강점기 일본인들이 만들었다. 시대가 바뀌며 신사는 여학교로 탈바꿈했다. 여중에 여고, 야간반까지 4천 명이 넘는 여학생이 다녔다. 앙상한 시대를 견뎌냈으니 부유한 지식을 만들어내는 것이야말로 참된 일이었다. 학교가 파하는 오후 6시 무렵이면 학교 입구에서 버스가 다니는 도로까지 가파른 길은 검은 교복을 입은 여학생으로 넘실거렸다. 석탄가루는 연탄이 된다. 여학생들은 단순히 빛나는 연탄 정도가 아니라 지식인이 될 것이다. 아름다움은 둘째, 그저 존경스러웠다.

"진짜 장관이네. 사람으로 만든 연탄 같다."

"빙신이 말을 해도, 연탄이 뭐꼬. 여자들로 만든 파도 정도는 돼야지."

수봉이 비유에 수사 하나를 정정했다.

"쪼다 새끼들. 쟈들이 너거 쳐다나 볼 꺼 같나? 우리겉이 무식한 새끼들하고는 말도 안 할라 카끼다."

여자라면 사족을 못 쓰는 용수가 웬일로 자학을 했다. 하긴 다른 건 몰라도 배우고 못 배우고는 보이지 않는 벽이다. 이를 넘어서기는 불가능에 가까웠다.

"야, 아무리 우리가 잘생긌다 캐도 안 있나, 우리 꼬라지 봐라. 연탄 가루 묻히가꼬 얼굴은 시커멓제, 손톱은 우떻코. 사람들이 그칸다 카데, 우리는 오줌도 꺼멓다꼬. 마 그림의 떡이다."

"떡 겉은 소리 하고 있네. 정신 차리라."

지유는 괜스레 수봉에게 소리쳤다.

수봉의 자학은 그나마 현실적이었다. 보이지 않아 추상적인 배움과는 다른 문제였다. 연탄을 만들기 위해 종일 프레스를 내리고 삽질을 하는 지유와 수봉은 냄새나고 검은, 지하세계 인간이나 다름없었다. 이런 지유 일행을 번듯한 여학생들뿐 아니라 보통 사람들조차 피해 가기 바빴다. 여학생 근처라도 갈라치면 몇몇은 소스라치게 놀라 비명을 질렀다. 제일여고 여학생이랑 사귀어봤으면 소원이 없겠다, 문득 스치는 생각을 얼른 삼켜버렸다.

"마, 와서 마저 일 안 하나?"

반장의 목소리가 바닷가에서 바람을 따라 세 사람에게 밀려왔다. 갑디더, 큰 소리를 낸 지유가 수봉과 용수의 어깨를 다독였다.

석탄을 붓고 프레스를 내리고 연탄을 던지는 일은, 밤 8시까지 계속되었다. 오늘은 한 시간쯤 일찍 끝났다. 작업을 마치자 아저씨와 형 들이 재빨리 작업장을 빠져나갔다. 하나같이 먼저 몸을 씻으려는 것이다.

현장을 갈무리하며 지켜보던 반장이 소리쳤다.

"전부 다 정원식당으로 모이라. 저녁 준비해놨다."

반장이 나가는 모습을 보며 지유와 수봉은 허리를 굽혀 인사했다.

지유는 목에 둘렀던 수건을 빼냈다. 작업장에서 목욕탕으로 가는 복도 슬래브 지붕은 곳곳이 깨졌다. 깨진 구멍으로 주변과 다른 색깔의 어둠이 내려앉았다. 크기도 색깔도 다른 별들이 구멍 위에서 무시광겁 반짝거렸다. 문득 돌아본 서쪽 하늘, 그 아래에 제일여고 야간반의 형광등은 별보다 가까이서 별보다 또렷이 빛을 발했다. 나와 다른 세상에 사는 배운 아이들, 아니 배운 여자들. 그네들은 범접하기 힘든 환상이었다. 막연한 부끄러움에 더해 배우지 못한다는 갑갑함이 뇌를 막았다. 반대로 4월의 공기는 탁 트이듯 목을 적셨다.

복도를 지나 공장 구석에 마련된 목욕탕으로 걸었다. 조명이 들어오지 않는 좁은 복도에서도 수봉의 목과 얼굴색이 또렷이 다르다는 사실을 알 수 있었다. 우스갯소리로 석탄 코팅이라고 부르는 일종의 부작용이다. 반장 말로는 석탄이 피부와 땀구멍을 막아서 그렇다고 했다.

"얼른 가서 씻자."

걱정스러운 마음에 지유는 수봉의 등을 떠밀었다. 벌써 아저씨와 형 들이 탕에 몸을 담근 뒤였다. 아저씨들보다 먼저 깨끗한 물에 몸을 담그는 것은 언감생심이었다. 목욕물도, 몸을 씻는 빨랫비누도 모두 검었다. 몸이 씻긴다는 사실이 신기했다. 옆에 앉은 수봉을 향해 "칼크리 씻거라, 알겠나!" 하고 목소리를 높였다. 머리를 감느라 인상을 쓰며 눈을 감은 수봉이 고개를 끄덕였다. 성에 차지 않아 지유는 수봉의 등과 목에 빨랫비누를 문댔다. 윤기 없는 검은 거품이 문댈수록 피어났다. 돌아보는 수봉은 눈으로 인상을 쓰면서도 입은 웃고 있었다. 뭐가 좋은 건지는 모르겠다. 지유도 그만 웃음이 터져 등을 미는 손에 힘이 더해졌다.

목욕을 마친 지유는 모든 직원들이 나가는 걸 확인했다. 수봉은 형님들이 벗어놓은 작업복을 온기가 남은 탕 안에 던져넣었다. 지유도 두 손 가득 작업복을 탕 안에 던졌다. 탈의실 관물대 마지막 칸에서 가루 세제를 꺼냈다. 미군 부대 뒷거래로 나온 물건이었다. 적당량을 탕 안에 부었다. 빨래가 불어야 석탄가루가 빠졌다. 내일 새벽, 목욕탕을 쓸 차례가 돌아온 공원의 가족이 빨래를 끝낼 것이다. 그 뒤 가족들은 따뜻한 새 물을 받아 '공짜' 목욕을 한다. 목욕은 연탄 공원 가족의 특권이었으며 대가인 빨래는 암묵적 약속이었다. 바가지로 찬물을 받아 지유는 목욕탕 안과 바깥을 청소했다.

새 옷으로 갈아입고 공장에 나왔다. 새 옷이라고 해봐야 내일 출근할 옷에 불과했다. 공장을 눈으로 살폈다. 지유는 특별한 이상이 없다고 판단해 수봉을 보았다. 바닥에 물을 뿌릴 준비를 하던 수봉이 고개를 끄덕였다. 3인 1조로 움직이는 프레스 기계 여덟 대의 전원을 내렸다. 열기가 묻은 프레스 기계가 일시에 소리를 죽였다. 그때 용수가 아리랑 담배를 살 돈 2백 환을 빌리러 왔다. 지유가 인상을 쓰자 금세 식당에 있는 정호에게 달려갔다.

사람들이 우르르 몰려 나간 공장 안에 지유와 수봉만 남았다. 필라멘트가 닳아 위태롭게 반짝거리는 백열등 두 개 탓에 을씨년스러웠다. 지유는 호스를 눌러 바닥에 물을 뿌렸다. 수봉은 조금 뒤에서 공장 정리를 도왔다. 바닥을 물로 청소하고 공장 비품을 아침과 다름없는 자리로 돌려놓았다. 마지막으로 불을 껐다. 쇠사슬을 두 번 감아 철문 손잡이에 끼운 뒤 자물쇠를 걸었다.

밤 8시 50분이 조금 넘어 지유와 수봉은 정원식당에 도착했다. 열쇠를 속옷에 문질러 석탄가루를 닦았다. 반장에게 열쇠를 건넸다. 반장은 지유의 손을 힘차게 쥐었다. 식당 방에는 공장 직원 열여덟 명과 반장, 야간 중학교를 다니며 경리를 보는 '최 양'이 앉아서 밥을 먹고 있었다. 지유와 수봉은 정호와 용수가 앉은 끝자리를 눈으로 더듬었다. 멀리 갔다 가까워지는 눈에 형님들이 먹던 고구마 소주와 매운탕이 보였다. 수봉이 눈치껏 고구마 소주 하나를 품에 넣고 끝자리로 파고들어 갔다.

"또 생선 잡탕이가? 똥에서 비린내가 난다 고마."

"나도! 고기 좀 묵었으므 소원이 없겠다."

품에서 소주를 꺼내던 수봉이 불평했다. 용수도 웬만큼 매운탕에 질렸는지 밥상 위 콩나물무침에만 젓가락을 놀렸다.

"우리한테 이기라도 주는 기 우데고. 묵자 고마."

정호가 생선 잡탕을 휘저었다. 숟가락을 건네며 고봉밥에

꽂았다. 성격이 착해서 별명이 서생인 정호는 천성이 차분했다. 기분에 좌우되기보다 상황을 꼼꼼히 살피려 들었다.

"너거 엄마 돌아가시기 전에 해주던 국수랑 감자 고로께 생각나네."

"……씨."

어머니를 떠올리게 하는 용수의 무심함에 화가 났다.

"다들 무그라, 고마."

정호가 이번에도 상황을 갈무리하려 들었다.

수봉이 소주를 따랐다.

"이래도 엄마고 저래도 엄마다. 부끄러울 필요도 없고 그렇다고 원망할 필요도 없다 아이가. 난 너거 엄마 부럽더라. 좀 더 사셨으면 좋았을 낀데. 엄마를 위해."

용수가 건배를 제안했다. 미친 새끼, 잔을 드는데 분노는 사그라지고 웃음이 났다. 넷은 친구였다. 모자라거나 많은 것, 없거나 있는 것, 없다가 있거나 있다가 없는 것도 서로 나누는 사이였다.

"처묵어라 새끼야."

지유가 용수를 보며 웃었다. 넷은 잔을 들어 건배했다.

"근데 최 양 이름이 뭐꼬?"

"지수인가, 지숙이라 카던가, 모르긋다. 와 내가 다리 놔주까?"

정호의 물음에 용수가 대답했다. 아니나 다를까 요 며칠 새

로 입사한 최 양을 보는 정호의 눈이 심상치 않았다. 야간 중
학교 3학년이라고 말해 열여섯 살로 짐작할 뿐이었다. 최 양
은 어깨에 닿는 머릿결이 고왔다. 눈이 크고 볼이 통통해 애살
맞지 않고 순하게 보였다. 키도 그렇게 작지 않아서 수봉이나
지유와 나란히 서면 고작 1, 2센티미터 차이가 날 뿐이었다.

"데꼬 오까?"

이번에는 수봉이 거들었다. 수봉의 말에 정호는 긍정도 부
정도 하지 않았다.

"용수야, 가봐라."

그럼 그렇지. 수봉의 용의주도함에 절로 웃음이 터졌다. 주
변을 살피던 용수는 요령껏 최 양의 곁으로 갔다. 어깨를 건
드려 최 양을 부르더니 바깥으로 나갔다. 소주를 한 잔 하고
밥을 두 번 떠서 먹었다. 차마 생선 잡탕은 건드릴 엄두가 나
지 않았다. 그때 용수가 먼저 들어와 앉았다. 최 양은 1분쯤
지나 나타났다.

"열여덟 살, 우리보다 누나란다."

"누나라꼬?"

최 양이 앉자 용수가 타박하듯 말했다. 수봉은 김이 샌다는
표정으로 바뀌었다.

"너거는 내가 중학교 다닌다고 어린 줄 알았는가 베?"

최 양은 주눅 드는 기색도 없이 생글생글 웃었다.

"내보고 귀엽다 카는 사람은 최 양이 처음이라예."

용수가 따지듯 최 양을 보았다. 용수는 키가 180센티미터에 육박했다. 어디를 가도 다른 사람보다 머리 하나는 컸다. 귀엽다는 말에 어지간히 자존심이 상했던 게 분명했다.

"정호가 누꼬? 내를 마음에 든다 캤다메?"

알고 있을 텐데도 최 양은 확인하듯 물었다.

"그거는 아이고예."

"옴마야, 그라모 뭐 한다꼬 내보고 오라 캤노?"

최 양의 성격은 시원시원했다. 오히려 정호가 쭈뼛거리며 여자처럼 굴었다. 상황을 보던 지유는 그만 웃음이 터졌다. 이번에는 다섯 사람이 잔을 들어 건배했다.

"나는 최지숙. 신마산 댓거리 끄트머리 있는 월포국민학교 알제? 거기 나와서 엄마 따라 시장에서 회 뜨는 거 배우다가 도저히 아이다 싶어서."

그녀는 '최 양'에서 '최지숙'으로 바뀌더니 멋지게 분위기를 주도했다. 그러곤 소주잔을 들더니 "마실 사람?" 하고 검지를 튕겼다. 강제성도 없는데 지유를 비롯한 넷이 홀린 듯 잔을 들었다.

"너거 혹시, 모레 일요일에 구마산 같이 갈래? 일신백화점에 친구들이랑 놀러 가기로 했거든."

"옴마야, 지숙이 누나 빠리네. 바로 붙어보자 이거가?"

"옴마야, 용수 머스마 니가 그렇구마는. 나는 그냥 백화점에 친구들하고 간께네, 같이 보자는 기제. 다른 뜻은 없다."

26

"다른 뜻이 있구마는……."

용수는 한쪽 눈을 끔뻑이더니 잔을 들었다.

"용수 이거 물건이네. 윙크하는 거는 오데서 배았더노?"

윙크? 지유는 단어가 신기해 놀랐다. 눈을 끔뻑이는 것도 재주가 되는 세상이라니. 어떻게든 세상은, 배우고 볼 일이다. 지유는 젓가락을 놓고 자세를 바로잡았다.

"누나, 하나 물어보입시더. 야간 중학교 가는 데 돈 마이 드는교?"

"그거 이번 주 일요일에 일신백화점 와서 친구들한테 물어 봐라. 친구들 내캉 다 야중 다니는 아들이거든. 너거 보면 좋아할 끼다. 동질감도 있고. 그자?"

"보자, 모레 일요일이모 4월 17일이네. 그날 내가 약속이 없었나?"

"용수 니는 안 와도 된다. 정호가 내 좋다 캤다메? 그라고 우리 친구들 제비는 딱 질색이다."

이야기에 끼지 못하고 술잔만 들던 정호가 단번에 얼굴이 붉어졌다. 수봉은 상황이 웃기는지 살살거리기 바빴다. 물건도 모자라 제비까지 나왔다. 지유도 내심 상황이 우스웠다. 용수가 여자에게 절절매는 꼴은 처음 보았다.

"임자 만났네, 용수."

"조용히 해라. 정호 기분 잡칠라."

지유가 속삭이자 수봉도 상황을 파악했는지 고개를 끄덕

였다. 깐족대는 용수를 능수능란하게 제압한 것도 모자라 정호까지 곁들여 일 타 양 피를 행사하는 실력자, 밀고 당기기에 녹록하지 않은 숙맥은 언제든 항복하게 만들 사람이 최지숙이었다. 용수든 정호든 분명 상처받게 될 거라는 강한 예감이 들었다. 어머니가 그랬다. 인간은 타 죽을 걸 알면서도 불에 뛰어들 때가 있다고. 결과를 예단하는 것은 어리석지만 정호든 용수든 고주망태가 되어 마산 앞바다에 뛰어 들어가겠다 울고불고 고함지를 날이 머지않아 보였다.

"저거, 저거 봐라. 머리에 피도 안 마른 개새끼들이 오데서 술이고!"

고함 소리가 짓쳐들었다. 반대편 끝자리였다.

"저, 저저, 눈 부라리고 쳐다보는 거 보소. 너거는 에미, 애비도 없나?"

한국전쟁에 참전했다는 스물아홉 살 노 씨다. 말리는 반장과 사람들이 보였다. 노 씨는 술만 취하면 개차반으로 변했다. 전쟁 때문이었다. 부대원 모두가 시체가 된 전장에서 홀로 살아남은 뒤부터 성격이 바뀌었다고 들었다. 소문을 뒷받침하듯 노 씨는 오른 다리를 약간 절었다. 총상이랬다. 진짜인지는 모른다. '에미 애비도 없느냐'는 저 말을 처음 들었을 때 지유는 밥상을 차고 나가 노 씨를 들이받았다. 2년도 더 된 일이다. 연탄을 '함마'로 때려서 찍을 때부터 이 일을 했던 노씨는 만취했어도 쉽게 넘어지지 않았다. 멱살을 꽉 쥔 지유가 비명에 가까운 고함을 내질렀다.

"나는…… 에미도 애비도 없다, 됐나?"

지유가 내뿜은 노기에 역성을 내던 노 씨가 옹송그리다 주저앉았다. 노 씨는 거친 숨을 내쉬며 힘겹게 말했다.

"나도, 아무도 없다. 다 죽고 아무도, 없다."

노 씨는 스르르 힘을 풀었다. 씩씩거리던 지유는 노 씨의 말에 해머로 맞은 듯한 깨달음이 찾아왔다. 어른이 되면 돈을 벌고 무엇이든 할 수 있을 거라던 환상은, 어쩌면 어른이 되어도 아무것도 하지 못한다는 반증이 아닐까.

노 씨를 처음 겪었던 날, 죽은 어머니에게 묻고 싶었다. 어머니는 어떻게 살아냈던 거야? 그날 밤 지유는 연탄 배달용 자전거를 타고 산 하나를 넘었다. 페달을 밟을 힘이 없을 때쯤 언덕이 끝났다. 내리막을 따라 가포해수욕장까지 내달렸다. 물을 수 있을 거라 생각했다. 하지만 지유의 입을 통해 나오는 말은 그저 두 글자가 전부였다.

……엄마. 엄마. 엄마. 엄마…….

짓쳐들어온 기억을 지숙이 깨웠다.

"옴마야, 저 아저씨 자주 그라나?"

지숙이 놀랐는지 네 사람을 갈마보았다.

"우리끼리는 미친갱이라 불러예. 그라고 술만 취하모 지유한테 시비를 건다 아인교. 만만하다 이거지예."

수봉이 목소리를 낮추었다. 실제로 그랬다. 처음에는 '에

미, 애비' 정도에서 그쳤지만 최근에는 어디서 들은 건지 '엄마가 일본 사람 아니냐'며 술자리에서 시비를 걸었다.

"어이, 내가 총 들고 동부 전선 지킬 때 선창에서 생선 대가리나 주버 묵던 개새끼들아. 너거가 죽음에 대해 알아? 아냐꼬!"

노 씨의 말이 점점 도를 넘어섰다. 반장과 노 씨의 조원들이 말렸지만 막무가내였다. 노 씨가 고함을 치자 지숙이 목소리를 낮추어 속삭였다.

"나는 술 무그모 개 되는 새끼들, 진짜 싫다. 너거 중에 그런 아들 있나?"

"내도 진짜 싫다. 우리 중에 없다, 그런 아들."

용수가 지숙의 말에 추임새를 달았다. 친구 넷 중 용수만 주사를 부렸다. 용수는 술에 취하면 지유 일행에게 사귀는 아가씨를 데려오라 큰 소리쳤다. 구두를 닦고 넝마주이를 하던 열두 살이 지나 공장에 취직했을 때부터 어른들은 술을 주며 '사람대우'를 해주었다. 술은 어른에게 배우는 거라며 주도를 가르쳤다. 지나 보니 주도를 말하는 대부분이 개차반이었다. 용수에게 처음으로 술을 가르쳤던 조장이 여자를 밝히고 여자를 데려오라는 개차반이었다.

"용수야, 어른 말 틀린 거 없다. 알제?"

정호의 뜬금없는 반격에 지유와 수봉이 킬킬거렸다.

"어이, 어이. 씨발 꼬맹이들. 너거는 요새 이 나라에서 무슨 일이 벌어지는고 모르나? 어이?"

노 씨의 말에 고함이 아닌 분노가 담겨 일그러졌다.

"우리가 물고기 잡고 멱을 감던 저 바다에! 시체가 떠올랐다꼬, 시체. 너거 지금 다 열일곱 살 아이가? 너거 친구 아이냐꼬! 개새끼들이 어른 이야기하는데 웃고 자빠졌노."

말이 끝나기 무섭게 무언가가 번쩍이며 날아왔다. 옴마야, 하는 외침과 동시에 정호가 손을 내밀었다. 번쩍하는 찰나였다. 정호는 매일 3천 개는 너끈히 연탄을 받아내는 실력으로 유리 재떨이를 받아냈다. 어이없는 일은 연이어 벌어졌다. 지숙이 우와, 감탄하며 박수를 쳤던 것이다. 지숙의 박수에 반응한 노 씨가 급기야 상을 엎었다. 화가 난 반장이 노 씨의 뺨을 후려쳤다. 노 씨 역시 흥분한 나머지 반장을 머리로 들이받았다. 반장이 중심을 잃으며 식당 방문에 몸을 찧었다. 둔탁한 파열음과 날카로운 파열음이 교차했다. 방문이 나가떨어지며 간유리가 와장창 깨져버렸다. 그야말로 아수라장이 되었다.

"어이, 장지유 이 개새끼야. 너거 엄마는 일본 년 중에서도 갈보라메? 너거 엄마 찾을 때 니는 오까상 오까상 하고 찾았나?"

노 씨가 무어라 더 지껄였다. 다만 지유의 눈앞이 하얗게 변하며 아무것도 보이지 않았다. 누군가가 지유의 팔을 꺾었고 그 순간 지유는 목청이 터지도록 고함을 내질렀다.

죽어, 죽어.

죽어. 죽어……

번뜩 정신이 돌아왔을 때 지유의 오른팔을 막으려 수봉은
필사적이었다. 엎드린 수봉 위에서 용수는 재떨이를 빼앗으
려 죽을힘을 짜냈다. 쉬이 몸에서 힘이 빠지지 않았다. 그때
여자의 분 냄새가 지유를 감쌌다. 지숙이었다. 지숙 역시 필사
적으로 지유에게 매달렸다. 결국 미끄러져, 그녀를 껴안은 채
로 밥상 위에 나뒹굴었다. 그래도 지숙은 지유를 놓지 않았다.

"……고마해라. 부디 좀 고마해라."

지숙은 필사적으로 지유를 껴안고 속삭였다. 분 냄새는 더
가까워져 지유의 입술 앞에서 속삭이고 또 속삭였다. 그때 묵
직한 힘이 지유의 손에 들린 재떨이를 빼앗았다. 맹렬했던,
지리멸렬하고 필사적이었던 순간은 반장이 재떨이를 빼앗아
노 씨를 내리치며 정리되었다.

"고마하자, 인자. 노재상이, 병원 델꼬 가라 어서. 지유는 내
일부터 근신하고 출근하지 마라."

지유가 고개를 들었을 때 이마에서 피가 흐르는 반장과 마
주했다. 반장은 넘어지며 간유리에 머리를 벴던 모양이다. 고
개를 돌려 정면을 향하자 완전히 정신을 잃은 노 씨가 보였다.

"주인아지메, 수리비는 식비에 보태입시더. 내일부터 더 자
주 올게예."

반장이 예순 줄에 들어선 여주인을 향해 말했다. 여주인은
똥색 두루마리 휴지를 건네며 고개를 끄덕였다. 반장은 두루

마리 휴지를 길게 풀어 머리를 닦았다. 지숙은 그제야 지유를 안았던 손에 힘을 풀었다. 지유는 반사적으로 땅으로 떨어지려는 지숙을 안았다. 분 냄새는 여전히 지유의 코 주변을 맴돌았다.

2

"아빠는 돈에 미쳤잖아. 아들인 나보다 돈이 중한 사람이잖아."

아버지는 말문이 막히는지 헛바람 소리를 냈다. 세헌은 쐐기를 박을 순간이라고 판단했다.

"아등바등 아버지가 모은 돈 같은 거, 난 필요 없어. 아버지처럼 살지 않을 거니까."

한심한 답변이었다. 감정적이고 소모적이며 치기 어린, 그야말로 멍청하기 그지없는! 그래도 말해야 할 때가 있다. 아버지와 나는 다르다, 아버지는 과거 세대다, 지금 내 고민을 아버지는 하나도 알지 못한다, 이런 약한 말로는 산전수전 다 겪었다고 큰소리치는 아버지가 꿈쩍할 리 없다. 이렇게라도 강력하게 의사를 표현하지 않으면 아버지는 계속해서 '내 재산을 지킬 후계자는 너다'라며 고집을 부릴 게 뻔했다. 무언가 말하려던 아버지는 충격을 받은 표정이었다. 세헌은 곧바로 돌아서 집을 나왔다.

"우와, 그런 뒤 이렇게 공사판에서 뭐랄까, 프롤레타리아와 같은 생활을 직접 실천하시는 건가요?"

"네 표현은 틀렸어. 우리는 계급사회를 살고 있는 게 아니잖아. 부르주아니 프롤레타리아니 하는 그런 거, 오래전에 실패한 이야기들이야. 쓰레기보다 못한 것들이라고."

야식으로 나온 라면은 벌써 퍼져버렸다. 한창 타오르던 모닥불도 지친 듯 위태롭게 흔들렸다. 세헌의 마음 역시 식은 죽처럼 굳었다. 오가는 이야기 역시 구태의연했다. 내가 누구이며 왜 고된 일을 사서 하는지 따위.

"그런데 선배님, 학교는 그럼 자퇴하신 건가요?"

"나도 궁금해 죽겠어. 얘기 좀 해주게나. 서울대썩이나 다니면서 노가다라니. 듣던 나도 놀랐네그려."

아파트 공사장에서 고등학교 후배를 만날 거라고는 생각지도 못했다. 크게 이야기를 한 것도, 또 관심을 끌려던 것도 아닌데 주변으로 사람들이 모였다. 후배 옆에서 함께 라면을 먹던 30대 중반인 남자도 끈덕지게 말을 걸었다. 귀찮기 그지없었다. 아버지를 피해 왔건만 아버지와 비슷한 데만 관심을 보이는 사람들에게 둘러싸여버렸다.

"이만하죠."

말을 자르며 세헌은 일어섰다. 개인적인 이야기가 화제가 될수록 아버지에 대한 흠구덕만 눈덩이처럼 불어날 뿐이었다. 앞에서는 살살거려도 덩달아 세헌에 대한 험담도 날이 설 것이다. 다녔던 현장마다 그랬다. 말을 아낀다고 해도 행동하는 본새에서 세헌과 현장 일꾼과는 차이가 났다. 차이는 점점 격을 달리하며 과격해졌다. 시기나 질투라고 치부하기에는 도가 지나칠 때가 많았다. 처음 온 현장인데 고등학교 후배라는 녀석 탓에 괜스러운 말을 꺼내고 말았다. 이런 곳에서 동향인 마산 후배, 그것도 고등학교 후배를 만나다니.

"어라. 저 새끼 좀 배웠다고 유세 떠나?"

날카로운 목소리가 짓쳐들었다. 30대 남자는 이런 현장에서 볼 수 있는 전형적인, 무식한 놈이다. 자존감이나 학력이 낮을수록 세헌의 학교를 알면 쉽게 화를 내거나 그것도 모르느냐며 가르치려 들었다.

"이제 그만들 하고 일하는 게 어때?"

무언가 대답을 고민하던 차에 십장이 나타났다. 60대 초반이나 50대 후반인 십장은 좌중을 압도하는 기운을 가졌다. 얼굴에 있는 상처가 한몫 거드는 것도 사실이었다. 다리를 약간 절었는데 총에 맞았다고 한다. 십장의 말에 사람들이 분주해졌다.

"그럼 전."

눈치껏 일어섰다. 라면을 먹던 스테인리스 그릇은 현장 구석에 있는 드럼통에 넣었다. 쌓인 그릇이 낮잡아도 50개는 넘어 보였다. 12현장에만 백여 명이 야간에도 일한다. 일꾼들이

곳곳에 '쨍박혀' 아직 복귀하지 않았다는 뜻이기도 했다.

"맛있게 드셨남?"

피곤에 전 노파가 물었다. 네, 대답하며 고개를 숙였다. 현장 소장의 사돈의 팔촌에 또 사돈 하나쯤 걸치는 누군가의 어머니쯤 되려나. 나였다면 이 시간에 의욕을 떨어뜨리는 할머니를 쓰기보다 컵라면에 빵 하나를 준비했을 거라는 생각이 들었다. 먹는 사람도 있고 먹지 않을 사람도 있겠지, 거기에 더해 빵이나 컵라면 중 하나만 먹는 사람도 있을 것이다. 먹거리라도 개인적인 비품 형태일 경우 '식사'라는 개념이 빠지며 시간 비용을 줄이게 된다. 월급을 주고 사람을 써서 일률적으로 라면을 끓이는 건 비효율적이다. 고정 식사만 해도 그렇다. 현장마다 식당을 운영하는 것보다 최근 생겨나는 뷔페 형태의 식당을 거점 지역에 두고 음식을 만들어 배달하는 것이 경제적이다. 현장은 현장, 식당은 식당으로 운영해야 맞는다.

이런 바보같이!

저도 모르게 끼어든 생각에 쓴웃음이 뱄다. 어릴 때부터 수없이 아버지에게 배우고 들었던 말, '어떻게든 바꾸려 노력해라. 그게 똥을 누는 방식이라도 최선을 찾아라. 발전하지 않는 사람은 먹을 자격이 없는 사람이다!' 모르는 새 아버지의 말을 실천하고 있었다.

세헌은 아버지를 버리러 왔건만 계속해서 아버지를 배우고 있는 현실을 깨달았다. 더욱이 세헌이 일하는 일용직 현장은 아버지가 운영하는 회사에서 하청을 받은 곳이다. 모르고 왔다고 해도 아버지의 그물 어딘가에 세헌의 인생이 걸려버린 느낌이었다.

"선배님 담배 한 대 하시겠습니까?"

어느새 다가온 후배가 솔 담배를 꺼냈다.

"난 담배는 안 피워. 그리고 이런 현장에서 학연이나 지연 같은 게 필요해? 내가 서울대가 아니었다면 네 선배라도 별 볼 일 없었을 것 아냐?"

담배를 꺼내려던 후배가 놀란 듯 눈이 커졌다. 틈입한 생각 때문인지 세헌은 까칠하게 굴고 말았다. 참고 넘기면 그만이지만 선을 그어두지 않으면 계속해서 귀찮게 굴 것 같았다.

"반드시 필요한 일이 아니라면 선배라고 부르지 마라. 나는 내 인생을 여행하는 것뿐이니까."

"저는 일주일 뒤에 군에 갑니다."

"그래서?"

고민하는 듯하던 후배는 담배를 도로 넣었다.

"그러면 어쭙잖게 선배 대접은 안 해도 되겠네요?"

"……뭐?"

세헌은 허를 찔린 기분이었다. 스물여섯 살이 된 세헌은 작년에 제대했다. 이제 군대에 가는 후배라면 모르긴 몰라도 스물하나나 둘, 바짝 군기가 들어……! 맙소사. 이런 곳에서 학연, 지연 운운하지 말라며 고깝게 굴었던 것은 누구도 아닌

그였다.

"보세요, 제가 후배가 아니었다면 선배님은, 아니…… 뭐 일단 형님이라고 하죠. 형님은 아무렇지 않게 저한테 반말을 하셨겠습니까?"

"그래, ……네 말이 맞다. 이름이 뭐랬더라?"

"한민욱입니다. 대학은 창원대입니다. 경영학과 다니고요."

"미안하게 됐네. 꼰대처럼 굴었다. 진심으로 사과한다."

"구도자처럼 살 순 있어도 정말 구도자가 되기는 힘들 겁니다. 이상과 현실의 괴리, 라고 하면 맞는 설명이 되려나요?"

"틀리지는 않겠다. 그렇다고 정답으로 맞는다 하기는 어렵겠지만."

"형님은 있는 것을 없는 듯, 가진 것을 갖지 않은 것처럼 아버지에게 반항하는 게 멋있어 보일지 모릅니다. 하지만 제가 보기에 부잣집 귀동아기가 그냥 어리광 부리는 걸로밖에는 보이지 않습니다."

저도 모르게 세헌의 주먹에 힘이 들어갔다.

"아버지 재산의 그늘에서 벗어나려 든다면 그것으로 그치지는 않을 겁니다. 아마도 평생 알코올 중독이나, 사회 부적응에 피해망상 환자로 살지도 모르고요."

"어떻게 그렇게 단정하지?"

"제 형님이, 정확하게는 사촌 형님이기는 합니다만, 사촌 형님이 자살했어요. 서울대 다니다가."

"······서울대?"

그때 십장의 목소리가 밤공기를 갈랐다.

"그마이 했으면 인제 일해라."

반장의 말투는 아버지와 비슷했다. 서울 사람도, 그렇다고 경상도 사람도 아닌 어정쩡한 억양······. 반장의 말투에 반응해 몸을 돌리며 말했다.

"네 사촌 형 이야기 좀 듣고 싶다. 괜찮겠나?"

"얼마든지요."

자살이라는 말에 반응한 건지, 서울대라는 말에 반응한 건지는 모른다. 그렇지만 세헌은 듣고 싶었다.

아파트 현장으로 올랐다. 복도 입구에 쌓인 벽돌을 필요한 곳에 나르고 날랐다. 벽돌 하나를 나를 때마다 세헌은 아버지의 말이 떠올랐다.

"니는 아부지맹키로 무식하모 안 될 꺼 아이가."

아마도 유치원 무렵부터였을 것이다. 세헌은 아버지의 말에 대단한 철학이라도 담긴 것처럼 꾹 입술을 감쳐물며 고개를 끄덕였다.

"세헌이 니는, 아니 너는, 아빠처럼 살면 안 된다. 알제?"

아버지가 처음으로 과외 선생님을 고용하며, 과외 선생님에게 들으라는 듯 강조했던 말이다. 엉기고 성긴 성조가 뒤섞였다. 스무 살인 여자 선생님은 꽤나 긴장했던지 계속해서 고개만 주억거렸다. 급기야 여자 선생님은 입주 과외를 하며 대학 입학까지 세헌을 돌보았다. 세헌이 서울대에 입학한 것과 동시에 스물여섯이 되었던 선생님은 아버지 회사 부장으로 발령 났다. 아버지는 후처라도 얻은 듯 술렁거리는 사람들에게 큰 소리로 강조했다고 한다.

"내 아들을 서울대 보낸 능력 있는 선생님이라. 잘들 모시고, 회사 인재로 키우자꼬."

아마 저 말 뒤로도 수없는, 훈화일지 잔소리일지 모를 말들이 파편이 되어 아버지에게서 쏟아졌을 것이다. 그러나 저 말 만큼은 화상처럼 각인되어 세헌의 기억에서 사라지지 않았다. 화상은 점점 커져 급기야 온몸으로 퍼졌다. 세헌이 군에 입대하겠다고 했을 때, 아버지는 그때처럼 단호한 어조로 말을 쏟아냈다. 카투사, 국비 장학생, 국비 유학, 해외 유학, 그 이외에 동원할 수 있는 합법적인 대체 복무나 면제 수단은 하나 둘이 아니었다. 그뿐이었을까. 돈이면 통하는 세상이 대한민국이다. 돈으로 '면제'를 사는 방법은 공공연한 비밀이었다. 이미 많은 선배들이 국비 유학을 간 뒤 로스쿨이나 치의대학원 진학 같은 방법으로 체류 기간을 늘였다. 뒤는 뻔했다. 어떻게든 시민권을 가진 사람과 결혼하는 것! 시민권을 획득하면 한국에서 변호사 사무실이나 치과를 개업하는 것이 뒤이어졌다.

돈? 명예? 적어도 이렇게 사는 것은 아니지 않은가. 물질에 매몰되어버린 인간으로 사는 것, 아니 아버지의 후광에 기대가만히 있어도 '젖과 꿀'이 넘치는 삶을 사는 것!

생각에 빠져 허리를 덜 굽히고 말았다. 후두두 쏟아지던 벽돌이 바닥에 부딪치며 거친 파열음을 냈다. 벽돌 두 개가 반토막이 나며 네 개로 나누어졌다. 기억도 깨지며 파열하고 토막 난 끝에 사라졌다.

"어이, 얻다 정신을 둔 거야? 서울대 다니면 벽돌을 현장에 함부로 던져도 되는 거야?"

함께 라면을 먹었던 30대였다. 죄송합니다, 사과를 하는데 거듭 비아냥거리며 쌍시옷을 섞은 된소리가 이어졌다.

"그만하세요, 미안하다잖아요."

어느새 뒤에서 한민욱의 목소리가 들렸다.

"미안? 반장한테 얘기해서 보르코 두 개 값만큼 깔 테니까 그리 알아."

30대가 통보하듯 말했다.

"당신은 여기서 잘릴지 몰라요. 이 현장, 제 아버지 겁니다."

억양을 담지 않았다. 그러나 30대는 허를 찔린 듯 털썩 주저앉았다.

"보르코 못 본 걸로 해주시면, 저도 없던 일로 할게요."

뒤돌아섰다. 한민욱 역시 허를 찔렸는지 입이 헤벌어져 있었다. 뒤에서 소란을 들었던 건지 아니라면 아까부터 상황을 주시한 건지는 알 수 없지만 십장이 세헌을 노려보고 있었다. 눈길을 거두지 않은 십장이 터벅터벅 다가와 세헌의 어깨에 손을 얹더니 만지작거렸다.

"너거 아부지, 아들을 너무 약하게 키웠네."

묘한 말이었다. 어투도, 또 내용도. 저도 모르게 십장을 노려보았다. 십장은 웃는 것도 또 우는 것도 아닌 표정으로 돌아섰다. 몇 걸음 떼나 싶더니 말을 이었다.

"아침이다. 고마 다 가서 쉬어라. 그라고 보르코 두 장쯤 깨진다고 현장 안 무너진다. 작작들 하고."

십장의 말에 30대 남자는 죄송합니다, 어깨를 떨어뜨리며 목소리를 높였다. 민욱과 세헌도 덩달아 따라 했다. 몸짓이나 말투, 표정에서 십장은 거역하기 힘든 기운을 발사했다. 30대 남자는 잔뜩 풀이 죽어 세헌을 바라보나 싶더니 고개를 숙였다. 세헌도 허리를 숙여 말했다.

"죄송합니다. 서로 없던 일로 했으면 좋겠습니다."

"……어 그래. 나야 그래주면 고맙지."

풀이 죽었던 남자의 목소리에 작게나마 생기가 돌았다.

"두 사람 소주 한잔하러 가는 거지? 현장에서 잠실 방향으로 10분쯤 걸으면 감자탕집 있어. 거기 잘한다."

세헌은 30대에게 목례했다. 한민욱도 덩달아 인사했다. 남자가 덧붙였다.

"앞으로는 버겁이라 불러. 나도 내가 좀 버거운 거는 알거든. 이름은 박연호인데, 그것까지는 됐고."

남자의 말을 따라 마천동 현장에서 10분쯤 잠실 방향으로 걷자 붉은 페인트로 칠한 '금강산 감자탕'이 보였다. 척 봐도 노포였다. 여닫이문을 열고 들어가자 여주인은 눈도 마주치지 않았는데 주방으로 향했다. 뼈해장국 두 그릇이면 되지, 걸걸한 목소리가 주방에서 날아왔다. 세헌이 한민욱을 보자네, 목소리를 높였다. 채 2분이 지나지 않아 식탁이 빼곡하게 들어찼다. 한민욱이 소주를 직접 가져왔다. 행동하는 모습을 보니 가게에 이미 와보았다는 사실을 짐작할 수 있었다.

"사촌 형 이야기를 먼저 해야겠죠?"

"그래주면 고맙지."

순순히 인정했다.

민욱의 사촌 형은 고향이 밀양이었다. 고등학교에 진학하며 마산으로 유학했다. 인근에서 부산을 빼면 교육 여건이 받쳐주는 도시가 마산이었다. 서울대에 진학했던 1970년 돌연 군에 입대했다. 어찌 된 영문인지 한창이었던 월남전에 참전을 결심했던 것이다.

"그럴 만한 이유라도 있었어?"

"제가 미루어 짐작할 수는 없습니다만 아버지 때문이었을 겁니다."

아버지라는 말에 세헌은 저도 모르게 깊은 한숨을 내쉬었다.

"저한테는 할아버지인데 할아버지가 마산에서 국회의원을 두 번이나 했어요. 결혼도 두 번이나 했고요. 공식적으로 한 번, 비공식적으로 한 번."

"사촌 형은 그럼?"

"실은 비공식적인 부인에게서 태어난, 저에게는 정확하게 말해 삼촌이죠. 어린 시절부터 사촌 형이라고 부르라고 시켜서……."

많은 그림이 스쳤다. 민욱이 사촌 형이라 불렀다는 건 호적 정리를 끝냈다는 뜻이다. 민욱의 아버지나 그에 준하는 공식적인 자식이 비공식에게서 난 자녀들보다 항렬이 빠른 직계가 된다. 또한 비공식에게서 난 자녀는 민욱의 아버지가 아닌 삼촌이나 고모의 자녀로 입양되었을 것이다. 금세 하나의 그림이 완성되었다.

유산 다툼의 원천 차단!

"너희 집 꽤 부자겠다?"

"역시 빠르시네요."

민욱이 검지로 슬쩍 머리를 건드렸다. 조롱하는 표정은 아니었다.

관심을 끌기 위한 반항심이었을까. 아니라면 박탈감이었을까. 대한민국에서 서울대에 입학할 정도면 밀양에서는 꽤나 수재 소리를 들었을 터였다. 그럼에도 아버지의 관심을 얻지 못했다면, 월남전 참전은 큰 파장으로 변했으리라. 상대적인 박탈감도 틀리지는 않을 것이다. 내가 아무리 열심히 또 치열하게 살아내도 나는 아무것도 아니다, 아니 아버지의 가족 구성원에 들 수 없다, 같은. 엇나가고 틀어지며 과녁 정중

앙을 향하지 않는 인생으로 바뀌어갔을 게 뻔했다.

"사촌 형은 월남전이 끝나고서야 돌아왔습니다. 제가 정확히 기억하는 것도 이즈음부터고요. 사촌 형은 월남전에 다녀온 뒤 야누스가 되었습니다."

"야누스?"

"네, 야누스. 아니면 지킬 박사와 하이드 씨라고 부르는 게 알아듣기 더 쉬울까요?"

월남전 파병이 끝난 것은 1973년 3월이었다. 11년 전이다. 지금 민욱의 나이를 감안하면 여덟 살 무렵이다.

사촌 형이 모습을 드러낸 건 정확히 10년 전 8월이었다. 긴 복무 기간을 마치고 나타난 사촌 형은 술에 취한 것인지 그을린 것인지 모를 정도의 모습이었다. 거칠게 내뿜는 숨에서 총알처럼 다가오는 냄새는 혼탁했다. 사촌 형은 방 한 칸을 내달라고 요구했다. 2백 평이 넘는 일본식 한옥에는 별채가 딸려 있었다. 별채 한 칸이 사촌 형의 차지가 되었다. 민욱의 옆방이었다. 사촌 형이 밤마다 비명을 지른다는 건 오래 지나지 않아 알게 되었다. 높낮이나 길고 짧음이 다를 뿐 매일 밤 비명은 계속되었다. 사촌 형은 어떻게든 버텨보려는 듯했다. 그러지 않았다면 비명을 지른 아침부터 매일 술에 절어 있었을 것이다.

사촌 형이 옆방으로 온 지 한 달쯤 지났을까. 처음으로 민욱에게 손찌검을 했다. 피하려면 충분히 피할 수 있었다. 그런데 사촌 형이 내뱉은 말이 민욱을 올가미처럼 붙잡았다.

"내 손에 피, 내 손에 피가 묻었다. 보이나? 이 피 보이냐고?"

대담하게도 민욱은 사촌 형의 손을 맞잡았다.

"없어. 안 보이는데 왜?"

그때 손찌검이 시작되었다. 거짓말, 거짓말, 거짓말!

사촌 형의 손찌검에 나가떨어진 민욱은 그저 웅크린 채 고함을 내질렀다. 거짓말 아니야. 진짜로 피는 없어!

"하, 말도 안 돼. 어떻게 버틴 거야?"

경악한 세헌이 물었다.

"집안일을 봐주던 아저씨가 있었어요. 아저씨가 소란을 듣고 달려오셨던 거예요. 그 뒤로 몇 번 이런 일이 반복되니까 할아버지가 사촌 형을 멍석말이를 시켰어요. 믿기 힘들겠지만 아버지와 삼촌들이 노를 들고 매질을 했습니다. 사촌 형은 꿋꿋이 그 매를 다 받아내더라고요. 그러다 발목을 다쳤는데 병원도 가지 않고 버텼고요. 아마 3개월 넘게 방에만 누워 있었던 것 같아요. 겨울이 되었을 때 사촌 형은 다리를 절고 다니기 시작했어요. 그런데 오히려 그걸 기뻐하더라고요."

아니다. 이건 반항과는 다른 이야기다. 세헌은 무저갱처럼 깊고 아득해서 마치 빨려 들어가버릴 듯한 환상에 사로잡혔다. 민욱의 사촌 형이 지킬 박사와 하이드 씨처럼 변한 것은 심리학에서 말하는 '영구적인 뇌의 손상으로 인한 정신적 외상'이다. 기저에는 전쟁이 도사리고 있었다. 전쟁 너머에는,

아마도 살인이 똬리를 틀고 있을 것이다. 왜 그랬든, 그게 누구였든.

"무섭다, 나는……."

아니, 아니다. 이런 이야기를 민욱에게 할 필요는 없다. 빠른 짐작은 많은 오류를 낳을지도 모른다. 더 들어보기로 했다. 이야기를 계속하라는 뜻으로 고개를 살짝 끄덕였다.

"자살하기 전이었어요. 저에게 이러더라고요. '나는 나라를 위해서 총을 들고 공산당을 죽이면 그게 영웅이 되는 일인 줄 알았다.' 지금도 귓전에 맴돌아요. 영웅이 되는 일인 줄 알았다는 말이. 당돌하게도 저는 이렇게 물었어요, 사촌 형에게. '누구를 위한 영웅?' 하고요."

누구를 위한 영웅?

누구를 위한 영웅!

아이이기에 할 수 있는 직설적이지만 무섭고도 통찰력이 담긴 물음이었다. 세헌은 폐부가 뚫린 듯한 느낌이 들었다.

술잔은 더디 돌았고 뼈해장국의 양도 느리게 줄었다.

"사촌 형이 마음을 잡은 것도 그즈음이에요. 원체 똑똑했던 형이라 두세 사람이 맡아 하던 아버지 관련 일을 척척 해내더라고요."

"술도 끊고?"

"네, 술도 끊고."

한민욱은 소주잔을 비웠다. 세헌도 따라 비웠다. 민욱의 잔에 가득 소주를 부었다. 찰랑거리던 소주가 결국 한 방울 흘러넘쳐 테이블로 떨어졌다.

"사촌 형이 다시 술에 손댄 건 1980년 6월이었어요. 5월 하순 즈음에 서울에 사는 사람들에게서 연락이 오고 며칠 집을 비우기도 하더라고요. 6월 들어서 폭음을 하기 시작하더군요."

사촌 형이 민욱에게 폭행을 하던 버릇은 사라졌다. 그러나 술을 마시는 곳이 어디이든 그곳에서 시비를 걸었다. 남녀나 노소를 가리지 않았다.

"그런 날이 한 달 가까이 지속되었을 겁니다. 사촌 형은 성한 데가 없었고요. 그런데 어느 하루 저랑 바닷가로 가자는 겁니다."

세헌의 눈에 두 가지 바다가 떠올랐다. 맑고 청아하며 물고기가 무시로 뛰어오르던 바다, 수출 자유 지역의 오염된 폐수에 완전히 황폐해진 검은 바다. 1980년 여름이라면 한쪽이 무너지며 검어지기 시작했던 즈음이다. 수출 자유 지역이 만든 부에 취해 사람들은 바다가 썩어간다는 사실을 인지하지 못했다. 아니 알면서도 모른 체했다. 사람들로 영글었던 도시는, 더 잘살겠다는 사람이 만든 욕망에 근본부터 썩어갔던 것이다.

"사촌 형은 소주를 한 병 사 왔어요. 이로 소주를 따고는 벌컥벌컥 마셨어요. 저한테 처음으로 그러더라고요. 삼촌이라고 불러볼래?"

삼촌……이라고? 세헌이 듣기에도 사촌 형이 내뱉은 삼촌이라는 말에서 파괴의 향기가 감돌았다. 민욱의 가족 사이에서 위태롭게 유지되었을지언정 건드리지 않았던 결계 같은 것이지 않았을까.

"맞을 거라는 생각은 들지 않았어요. 저도 이미 중학생이어서 충분히 피하거나 맞설 수 있다고 생각했거든요. 그런데 삼촌이라 불러보라고 했을 뿐인데 오히려 크게 폭행을 당한 느낌이었어요. 온몸에서 힘이 쑥 빠지며 정신이 아뜩해지더라고요. 차마 삼촌이라는 말은 나오지 않았어요. 멀뚱히 사촌 형을 보자 저한테 그래요."

내가 영웅이 되면 아버지가 되돌아볼 줄 알았다!

내가 영웅이 되면.

"영웅?"

"네, 영웅."

막연하게만 들렸다. 세상에, 영웅이라니. 최근에 대히트를 치고 있는 홍콩 영화의 제목처럼도 들렸다.

"내가 죽을힘을 다해 서울대를 간 것도 그래서였어. 오로지 서울대만이 목표였으니까. 그것 말고는 인생에 목표라고는 없었다."

민욱의 사촌 형은 짙은 소주 향기를 내뿜었다.

"아버지가 나를 봐주는 건 그것 말고는 없다고 생각했으니까. 그런데 대학을 가고 나서 깨달았어. 세상은 아버지가 없어도 되는 곳인지도 모른다, 나만 영웅이 된다면 모두 나를 우러러볼지도 모른다, 그런 치기 어린 욕심에 휩싸였어. 한번 그릇된 생각에 빠지고 나니 똑바로 보이거나 판단할 수 있는 게 없더라. 어쩌면 월남전에 참전하겠다는 결정은 내 욕망의 마지막 그릇된 배출구였는지도 몰라. 거기서 욕망으로 설명할 수 없는 인간 본연의 가장 밑바닥을 보았어."

"밑바닥이요?"

"그래. 밑바닥."

사촌 형의 소주 냄새는 더욱 짙고 가까워졌다.

"죽음. 그리고 죽음. 내 죽음과 타인의 죽음. 나에게 죽는 죽음과 남이 죽이는 죽음. 오로지 죽음. 그거였어."

죽음, 또 죽음.

사촌 형의 이야기는 소주 냄새로 덮을 수 없을 정도로 어두워졌다.

"영웅? 나는 죽이고 죽였다. 살기 위해서. 그저 내가 살기 위해서. 그래서는 안 되었던 거야. 알고 있니? 지금 광주에서 수많은 사람이 죽은 거? 수백 명이 죽었다고 해."

"사람……이 죽어요? 수백 명이요? 광주에서요? 왜요?"

광주 유혈 사태, 정도로만 알았다. 특히 경상도 지역은 상당한 보도 통제로 인해 정확히 무슨 일이 벌어졌는지 알지 못했다.

"그릇된 영웅 때문이겠지. 총칼을 들고 내가 나서면 이 나라를 바로잡을 수 있다는 잘못된 생각을 가진 사람, 스스로를 영웅이라고 착각하는 사람…… 그래서는 안 돼. 이 세상에 영웅 따위 존재해서는 안 돼. 세상 사람들은 다 똑같아야 해."

사촌 형은 남은 소주를 벌컥벌컥 들이켰다. 예각을 그리던 소주병의 각도는 점점 높아져 투명하게 비었다. 민욱은 사촌 형의 기세에 압도되었다. 그 순간 실언을 하듯 입 바깥으로 한마디가 새어 나왔다. 사, 삼촌.

"짜식, 지금에 와서. 나는 이대로 살면 내 깜냥과 머리를 믿고 영웅이 되려 들 거야. 베트남에서도 적이라고 생각하면 M-16을 들고 방아쇠를 당기던 놈이야. 살아가면서도 적이라고 생각하면 총을 들지 말라는 법 있을까? 아니, 내가 베트남에서 살아 돌아왔을 때부터 나는 이미 그릇된 영웅주의에 빠진 가짜였어. 허수아비였어. 나는 더 이상 이 세상에 존재해서는 안 돼."

"삼촌, 왜 그래?"

눈앞에 보이는 것은 바다였다. 그저 바다였다. 그러나 한민욱의 눈에 비친 바다는 바다가 아니라 불길이었다. 사촌 형이었던, 아니 원래는 삼촌이었던 남자는 거대한 불길로 뛰어들었다. 민욱은 너무나 뜨거워서 그 불길 근처에도 갈 수 없었다. 뒤로 벌러덩 넘어져 그저 불길 속으로 삼켜지고 마는 한 남자의 검은 등만 보았다. 그림자인지 등인지 알 수 없던 검은 등은 금세 불길에 사라졌다. 이내 아무것도 보이지 않게 된 불길 속에는 달 하나가 떠 있었다. 달은 그 어느 때도, 단 한 번도 같은 모양으로 반짝이지 않았다.

묵묵히 이야기를 끝낸 한민욱은 소주잔을 들었다.

"그러는 넌, 왜 이 일을 하는 거야? 할아버지가 국회의원을 두 번이나 했으면 집안도 꽤 잘살 것 같은데?"

세헌은 소주잔을 내려놓으며 물었다.

"뭐 저는……."

멋쩍은지 한민욱은 소주를 한 잔 더 마셨다.

"영웅이 되고 싶어서입니다."

"영웅?"

뼈해장국을 한술 뜨던 세헌은 그만 사레가 들고 말았다.

영……웅? 문득 상스러운 한마디가 머릿속을 스쳤다. 미친 거 아냐?

민욱이 쇠뿔을 뽑듯 당긴 김에 덧붙였다.

"돈 많은 영웅이요!"

저 녀석은 미쳤다!

3

"그래서 나보고 얼굴마담이 되라고?"

"한 번 정도는 괜찮잖아?"

"싫은데. 싫다고, 죽어도 싫다고. 진짜 오진다, 오져. 이 집 남자들 꼼꼼하기로 소문난 거 몰라? 난, 싫어! 네버, 에버, 캔 낫 두 댓!"

"꼼꼼한 거? 몰라. 이 집에 남자라고는 나뿐이니까. 그리고 뭐, 캔 낫 두 댓? 아빠가 늘 가르쳤지? 너는 한국인이고 언제인가는 한국으로 돌아갈 거라고. 외국 물 좀 먹여줬다고 네가 외국인인 건 아냐. 정신 차려. 엄마와 아빠가 아등바등 필사적으로 일해서 보내줬던 거니까, 뻐기지 말고 고마운 줄 알아. 그리고!"

아버지의 숨소리가 거칠어졌다.

"죽는다는 이야기 함부로 하지 마."

그럼 그게 정상이야?

화장실 수납장에 수건 각 맞추는 건 그렇다 쳐. 밥 먹다 국물이라도 튀면 먹다가도 닦고, 물컵에 립밤이라도 묻으면 오물이라도 묻은 듯 인상 쓰는 게 정상일까. 냉장고 안은 또 어떤가. 마치 대영 도서관의 장서고를 보는 듯했다. 오징어젓갈이 들어 있는 밀폐 통조차 1도의 흐트러짐 없이 정면을 바라본다. 문득 밀폐 통을 바라보노라면 오징어젓갈조차 각을 잡고 누운 것만 같았다. 밝은 색에서 어두운 색으로 배열된 아버지와 어머니의 셔츠들. 색깔별로 정리된 넥타이와 스카프. 작가의 이름별로 진열된 서고의 책들은 또 어떤가. 병적이다 싶은 아버지의 깔끔함에는 두 손 두 발 다 들었다. 좀 편하게 살면 어떻다고. 정리 정돈, 그까짓 거 좀 안 하면 세상이 망하기라도 한대?

뚫고 나오는 목소리를 억지로 욱여넣었다.

"나도 어떻게 해야 될지 모르겠다고. 아빠만 그런 거 아냐."

아버지의 눈빛에 압도되었다. 당당하게 의견을 말하려던 건데 스스로 생각하기에도 변명처럼 들렸다. 사춘기 변죽이 베이징 나비의 날갯짓에 걸렸다. 아빠란 사람은 왜 죽는다는 말에 저리도 이상 반응을 보일까.

최근에 할머니가 돌아가셨다. 아버지가 느낀 충격은 눈에 보이는 정도를 넘어 10센티미터쯤 어깨높이가 낮아진 것 같았다. 아버지가 한동안 상실감에서 헤어나오지 못할 거라 민서는 지레짐작했다. 속단은 깨끗이 빗나갔다. 참관 수업을 견학하는 다른 반 학부모처럼 방관자로만 딸의 인생을 내버려두던 아버지가 갓 부임한 담임 선생님처럼 변했던 것이다. 감정도 오락가락했다. 색깔로 표현하라면 녹색. 그래, 아버지는 헐크로 변했다. 태도와 감정이 수시로 바뀌는 아버지 때문에 민서는 골치가 아팠다. 열여덟 살이 되도록 처음 겪는 아버지의 모습에 적잖이 당황했다. SAT 시험을 핑계로 민서는 방에서건 거실에서건 아버지를 피했다. 아버지에게 할머니는 그토록 소중한 존재였던 것일까. 의아해졌다. 가족이라면 감정이 없을 때부터 점차 중첩해 쌓아가며 단단한 성채를 이루는 존재들일 터였다. 식구라는 단어로 옮겨가도 그렇다. 함께 숨가락, 젓가락, 포크, 나이프 섞어가며 같은 음식을 먹는 존재들 아닌가.

아버지의 아버지, 호칭도 어색했다. 할아버지! 불러본 적 없었다. 오히려 절친 제시카보다 못한 존재였다. 아버지의 아버지야, 둘 사이이니 모른 체해줄 수 있었다. 아래로 내려와 아버지의 딸인 민서는 아버지의 아버지에 대한 기억을 더듬어도 첫돌 사진과 단체 관광으로 왔던 2년 전 만난 게 전부였다. 심지어 '올드 보이'를 피해서 아버지의 어머니가 도망쳐야 했다면 그게 가족이냐고!

아버지의 어머니도 마찬가지였다. 2년 전 LA 단체 관광에서 아버지의 어머니는 대열을 이탈했다. 아들네에서 눌러살겠다 고집을 부렸다. 실로 충격적이고 충동적인 행동이 아닐 수 없었다. 아버지의 아버지뿐만 아니라 아버지의 어머니 역시 가족 관계에서 심각한 결함이 있었던 것이다. '할머니'를 잠시 피신시키라 아버지가 부탁했다. 갓 면허증을 땄던 민서는 운전하고 싶은 열망에 얼른 차 열쇠를 낚아챘다. 민서는 먼저 호칭을 정리했다. 아버지의 어머니에서 할머니로. 할머니라 부르자, 아버지의 어머니는 할머니가 되었다. 우리 손자, 말하며 할머니는 웃었다. 민서와 할머니는 처음으로 같은 차를 탔다. 선셋 대로 인근 레스토랑에서 한 테이블에 음식을 놓고 먹었다. 바질과 고수가 잔뜩 들어간 돼지고기 요리였다. 가족과 식구, 감정을 공유하고 같은 음식을 먹는 존재! 아버지의 아버지를 아버지가 설득하는 동안 선셋 대로라는 이름처럼 석양은 멋들어지게 내려앉았다. 하늘색과 쪽빛, 분홍이 섞인 하늘 아래서 바다는 내림과 오름을 반복했고 파도는 들어오고 나가며 반짝였다. 접시가 빌 때까지 민서는 석양처럼 아버지의 조력자 노릇을 했다. 할머니는 비록 조금 과격한 어투와 알아듣기 힘든 사투리를 썼지만 왼쪽 입꼬리만 올라가는 웃음이 아버지를 빼닮았다. 평소 사람들이 아버지랑 민서랑 판박이네, 하고 놀렸던 그 웃음은 할머니의 것이었다. 낯익어서 친근했고 친근해서 포근했다. 오후 4시에 벌어졌던 모험은 밤 10시 즈음에 마무리되었다. 무슨 변덕인지 "민서 너를 봤으니 됐다"며 할머니가 한국으로 돌아가겠다 결정을 내린 것이다. 민서와 할머니가 집으로 들어서자 아버지의 아버지였던 남자는 반대로 뒷짐을 진 채 바깥으로 나갔다. 아버지는 두 사람을 태워 라스베이거스에 있는 호텔로 여섯 시간 넘게 차를 몰았다. 민서에게 남은 기억이라면 새벽까지 자신이 차를 몰아 라스베이거스로 가지 못했다는 아쉬움이 전부였다.

그 여섯 시간이 전부였던 할머니의 기억, 현실로 다가온 죽음은 그래서 멀었다. 오히려 바질과 고수가 잔뜩 들어갔던 요리의 접시가 먼저 떠올랐다. 비록 할머니의 웃음이 아버지에게, 아버지의 웃음이 민서에게 대물림했더라도 그저 먼, 아버지가 국적을 바꾸기 전 나라의 일일 뿐이었다. 다만 죽음이라는 말이 가진 함의가 민서를 짓눌렀다. 태어나 처음 겪는 죽음이라는 '단어'에 슬픔과 공포, 아픔과 아련함이 뒤섞인 복합적인 감정이 몰려왔다. 그렇다고 해도 의지가지없는, 오로지 얼굴만 아는 아버지의 아버지를 만나러 한국으로 가라니? 'F'가 섞인 쌍욕을 태어나 처음으로 아버지에게 내뱉을 뻔했다.

"너무 멍청해. 아들이 아버지를 버리고 미국까지 왔다면 남이라는 것 정도는 받아들여야 하는 거 아냐?"

"남?"

10센티미터는 내려갔다고 생각했던 아버지의 어깨가 잔뜩 들썩이더니 산처럼 솟았다. 더불어 민서는 역광에 셀피를 찍으려 몸을 빼내듯 잔뜩 뒤로 물러났다. 겨우 80센티미터 정도의 거리였건만 그 어느 때보다 멀게만 느껴졌다.

"그래서 너는, 엄마도 남이야?"

아뿔싸! 저렇게 불똥이 튀나. 아빠의 정리벽 속에서, 어느새인가 삭제되어 금기어가 된 단어, 엄마.

작년 겨울이었다. 열일곱 살이 된 민서는 고등학생 신분이었지만 스스로를 성인이라 생각했다. 170센티미터에 어디에 내놓아도 빠지지 않는 몸매와 얼굴은 민서의 장기이자 재주였다. 민서의 재주 앞에 남자들은 반짝이는 눈빛을 거두려 들지 않았고 기꺼이 놀아나려 들었다. 즐기고 싶었다. 친구인 제시카와 함께 파티라면 빠지지 않고 참석했다. 제시카의 집에서 잔다고 거짓말하고 파티에서 밤을 새워 논 것도 한두 번이 아니었다. 토요일 오전, 한인 마트에 왔던 어머니는 '인 앤 아웃'에서 햄버거를 먹던 민서와 딱 마주쳤다. 테이블 너머까지 넘실거리던 민서의 술 냄새를 콜라와 햄버거로는 어찌 할 수 없었다. 방관자였던 아버지에 비해 평소 너밖에 없다며 장광설을 늘어놓던 어머니는 꽤나 충격을 받은 듯했다. 마치 공포 영화를 마주한 듯 "집에서 보자"라며 어머니는 황급히 가게 바깥으로 나갔다.

제시카는 공포 영화 속편을 본 것처럼 놀라서 물었다.

"어쩔 거야?"

"몰라, 꼰대들! 될 대로 되라지. 여차하면 너희 집에서 좀 살지 뭐."

"야, 그건 아니지. 너희 집은 너희 집이고, 우리 집은 우리 집이지. 노는 거랑 가족이랑 같아? 민서 네 엄마가 내 엄마가 될 수는 없잖아."

딱 잘라 말하는 제시카에게 민서는 놀랐다. 머쓱해진 민서는 말없이 콜라만 들이켰다. 얼마간 시간이 지나 집으로 돌아왔을 때 어머니는 없었다. 안도의 한숨을 내쉬며 2층 방으로 올라가자 작은 쪽지 하나가 보였다.

'딸이 마음대로 하는 거 보니, 문득 내 어머니가 생각나네. 맘대로 살아. 엄마도, 아니 이 말도 이제 않으련다. 나도 맘대로 살 거니까. 대신 나 때문에 울었던 엄마가 떠올라서 이 몸은 그만!'

뭐야? 스투피드! 민서는 어머니의 쪽지를 보고 멍청하다고 뇌까렸다. 민서는 멍청하다는 말을 몇 번이나 반복하다 잠이 들었다. 잠에서 깼을 때 집 안은 고요했다. TV 소리나 음악 소리, 심지어 동네 개 짖는 소리조차 들리지 않았다. 눈을 비비며 일어나 "엄마!" 하고 큰 소리로 불렀다. 적막은 민서의 외침으로도 깨지지 않았다. 오히려 더께가 한층 두꺼워지며 적막은 성큼 다가왔다.

될 대로 되겠지. 알 게 뭐야. 저주를 퍼붓듯 뱉어냈던 '스투피드'란 말처럼 민서는 '알 게 뭐야'를 반복했다. 섞어 마셨던 칵테일 탓에 머리를 부여잡은 민서는 깨나른한 작태로 소파에 드러누웠다. 누워서도 '알 게 뭐야, 내 인생도 아닌데'라고 생각하며 MTV를 켰다. 적막은 MTV를 장악한 머라이어 캐리와 어셔로 인해 저만큼 멀어졌다.

리한나의 노래가 흘러나왔다. 급히 눈을 떠 전화를 받았다. 제시카였다. 제시카는 다짜고짜 풋볼 팀 파티가 열린다며 흥분했다. 벌떡 몸을 일으킨 민서는 옷부터 챙겨야겠다는 생각에 바빠졌다. 몸매가 잘 드러나는 검은색 원피스가 떠올랐다. 머리카락 색깔과 드레스 색깔이 같아서 도드라지지 않지만 핑크색 머리끈 하나만으로 또래들에게 늘 먹혔다.

"엄마 블랙 미니 드레스 어디다 뒀어?"

적막.

엄마. 미니 드레스.

적막.

엄마……!

성큼 공포가 엄습했다.

엄마가……!

1번. 민서는 어머니의 단축 번호를 눌렀다. 신호음. 안내 목소리. 용건을 녹음하라는 지시. 재다이얼. 또 재다이얼. 특정 장면이 무한 반복되던 어느 영화의 한 장면처럼 신호음은 반복되고 반복되었다. 어쩔 수 없다, 한숨을 크게 내쉰 민서는 단축 번호 999번을 눌렀다. *끄트머리* 중에 *끄트머리*, 아버지도 전화를 받지 않았다. 휴대 전화를 사용한 이후로 아버지와 직접 통화한 기억은 손에 꼽을 정도였다. 민서가 아버지를 정의하는 한 단어, 꼰대. 아버지라는 존재는 가족을 위해 풍족하고 넘치는 부를 제공해야 되는 사람이다. 왜 필요한 이 순간에, 아버지라는 꼰대는 의무를 다하지 않을까.

화가 났다. 이 집안의 공주라면 민서다. 집안 전체가 민서를 중심으로 돌아갔다. 민서는 어머니의 바람대로 늘 A학점을 받았고 곧 치를 SAT에서 학교 최우수 점수가 예상되었다. 제시카와 민서는 학교에 한둘쯤 있는 시기 질투마저 가뿐히 넘어서는 대표이자, 졸업한 이후에도 동창들에게서 두고두고 회자될 자랑거리가 될 공주들이다. 어머니는 그런 딸에게 평생 고마워해야 할 것이고. 그런데 아버지와 어머니가, 오늘 하루 계획을 완전히 망쳐놓았다.

부들부들 손이 떨렸다. 왜 무서운 걸까. 무엇 때문에. 의문은 꼬리를 물었다. 민서는 뭐든 고집대로 해왔다. 내 마음대로 살았다. 왜 지금, 학교의 대표 격들이 모이는 파티 자리에 가지 못한다는 말인가. 그런데 왜! 화가 난 끝에 공포가 깃드는 걸까. 민서는 결국 자라처럼 머리를 말아 몸을 소파에 묻었다. 그날 밤 민서는 도무지 알아낼 수 없는 감정과 정리할 수 없는 생각에 하루를 보냈다.

겨울 방학이 끝날 무렵 어머니에게서 딱 한 통의 메일이 도착했다.

'너는 너무 오만해. 몇 번이고 곱씹었지만 내가 너를 잘못 키운 게 아니라 네가 잘못 커가고 있어. 정신 차리고 살아. 수백만 원짜리 밥 한 그릇을 먹든, 구걸을 해서 햄버거 하나를 얻든 인간이 먹는 건 그저 한 끼가 전부니까. 가치라는 건 가격표에 달린 문제가 아니야. 너는 지금도 여러 분야에서 네 가격을 올린다고 착각하고 있겠지만!

무엇을 하고 살지보다 어떻게 하고 살지를 생각해. 그게 엄마가 너에게 해줄 수 있는 마지막 말이다.'

스투피드! 어른들은 늘 스스로 잘 알지도 못하면서 가르치려고만 든다. 엄마도 마찬가지야, 멍청하기는. 민서는 메일을 삭제해버렸다.

태어나서 지금까지, 민서가 이겨내기 위해 노력한 것은 다름이었다. 사람들은 그것을 차별이라고 말했다. 유색 인종 중

61

에서도 아시안, 그들 중에서도 한국인은 세탁소나 편의점, 이보다 못한 블루칼라로 치부되었다. 그러나 미국은 돈의 나라다. 돈은 곧 'DREAM'이다. 돈을 잘 버는 직업, 그래서 겉으로 드러날 정도로 부를 보여주는 사람들에게 굽실거리는 나라다. 차별을 숨기고 말하지 않는 초고위층에서조차, 실제로는 돈의 많음으로 평가받는 그 계급에서도, 돈 많은 한국인은 대접을 받았다. 물론 흑인이 대통령에 당선되는 일이 생긴다면 민서가 인식하는 인종 간 차별에 대한 생각들도 바뀔지 모른다. 민서는 바로 그 꼭대기 층에 다다르기 위해 죽을힘을 다하며 살았다. 적어도 열일곱 살 인생 전부를 바쳤다. 치과의사인 아버지보다 더 높이, 더 많이 가질 수 있는 사람이 되기 위해.

복잡한 건 생각하지 말자. 단순하게만 생각하자.

오로지 단순하게만, 그 말을 실천하며 지난 1년을 버텼다.

"엄마도 올지 몰라."

결국 아버지가 하고 싶었던 말은 이거였던가. 엄마가 올지 모르니까 한국에 가보라고?

왜 내가! 왜 가야 하는데? 겨우 엄마를 보려고? 아니면 할머니의 사십구재를 챙기라고?

아시아인인 어머니와 아버지로 인해 외모야 그렇다 치자고. 아버지의 고집으로 한국어를 능숙하게 구사하고 한국 음식을 먹고 산다지만, 왜 내가! 왜 가야 하는 건데?

"진짜로 엄마도 온대?"

생각과 달리 눈물이 흘렀다. 스투피드! 문득 생각이 스쳤다. 어쩌면 멍청한 건 우리 집안이 가진 치명적인 유전병인지도 모르겠다는. 아, 그게…… 가족이구나. 민서는 흐르는 눈물을 내버려두었다.

그리움이 울컥 차올랐다는 사실은 출국 터미널을 지나며 깨달았다. 그래, 까짓거 한국으로 가보는 거다. 민서는 괜스레 아버지에게 딴죽을 걸며 창가 자리를 조건으로 내걸었던 쪼잔함에 웃음이 났다. 눈물과 웃음이 범벅이 된 얼굴을 누가 볼까 얼른 얼굴을 감쌌다. 엄마, 보고 싶다. 그런데 그리움이란 거, 왜 적분보다 어려운 거지? 나 적분은, 학교에서 제일 잘하는데. 왜 논리나 수학으로 해결되지 않는 게 이 세상에 존재하는 거냐고. 왜 그건 가르쳐주지 않은 건데?

4

"해시태그 달아주세요. 그러면 같은 해시태그를 단 글끼리 모아줍니다."

"누가요?"

정 노인이 끼어들자 노인들은 해시태그를 단 것처럼 강사를 향해 웃음을 모았다.

"제 이름을 쓰시든가요. 오, 현, 주! 그럼 제 이름 앞으로 선생님들의 글이 모이는 것과 같은 효과를 줍니다."

이름을 말하며 강사는 야무지게 강약을 넣었다. 인스타그램에 대해 강의하다 용의주도하게 이야기를 전환시켰다. 질릴 법할 텐데도 강사는 웃음을 잃지 않았다. 화사하게 웃던 노인들이 제법 고개를 숙이고 자판을 두드리기 시작했다. 현미도 '#'을 치고 강사 이름을 써 넣었다. 오, 현, 주. 그런데 무언가 거슬렸다. 백스페이스 키를 몇 번 눌러 커서를 왼쪽으로 보냈다. 이름을 바꾸어 또박또박 두드렸다. 'ㅂ, ㅏ, ㄱ'. 이름을 써 넣는데 확신이 사라졌다. 내가 무어라고 SNS 같은 데다 내 이름을. 생각 끝에 단어 하나가 걸렸다. 교통사고. 얼른 썼던 글자를 지웠다. 왜 이런 바보 같은 단어가.

머리가 혼란스러웠다. 내가 쓰려던 이름, 그 기저에서 꿈틀거리며 역류하는 미지의 무엇인가가 뇌를 건드렸다. 모르겠다. 그저 쉽게 내 이름 석 자를 쓰면 되는 일인데. 현미는 손가락에서 힘을 뺐다.

뇌는 환희나 공포에 반응해 각인하듯 주름을 만든다. 이것은 그대로 기억이 된다. 자각에도 반응하는데, 늙었다고 생각하는 순간 뇌는 인간의 몸을 퇴화시킨다. 생각보다 빨리 검지가 백스페이스를 누르고 있었다. 현미가 썼던 기억은, 점점 왼쪽에서 위로 치달으며 문장에서 글자로, 글자에서 하얀 면으로 소멸했다. 덩달아 꿈틀거리며 뇌를 헤집던 환영 하나도 영체되어 급기야 사라지고 말았다.

"어머, 왜 지우셨어요?"

관찰하고 있었던지 강사가 곁에서 눈을 마주쳤다. 올려다보기가 거북해 시선을 모니터로 두며 외면했다.

"그게 쉽지 않네요. 나를 내보이는 것도, 또 무언가를 쓴다는 것도."

"어머님도! 그러니까 제가 돈 받고 가르치는 거죠. 그래서 강사 아니겠어요?"

강사의 말에 묘하게 설득되었다. 현미만 그런 것은 아니었는지 정 노인이 "그럼, 그럼" 하며 추임새를 넣었다. 틀린 말은 아니었다. 말이 좋아 레지던스지, 요양 시설에서 환자나 다름없는 노인들에게 컴퓨터를 가르친다는 게 쉬울 리 없었다. 공부가 친구보다 가까웠던 현미조차 새로운 학습은 힘에 부쳤다. 인정하기 싫지만 현미는 요즘 아이들 말로 '화석'이 되었다. 늙어버린 뇌는 실로 화석처럼 굳어 새로운 것을 받아들이려 하지 않았다. 기억은 낡았고 변화는 무서웠다.

현미도 집을 팔고 노인 요양 시설에 입주하는 것에는 겁이 났다. 미국 같은 선진국이야 '선 시티'라는 전문 요양 도시를 만들어 오로지 노인을 위한 복지를 펼쳤다. 한국에서는 대통령에 따라 정책이 바뀌고 정책의 지속성마저 사라지니 이르다 판단했다. 우후죽순 난립한 상조 회사나 납골당에 유독 사기나 허위가 많은 사실만 보아도 현미의 판단은 틀리지 않을 것이다. 이 판단에 균열을 가한 것은 화숙이 집을 방문하면서였다.

외무 고시 두 해 후배인 화숙이 안내장을 내민 것은 7개월 전이었다. 화숙은 아들이 사업에 실패하고, 자신이 정년퇴직하며 일시불로 받은 연금도 또 그간 모았던 막대했던 재산도 모두 날렸다. 어쩔 수 없이 일흔 나이에 일터에 나섰다. 화숙은 최고급 레지던스인 '더 클래식 이사'라는 그럴듯한 직함으로 영업을 뛰었다. 현미가 그랬듯이 화숙도 외무 고시를 합격한 순간 세상을 바꿀 수 있을 거라 생각하지 않았을까. 다 지난 일이지만 '유리 천장'을 뚫는 일도, 또 남성 위주의 사회에서 주도권을 쥐는 일도 실패했다. 현미의 세대에서 여성 외무부 장관을 꿈꾸는 일은 언감생심 '거대한 잠'이자 '상실의 시대'였다.

"언니, 여기는 달라. 대학 병원에서 설립한 곳이라고."

3년 만에 찾아온 화숙은 '더 클래식'을 설명하는 데 열을 올렸다. 의사와 간호사가 상주하고, 모든 시설은 5성급 호텔과 다름없단다. 생명 보험 수익자를 병원으로 바꾸어도 되고 집을 팔아 일시납으로 입주해도 괜찮다며, "언니 일시납은 40프로 할인이야" 하고 눈을 반짝였다.

적어도 이때까지 현미는 요양 시설에 대해 적대적이었다. 현미는 얼굴에서 감정을 드러내지 않으려 노력했다. 화숙에게 무어라 말하긴 해야 할 텐데 상황을 무마할 어떤 말도 떠오르지 않았다. 고민하다 현미는 엉뚱한 이야기를 꺼냈다.

"우리 꿈이 여자가 외무부 장관이 되는 거였잖아."

"언니는 아직도 그 꿈을 못 버린 거요? 우리처럼 외무 고시 출신이 여성 외무부 장관으로 유리 천장을 뚫는 게 꿈은 꿈이었지. 나는 언니가 그럴 거라 생각했어. 언니만큼 당차고 똑부러진 직원이 누가 있었어?"

화숙은 그때가 생각난다는 듯 날숨을 크게 내쉬었다. 화숙의 말이 틀리지는 않았다. 다만 1990년 갓 생겨났던 주 소련 대한민국 대사관에 현미가 참사관으로 부임하며 말썽이 생겼다. 대외 정보 수집을 도맡아야 하는 국가안전기획부 직원 때문이었다. 연방 해체설이 나돌던 즈음 상당한 정보 수집을 현미에게 떠맡겼다. 현미는 안기부 직원을 내부 고발했다. 소련 공산당 보수파의 쿠데타가 실패했듯이 현미의 내부 고발은 반대적인 의미에서 실패했다. 그 결과 현미는 만년 참사관으로 오지나 다름없는 국가만 맴돌았다.

"누가 아니, 여성 대통령이라도 탄생할지. 외무부 장관이든 대통령이든 여자가 된다면 내가 거기 레지던스 들어갈게."

현미는 화숙에게 농담 반 진담 반으로 말했다. 현미가 능친 말에 화숙도 더는 고집을 부리지 않았다. 화숙에게 3대 홍차인 랑카스티를 현미만의 레시피로 완성한 밀크티를 대접했던 늦여름은 그렇게 잊혔다.

화숙이 응암동 현미의 집에 찾아온 것은 새해가 갓 지난 올해 1월 초였다. 화숙은 대뜸 여성 대통령 이야기를 꺼냈다. 응, 좋아할 일이지, 현미는 얼버무렸다. 급작스러운 방문도 또 화제에 올린 여성 대통령도 낯설었다. 얘가 왜 이러지, 속으로 삼키며 차를 냈다.

"언니, 아직 점심 안 먹었지? 내가 살게."

화숙은 미리 알아보고 온 듯 응암역 근처 한정식집으로 향했다. 가게에 도착하자 한 남자가 현미를 맞았다. 최고급 한정식을 주문한 남자는, 현미에게 이름만 들어도 알 만한 유명 대학교 교수라며 명함을 건넸다.

"……화숙 선배께서 그러는데 여자 대통령이 탄생하면 레지던스에 입주할 거라고 하셨다면서요. 이번에 화숙 선배님이 저희 대학교가 만든 레지던스 이사님이 되셨어요. 그런데 이곳은 아무나 들어올 수 없거든요. 화숙 선배님이 저더러 꼭 보증을 서달라고 부탁하셔서 이렇게 짬을 냈습니다."

허. 보리굴비를 집던 젓가락에 한숨이 보태졌다. 무거워진 젓가락을 놓고 화숙을 노려보았다.

"언니가 그랬잖아, 지난번 만났을 때. 여성 외무부 장관이나 여자 대통령이 당선되면 입주하겠다고. 이번이 기회야. 번듯한 건물에 딱 5백 가구만 입주하거든. 프리미엄 레지던스야."

그제야 번뜩 화숙에게 자리를 무마하려 했던 말이 떠올랐다. 아니라고 할 수도 틀렸다고 할 수도 없었다. 화숙은 그 자리에서 레지던스 입주를 못 박으려고 보증인까지 대동했다.

오랜만에 최고급 한정식을 두고도 밥맛이 싹 가셨다.

"며칠만 고민해봐도 됩니까?"

그러려던 건 아닌데 시험을 보는 사람처럼 두 손을 무릎 위에 모았다. 어느새 무릎까지 꿇었다. 어색함을 무마하려 화숙이 전통주를 주문했다. 남자는, 잔을 건네는 속도에 맞추어 레지던스의 좋은 점을 열거했다. 술이 빌 즈음 좋은 점도 바닥났는지 남자는 말을 아꼈다.

"그만 가요, 언니."

화숙은 얌체처럼 빠질 순간을 알고 끼어들었다.

남자와 명함에 있는 대학교 이름이 조합된 프리미엄 레지던스를 알아보려 오랜만에 여러 사람에게 전화를 걸었다. 적어도 현미가 아는 사람들은 괜찮다며, 또 괜찮을 거라며 오늘에서 미래까지 포함되는 대답을 했다.

집을 팔고 입주하기까지 한 달, 표류하는 기분이었지만 막상 입주하고 보니 만족감은 상당했다. 매일 혼자 밥을 먹고 TV를 보며 신문을 읽다 잠이 드는 고독한 삶은 아니었던 것이다. 정기적으로 진료를 받고 24시간 개방된 체육 시설과 오락 시설에서 사람들을 만났다. 무엇보다 마음에 든 것은 교육에 대한 기회가 열려 있는 점이었다. 대학에서 운영하다 보니 학점은행제를 통해 학사를, 이후 원한다면 석사와 박사 과정까지 공부할 수 있었다. 거기에 그치지 않고 여러 노인을 위한 학습 과정이 개설되었다. "꿈이 뭐예요?" 누군가가 기습적

으로 묻는다면 "여기서 죽을 때까지 사는 겁니다"라고 대답
하지 않을까. 그만큼 현미는 변했다. 물론 마음 한구석에 불
안함은 남아 있었다. 적어도 현미가 죽기 전까지 유지되고 제
공되는 레지던스의 서비스는 변함없어야 할 것이다.

현미는 웃음을 지으며 강단을 보았다. 이제 스물일곱 살밖
에 되지 않았다는 여자 강사는 노인들에게 재미있게 컴퓨터
를 가르쳤다. 현미가 속한 반은 고급 강좌였는데 페이스북과
인스타그램, 트위터 같은 SNS를 숙달하는 게 목적이었다.

"자, 오늘은 여기까지만 할게요."

"팔로우 해주시는 겁니다."

정 노인이 틈을 두지 않고 강사를 압박했다.

"그럼요, 글 올리시면 따박따박 제가 '좋아요'도 눌러드릴
게요. 대신 싫은 건 안 눌러드릴 겁니다. 앞으로 한 시간 동안
은 자유 시간입니다. 다음 강사님 오실 때까지 컴퓨터로 하고
싶은 거 하십시오."

강사의 말에 정 노인을 뺀 나머지 노인들이 파사하게 웃
었다.

처음 강좌를 접한 현미는 SNS를 배우며 새로운 세계를 만
났다. 소위 '영 우먼'은 자신의 일상을 공개하는 데 거리낌이
없었다. 어린 소녀들과 SNS로 소통하며 욕심이 생겼다. 자신
의 젊은 시절, 특히 속으로만 썩히고 말하지 않았던 지난 일
들에 대해 말하고 싶어졌다. 여자라서 하지 않았거나 여자라

서 못 했던 것, 특히 결혼도 마다한 채 나라를 위해 일했던 그녀가 내부 고발자로 찍혔던 과거를 말하고 싶었다. 그러기 위해 현미는 과거를 반추해야만 했다. 잊었거나 잊으려 했던 과거, '지나간 사건이나 시간'에 대해서.

무엇부터 적어야 될까.

석 자, 이름 쓰는 데에서부터 두려움을 느껴서야 아무것도 못 할 것이다. 다만 가상의 공간답게 닉네임을 만들어 자유롭게 사용했다. 현미도 그러기로 했다. 써야 한다는 생각이 굳어진 뒤로 집에서 노트북으로 연습했다. 쓰고 지우기를 반복했지만 역시 쓰는 것이 좋았다. 무언가를 쓰지 않으면 불안과 초조에 걸리는 사람들에 관한 책을 읽은 적이 있었다. 아마도 현미의 삶을 관찰한다면 지금 현미가 딱 그런 부류에 속할 것이다. 쓰지 않으면 배길 수 없었다. 죽기 전에 내 과거를 쓴다. 물론 현미는 모른다. 왜 이런 불안감에 휩싸이는지. 본능이라고 말하기에는 너무나 강렬했고 반추라고 표현하기에는 무언가 모자랐다.

쓰자, 일단 쓰고 보자.

막상 글을 쓰려고 보니 화두는 '쓴다'에서 '무엇'으로 옮겨갔다. 가장 쓰고 싶었던 과거는 소련 체제하에서 벌어졌던 안기부와 그녀의 알력 다툼이었다. 현미는 페이스북에 그때를 떠올리며 가감 없이 이야기를 적었다. 오랫동안 문서를 다루었던 그녀답게 자신 있을 거라던 예상은 완전히 빗나갔다. 마치 여덟 살 아이가 칭얼대며 엄마에게 고백하듯 주저리주저리 내뱉은 글이 돼버렸던 것이다. 몇 번을 읽었지만 자신이 쓴 글은 지극히 개인적이고 감상적이었으며 객관성이라고는 찾아볼 수 없었다.

망했네.

현미는 속으로 푸념했다. 감상은 한마디면 충분했다. 맹렬직업 여성이자 모범생이었던 현미답게 금세 학습을 시작했다. 비록 느리기는 했지만 꼼꼼하게 공부했다. 유명 블로거의 글을 찾아내 읽었고 책으로 만들어진 페이스북 지침서를 구입했다. 글에 대한 분석도 병행했다. 일반인이면서 팔로워가 많은 트위터도 조사했다. 파워 블로거의 글은 매우 전문적이거나 대중적인 관심도를 발 빠르게 반영했다. 더해서 사진과 글의 배치가 절묘했다. 페이스북이나 트위터의 글은 조금 가벼운 편이었지만 파워 블로거의 글과 크게 다르지는 않았다. 현미가 주저리주저리 쓴 것처럼 글자 수도, 문장 양도 많지 않았다. 얼마다, 딱 떨어지게 말하기는 어렵지만 읽기에 적절했다. SNS라는 말에 부합하도록 두루두루 타인의 글에 '좋아요'를 눌러 상호 소통했다. 모든 글은 살아 있었다. 유기적으로 움직이며 '좋아요'나 '공감'과 연동했다. 더불어 글이 살아있도록 만드는 요소는 바로 사진이었다. 알찬 내용과 상호 소통, 그리고 절묘한 사진! 사진이 필수라는 생각이 들어 최고급 디지털카메라를 구입하려 하자 오히려 전자 상가에서 말렸다. 스마트폰 카메라가 충분히 좋으니 최신형 스마트폰을 구입하라고 권했다.

블로그를 가장 먼저 시작했다. 풍경 사진이나 매일 먹는 식단, 또 그날그날 본 영화나 TV 프로그램 등에 대한 간단한 평을 작성해 블로그에 글을 게재했다. 네티즌이 다녀가기는 했지만 웬만해서는 댓글이 달리지 않았다. 꾸준히 글을 올리기를 한 달, 첫 댓글이 달렸을 때 노트북을 보던 그녀는 옆집까지 들릴 정도로 환호를 질렀다. 블로그가 어느 정도 자리를 잡았다 싶은 즈음, 그녀가 쓰고 싶었던 '과거'에 도전하기로 했다.

블로그에 처음 쓴 과거는, 외무 고시 합격 이야기였다. 나름 객관적으로 담담하게 써냈다고 자신했다. 두근거리는 마음으로 블로그 글을 발행했다. 블로그 이웃이 글을 읽고 댓글을 단 것은 하루가 지났을 즈음이었다.

'어머, 할머니셨네요. ㅜㅜ 너무 오래전 화석 같은 이야기……. 공감 백 퍼 노.'

실망스러웠다. 그래도 댓글이 뿌듯하고 고마웠다. 얼른 답글을 달아 감사하다는 말을 전했다. 댓글을 달아준 상대의 블로그를 찾아가 하트 모양 '공감'을 눌러주고 댓글도 달았다. 이제 초등학교 6학년이라는 블로그 이웃이 꼼꼼하게 코치를 해주었다. 과거라면 어땠을까. 아이의 이야기라 치부하며 쳐다나 보았을까. 매일 하나 이상, 어느 날은 다섯 개 이상 글을 올렸다. 먹고 마시는 사진에 맛있다는 감탄과 표현에도 이웃들은 반응했다. 그렇게 블로그 활동이 두 달째에 접어들었다.

자신감이 붙은 현미는 비밀스럽게 혼자 해오던 일을 화숙에게 공개했다. "주책이요, 언니!" 하고 화숙은 퉁바리를 놓았다. 목소리에서 심술은 느껴지지 않았다.

"읽고 댓글 좀 달아줘."

말해놓고는 배시시 웃음이 나왔다. 화숙의 말처럼 나이 들어 주책일지도 몰랐다. 그렇지만 행복한 걸 어쩌란 말인가. 매일 혼자 먹던 밥, 아무렇지 않게 놓던 숟가락에도 의미가 생기기 시작했는데. 사진을 찍기 위해 세심하게 각도를 조절하고 반짝이도록 야무지게 닦는 것조차 마음이 쓰이는데.

"이제는 너와 내 얘기를 해보려고 해. 너와 내가 외교관으로 지냈던 과거들."

"그래요, 기다릴게."

특별히 감정을 담지 않은 목소리로 화숙은 전화를 끊었다.

열심히 썼다. 대학교. 외무 고시. 여자 외교관. 반추할 과거가 있다는 게 행복했다. 쓰고 또 썼다.

'어때? 읽어봤니?'

하루에도 몇 번이고 문자 메시지와 전화로 물었다. 일주일이 넘어 화숙에게 전화가 걸려왔다. 화숙은 사무실에 있는 젊은 아가씨에게 읽어보라고 한 게 일주일이 지나버렸다며 미안해했다. 평가는 최악이었다. 굳이 알고 싶지 않은 내용일뿐

더러 너무 잘난 체하는 글이라는 것이다. 괜찮아, 아무렇지 않게 전화를 끊었지만 며칠이나 노트북을 켜기 싫었다. 결국 SNS를 가르치는 강사에게 상의했다. 지난 블로그 글을 읽고 화숙이 일하는 사무실 아가씨들의 평가를 듣던 강사는 심각하게 고민했다.

"선생님, 일기를 써보시는 건 어떠시겠어요?"

"일기요?"

"네. 제가 보기엔 글을 잘 쓰려고만 하신 느낌이에요. 그러다 보니 자기 이야기는 적절히 숨기면서 타인을 까는 듯한 뉘앙스가 풍겨요. 오히려 자신을 진솔하게 드러내는 게 맞을 것 같아요."

강사가 고마웠다. 에둘러 해주는 평가는 간단했다. 잘난 체하는 글이라는 뜻, 그러니 일기를 쓰라는 게 이해가 갔다. 그럴까. 결혼을 했더라면 손자뻘이었을 강사의 말을 믿어도 될까. 주저하는 눈빛이 읽혔는지 강사가 덧붙였다.

"어차피 남는 게 시간이잖아요. 이것도 해보고 저것도 해보는 거죠. 결론을 찾았을 때 돌진하면 되는 거잖아요."

강사는 현미를 보며 윙크를 했다. 묘한 기시감이 일었다. 일기라. 현미는 강사의 말대로 일기를 써보기로 했다. 하루, 또 하루 쓰다 보니 특징적으로 생각나는 과거의 일이 글로 정리되기 시작했다. 어제는 화숙을 통해 여기까지 입주하게 된 경위를 글로 정리했다.

가만 오늘 화숙이 온다고 하지 않았나? 오늘……이 며칠이지? 오늘이 이토록 아뜩하게 느껴지는 이유는 무엇일까. 두려움을 넘어 심장이 빠르게 뛰었다. 그저 오늘을 떠올렸을 뿐인데. 현미는 의아한 마음을 억누르며 파일 탐색기를 열었다. 한글 프로그램에서 제목과 마지막으로 저장된 날짜를 확인했다. 날짜가! 무언가 잘못되었나? 현미는 컴퓨터 왼편 하단에 적힌 날짜와 시간을 확인했다. 현미는 끔쩍 놀라며 자판에서 손을 뗐다. 현미가 기억하는 오늘이라면 2013년 겨울이라야 옳았다. 그런데 컴퓨터 하단에는 한참이 지난 2018년이 찍혀 있었다.

고개를 갸웃한 현미가 손을 들었다.

"선생님, 컴퓨터 날짜가 고장이 났어요. 이거 어떻게 손보나요?"

5

'머리털 나고' 백화점에는 처음 왔다. 구마산 일신백화점에서는 '실기품 할인 바겐세일'이 진행되고 있었다. 부산은 모르겠지만 경남 일대에서는 처음 생긴 백화점이라는 말도 공공연히 나돌았다. 마산은 물론 인근 창원군이나 진해시에서도 일신백화점으로 사람들이 나들이했다. 확인할 길은 없다지만 백화百貨라는 한자가 딱 들어맞는 '점빵'이었다. 커다란 간판에도 놀랐지만 매장을 가득 메운 색깔과 크기를 달리한 수많은 상품에 넋이 나갔다. 어떤 작업복을 입어도 검게 만드는 회사에 다니는 지유에게 옷은 그저 헝겊 조각일 뿐이었다. 시름을 잊은 채, 기억을 잊은 채, 입고 먹고 즐기는 어른들이 부러웠다.

엄마를 찾아왔던 지유와 달리 수봉과 용수, 정호가 마산에 자리 잡은 이유는 하나였다. 먹을 것! 마산은 돈이 돌았다. 강점기 때는 일본으로 물자를 수탈할 항구가 있어서, 한국 전쟁 통에는 낙동강 전선 아래 무너지지 않은 방어벽 탓에, 사람들이 모였다. 물자가 있으니 노동이 필요했고, 살아남은 사람들에게는 먹을 것이 필요했다. 물자가 모이니 돈이 돌았고, 모인 돈은 사람을 끌어모았다. 여자와 남자, 아이와 어른을 가리지 않았다. 전쟁의 후유증이었다지만 몇몇 도시에 극단적으로 사람들이 모였다. 서울, 인천, 대구, 부산, 광주, 대전이 그랬다. 마산은 이들에 이어 경제 규모로 여섯 번째, 인구로는 일곱 번째 큰 도시로 자리매김했다. 백화점은 거대해지는 하나의 상징이자 지표였다.

백화점 앞으로 한 무리의 또래들이 어딘가로 뛰어갔다. 한껏 멋을 낸 지유 일행과 달리 그들은 교복을 입고 있었다. 얼마 전부터 흉흉한 소문이 나돌았다. 부정 선거도 경찰이 나서서 도왔고 심지어 이를 막거나 폭로하려는 사람을 폭행하고 다닌단다. 노 씨가 말했던 지유와 같은 또래의 시체도, 저런 학생 무리가 찾아냈다고 들었다. 바로 마산 앞바다에서. 말도 안 된다. 어떻게 그런 일이 있단 말인가. 전쟁을 이기게 해주고 미군에게 물자를 얻어와 나누어준 게 국가다. 잘 먹고 잘 살게 해주려 기를 쓰는 국가가 국민에게 해코지를 한다고? 억지다. 생각이 엇갈렸다. 결론을 내릴 수 없었던 지유는 귀를 닫았다. 좋은 부모 아래에서 따뜻한 밥을 먹으며 공부하는 학생들은 실제 세상을 모른다. 프레스 기계로 매일 3천 장 넘게 연탄을 찍으며 사는 일찍 어른이 된 아이들을 알 리 없다. 저도 모르게 불끈 쥔 주먹에 힘이 들어갔다. 순간 시큼한 땀 냄새가 지유의 앞으로 스쳐갔다. 하나, 둘……. 누가 시킨 것도 아닌데 슬쩍 비켜나게 된다. 검은 교복, 나와 다른 종자, 배우는 아이들. 지유는 씁쓰레한 마음을 짓누르며 군화를 신은 발에서 힘을 뺐다.

"와? 아직도 학교 가고 싶나?"

역시 눈치 빠른 수봉이다. 슬쩍 곁으로 다가와 속삭였다.

"니가 키 작은 아들은 학교에 몬 간다메?"

"반장님이 그리 말해서 몬 가는 줄 알았지."

수봉이 떨떠름하게 웃었다. 지유는 그런 수봉의 뒤통수를 한 대 쿡 쥐어박았다.

"기죽지 마라. 저 아들은 돈을 쓰지만 우리는 안 버나. 그자?"

수봉처럼 '판잣집이 나래비로 선 쓰레기 난전 더미 위에서' 살아왔건 '2층 양옥집에서 가정부가 해주는 밥을 먹고' 살았건 사람은 같다. 수봉은 순진하고 무구하다. 그것이면 된 것 아닐까. 그래도 기가 죽는 것만큼은 어쩔 수 없었다. 공부는 언감생심, 학교 담벼락에 오줌이나 갈겼을 수봉을 위해 지유가 한글을 가르쳤다. 다만 거기까지였다. 지유도 학교에 다녀본 적 없기는 마찬가지였다. 지유의 일곱 살이 수봉의 일곱 살보다 조금 나았을 뿐이다. 그리고 10년, 배운 것이 없었던만큼 지유는 성장하지 못했다. 돈을 버는 것과 성장을 한다는 것은 다른 일이다.

가물가물한 기억 한편에 아버지가 이런 말을 했다.

'얼운다'고 해서 다 어른인 건 아이다. 어른은 말이다, 자고로 지 이름 자 앞에 학생을 떼야 어른인 기다.

지금 생각하면, 어머니를 쫓아낸 아버지는 가책도 없이 잘도 늘어놓았다.

수봉이 한글을 익힌 며칠 뒤 수봉과 지유는 댓거리 국민학교 담벼락에 오줌을 눴다. 수봉은 오줌으로 제 이름을 썼다며 웃었다. 언뜻 보아도 이름은, '이수봉'이라기보다 이주보 정도로 보였다. 이응을 그려야 했을 동그라미까지 어린 방광이 버텨내지 못한 것이다. 지유는 아버지의 이름을 썼다 뭉갰다. 하현달이 위태롭게 떴던 하늘이 비루하게만 보였다. 그리고 다짐했다. 다시는 아버지 이름 따위, 기억하지 않으리라.

"가자."

지유가 수봉을 재촉했다.

먼저 와서 기다리고 있던 지숙 일행을 지하 작업복 매장에서 만나기로 했다. 용수와 정호는 득달같이 지하로 내려간 뒤였다. 작업복 매장이라고 해서 별 볼 일 없을 줄 알았는데 각양각색의 작업복만 수천 벌쯤 진열되어 있었다.

우와, 수봉이 감탄사를 터뜨렸다. 수봉과 반대로 용수는 똥 마려운 강아지처럼 지유에게 다가왔다. 지유야, 속삭이는 용수의 목소리는 이미 똥을 지린 강아지 같았다.

"바겐……세일이 뭐꼬?"

"바게…… 바렌, 뭐? 바겐세일?"

바겐, '겐'에서 지유의 성조가 하늘을 찔렀다. 모르기는 지유도 마찬가지였다. 영어라면 그저, 교복을 입은 제일여고 여학생과 같지 않을까. 말해보고 싶지만 무섭고, 알아가고 싶지만 누구도 알려주지 않는 여자, 아니 여학생……! 용수가 툭 옆구리를 건드려 지유의 생각을 깨웠다.

"어. 2층 숙녀복 매장에 바겐세일 한다고 지숙 씨가 거 가자 카던데? 바겐세일이 뭔고 알아야 가든가 말든가 하지. 남자 가오가 있는데 거 숙녀복 매장에 있는 바겐세일을 통째로 사주야 안 되긋나?"

멀찍이 물러나 있던 정호가 용수를 보며 고개를 잘래잘래 저었다. 마치 쓸모없어진 연탄재를 보듯 했다. 정호는 지유에게 다가와 귓속말했다.

"바겐세일, 결손 처분."

아, 감탄을 터뜨린 지유는 눈치껏 용수와 수봉에게 결손 처분이라고 전달했다.

용수는 결손 처분이라는 말을 듣더니 새 연탄을 받아 든 것처럼 얼굴이 밝아졌다.

"그라모 정가보다는 싸긋네, 그자?"

대답도 듣지 않고 용수는 재빠른 걸음으로 지숙에게 다가갔다. 지숙의 등을 슬쩍 건드리나 싶더니 눈이 맞자 왼쪽 눈을 잔뜩 찡그렸다. 그 모습을 본 지숙이 쿡 웃음을 터뜨렸다.

"내가 옷 바겐!" 용수의 목소리가 겐, 에서 딱 멈추더니 한껏 성조를 높여 도드라졌다. "세일 하는 데서 옷 한 개 사준다꼬! 갑시다."

용수가 호탕하게 큰소리쳤다. '2층 숙녀복 바겐세일'이라고 적힌 현수막을 손으로 가리켰다. 커진 용수의 목소리에 반응한 지숙의 뒤로 병풍처럼 여자들이 섰다. 지숙이 호위 무사라도 된다는 양 의기가 양양했다. 모습을 본 용수가 두어 걸음 뒤로 물러났다. 안 봐도 빤했다. 용수는 헤벌어져 놀란 듯한 토끼 눈이 되었을 것이다. 지유가 성큼 용수의 뒤로 다가갔다. 수봉과 정호도 나란히 섰다.

"뭐꼬?"

키가 크고 야윈 여자가 눈을 흘겼다.

"난쟁이 똥자루들이네?"

오동통한 여자애가 퉁바리를 놓았다.

"사준다는데 마다해서 쓰나, 그자? 그라는 거는 사람에 대한 예의가 아이지. 맞제?"

지숙이 배경이자 병풍을 손짓해 사람으로 변화시켰다. 금세 하나하나 이름을 말했다. 향미, 미자, 숙희. 지유는 눈으로 지숙이 말하는 이름을 좇았다. 지숙이 이들을 더 소개하기도 전에 용수가 요령 좋게 지숙의 팔짱을 꼈다. 까르르 지숙이 웃나 싶은데 부르고 몸짓해 사람이 된 셋에게서 콧방귀가 터졌다. 파하, 웃기네, 저 머스마! 말꼬리가 용수에게 닿기도 전에 팔짱을 낀 둘이 모퉁이를 돌아 계단으로 올랐다. 지유와 친구들에게는 병풍이, 병풍들에게는 난쟁이 똥자루들인 '난쟁이 똥자루 병풍 무리'가 2층으로 올랐다. 언뜻 보이는 용수의 발걸음에는 잔뜩 기합이 들어가 있었다. 기가 찬다, 기가 차. 낮게 탄식하는 지유의 말은 계단 모퉁이 어딘가에서 부서지고 말았다.

기세등등하던 용수가 바겐세일이라고 적힌 매장으로 들어가려 하자 지숙이 말렸다.

"저기 옷은 싫은데. 이왕 사줄라 카모 저기는 어떻노?"

지숙은 제법 앙증맞은 얼굴로 바겐세일 매장 반대편을 번갈아 가리켰다. 지숙이 싫다고 말한, 바겐세일 매대는 한눈에 보아도 북적였다. 반면 이왕 사줄라 카모, 하고 뜸을 들인 매장은 직원이 퇴근한 공장처럼 한산했다. 다만 분위기는 달랐다. 바겐세일 매대가 오늘 잡은 도다리를 팔려는 시장 같았다면, 지숙이 의미심장하게 가리킨 매장은 지유가 딱 한 번 가본 적 있는 고급 중식당 갑자원처럼 느껴졌다.

잠시만, 검지를 치켜든 용수가 몇 걸음 앞서 가게 점원에게 다가갔다. 재빨리 무언가를 묻더니 사색이 되어 뛰어나왔다. 간담이 서늘해지는 탓에 주변을 보았다. 사색이 된 용수를 놀리기라도 하듯 여자애들이 혀를 쏙 내밀었다.

"지, 지숙 씨. 요게는 우리가 올 데가 아인데예?"

"그라모 우리가 갈 데가 오덴데예?"

지숙은 용수를 쥐락펴락했다. 용수는 그저 눈만 슴벅이더니 지유와 나머지를 번갈아 보았다. 지유는 입술을 앙다물어 숙녀복은 모른다고 표했다. 수봉과 정호도 보나마나였다.

"뭐꼬, 머스마가 여자 옷 한 벌 사줄 돈도 없는가 베?"

"와 무슨 옷값이 세 달 치 월급을 달라 카는데? 사기 치는 거 아이가? 지숙 씨, 저거는 고마 내 돈 사주긋다, 우야노?"

용수의 목소리가 변명하듯 자지러졌다. 용수의 말에 지숙이 까르르 소리 내어 웃었다. 지숙은 당당했고 용수는 비굴했다.

"매력적이다, 그자?"

아니나 다를까 정호가 귓속말을 건넸다. 당당함은 매력을 넘어 아름다움으로 바뀌었다.

"아니, 아름답다."

지유는 저도 모르게 속마음을 말했다. 수봉도 감탄했는지 어느새 곁으로 다가와 고개를 끄덕였다.

"그나저나 수봉 씨하고 지유 씨는 키가 참 작네예."

어느새 세 사람 사이에 향미가 끼어들었다. 향미는 키가 껑충했고 몸이 야위었다. 짝다리로 서서 팔짱을 낀 본새가 삐딱했다.

"남자가 160이모 됐지예 뭘."

수봉이 기어 들어가는 소리를 냈다. 지유도 숨기던 걸 들킨 것처럼 뒤통수가 가려웠다. 지유와 수봉은 기껏해야 1미터 55센티미터 정도였다. 다만 둘은 어렸을 때부터 거친 일을 해온 터라 힘이 장사였다. 어중간한 씨름 선수 저리 가라 할 정도로 어깨가 두껍고 팔뚝이 굵었다. 그런 탓에 종종 지유와 수봉은 '쌍보로코'라고 불렸다. 둘이 서 있으면 벽돌 두 장을 붙여놓은 것 같다며. 희한하게도 별명이 생긴 뒤부터 지유와 수봉을 꺼리는 또래들이 생겨났다. 댓거리 번개시장을 거닐 때면 피해 가는 후배들마저 더러 있었다. 나중에야 알았다. 지유와 수봉이 마음먹고 사람을 때리면 깡패고 군인이고 열 명은 너끈하다, 용수가 홍콩다방에서 퍼뜨린 구라에 살이 붙고 날개가 달렸다는 사실을. 낯선 여자가 키 작다고 놀리는데 잔뜩 주눅이 든 수봉을 보면 장돌뱅이 아이들은 뭐라고 수군거릴까.

웃음이 배어들었다. 속마음을 감추며 고개를 들었다. 불식간에 수봉은 지유와 달리 속마음을 드러내고 말았다. 수봉의 눈길이 지숙의 무리에게 들러붙었다. 딱 고정된 한곳, 숙희였다.

지숙의 친구라고 나온 여자 셋은 지유와 동갑이었다. 불만이 있어 보이는 향미는 아무래도 지유 일행이 못마땅했던 것이리라. 지유는 알 수 있었다. 같은 부류. 지리멸렬할 정도로 부박한 현실을 벗어나고프지만 같은 진탕에서 나뒹구는 사람을 향미는 알아보았다. 수봉이 마음에 들어 하는 눈치인 숙희는 작고 아담했다. 얼굴에 주근깨가 오히려 어울렸고 하얗게 이를 드러내고 웃는 웃음이 예뻤다. 그 웃음에 수봉은 넋을 놓은 게 분명했다. 미자는 오며 가며 안면이 있었다. 지유 일행 중 가방끈이 가장 긴 정호와 미자는 같은 국민학교를 나왔다. 정호가 중학교 1학년을 다닌 게 전부였던 데 반해 미자는 배움의 끈을 놓지 않았다. 미자는 강단 있고 배려심도 많았다. 묵묵히 뒤에서 친구들을 받치는 배경이랄까. 미자는 단박에 분위기를 알아차리고 향미의 뒤통수를 콩 내리쳤다.

"이년아, 키만 크고 싱거운 것보다야 제 인생 책임지고 야무지게 사는 정호나 수봉이가 낫지. 제비 용수 빼고."

미자가 혀를 쏙 내밀었다. 어색한 분위기가 단번에 누그러졌다. 분위기를 틈타 미자는 재빨리 정호의 팔짱을 꼈다.

"와, 그런데 우리 요 일신백화점에 상업은행을 턴 깽이 왔다 갔다는 게 믿기지가 않는다."

미자가 재작년 상업은행 부산 지점을 털었던 강도 사건을 말했다. 세간에서는 이 남자를 '깽'으로 칭했다.

1958년 12월 2일 오후 3시 10분경이었다. 부산 동광동 상업은행 부산 지점 지점장실로 40세를 전후한 남자가 들어왔다. 남자는 협박장과 권총을 들이밀며 '깽'으로 변했다. '순순히 응하지 않으면 죽여버린다'는 협박장은 간단했지만 권총은 간단하지 않았다. 지점장은 직원을 불러 5백 환 권과 천 환권으로 2백만 환을 준비시켰다. 지점장을 납치한 강도는 뒷문으로 재빨리 달아났다. 사건은 몇 시간 뒤 은행으로 돌아온 지점장이 경찰에 신고하며 알려졌다. 신고를 받은 경찰은 범인을 군인으로 단정했고 현장 조사와 목격 진술을 토대로 '깽'이 서울로 잠입한 것으로 판단해 조사를 이어갔다. 범인에 대한 인상도 속속 전파를 탔다. 납치되었던 지점장은 "서른다섯 살 전후의 미남이었으며 서울말을 썼다. 키는 5척 6촌가량으로 고등학교 출신 정도의 필적이었으며 세무 가죽점퍼에 나이롱 주봉을 입었다"고 진술했다. 열두 시간 뒤 범인은 김종인으로 특정되었고 전직 경찰이었으나 전과를 숨겨 채용되어 파면된 것으로 신상이 파악되었다.

범인은 일주일 뒤까지 도피 생활을 이어갔다. 151시간이 지난 12월 9일에야 서울에서 검거되었다. 범인이 검거된 곳은 세종로 사거리에 있는 국제극장이었다. 범인은 전날 밤 댄

스홀에서 꼬드긴 댄서와 함께 영화 〈사랑하는 까닭에〉를 관람하고 나오던 차였다.

세간에서는 범인이 경찰을 조롱하고 농간한 것으로 화제에 올랐다. 신출귀몰이라는 단어도 심심치 않게 등장했다. 경찰의 자존심은 단단히 상했고 범인 검거를 위해 대대적인 경찰력이 투입되었다. 이후 밝혀진 범인의 행적은 경찰을 비웃기라도 하듯 전국을 떠돌았던 것으로 밝혀졌다. 특히 세간에서 경찰을 비웃게 만든 것은 범행 첫날과 이튿날 행적이었다. 서울에 잠입했을 것으로 수사력이 집중되었던 범행 당일, 두 시간 만에 범인은 택시를 대절해 마산에 도착했다. 범인은 고물상에서 코트까지 사 입는 여유를 부렸으며 저녁 5시 반, 평소 알고 지내던 여성과 연락해 하룻밤을 지낸 것으로 진술했다. 다음 날은 더욱 놀라운 행보를 이어갔는데, 그가 찾아간 곳은 마산 형무소였다. 수감된 재소자 친구를 찾아갔던 것이다.

붙잡힌 범인이나 농간을 당한 경찰보다 마산에서 더 화제였던 것은 신문과 달랐다는 범인의 행적이었다. 평소 일면식이 있던 여인의 집에서 잠을 잤던 것으로 보도되었으나 범인이 하룻밤을 지낸 곳은 요정이 알선한 잠자리였다. 즉 범인은 요정에서 술을 마시고 그곳 기생과 하룻밤을 잤던 것이다. 또한 마산에서 사람이 많기라면 첫 번째로 꼽힐 백화점마저 활보했다. 그 후일담에 마산 사람들은 크게 놀랐다. 범인이 전직 경찰관이라는 점에서 또 다른 경찰이 관련된 것 아니냐는 소문이 꼬리를 달았고 할리우드 영화 같다는 이야기도 떠돌았다.

전쟁이 끝나고 국가라는 바퀴가 돌아가기 시작한 뒤로 은행을 턴 '깽'은 그야말로 처음이지 않았을까. 지유는 순진하게 생각했다. 그러나 생각은 깨끗이 빗나갔다. 마산의 날씨가 유례없이 추웠던 작년 1월이었다. 뜨끈한 도다리 미역국으로 일과를 마친 지유 일행이 떠들썩하게 정원식당에서 하루를 마감할 때였다. 이날도 화제에 오른 것은 상업은행 강도였다.

"우리나라에 이런 일이 벌어진다는 게 믿기지가 않는다. 은행 강도는 나라 생기고 처음이긋제?"

지유는 함께 밥을 먹던 수봉과 용수, 정호에게 물었다. 대답을 한 것은 저 멀리 있던 노 씨였다.

"이런 머구리들아. 신문 좀 보고 살아라, 웅?"

노 씨의 호통에 네 사람의 시선이 쏠렸다. 지유는 노 씨가 술을 마셨는지 먼저 확인했다. 노 씨 앞에 있는 소주병은 그대로였다. 아직은 괜찮겠다. 지유가 물었다. 왜요?

노 씨는 1년에도 여러 번 우리나라를 강도가 휩쓴다고 목소리를 높였다. 노 씨는 그간 벌어졌던 개풍빌딩 깽이나 여러 은행에 침입했던 무장 강도들에 대한 일화를 말했다. 낮잡아도 10여 건은 되었다. 특히 전쟁 중에도 은행 강도 사건이 벌어졌다는 이야기에는 혀가 내둘러졌다. 노 씨는 명백히 의도를 담아 지유를 보았다.

"라디오라도 듣든가 아이모 신문이라도 좀 봐라, 머구리들아. 공부 좀 하라끄!"

라디오? 돈이 어디 있다고 언감생심 라디오를 사겠는가. 신문? 넝마주이 동생들에게 주워주기 바쁘다. 하루 종일 연탄을 찍고 신문 볼 시간이 있다면 그게 더 대단한 것 아닌가? 삐딱한 생각과 달리 얼굴이 화끈 달아올랐다. 그렇다면 노 씨는? 그는 어떻게 똑같이 일하면서 저런 내용을 알고 있는 걸까? 노 씨가 마지막에 했던 말은 분명 지유를 향해 던진 말이었다.

공부 좀 하라끄!

다른 사람도 아닌 노 씨가 지유에게 던진 말은 그야말로 충격이었다.

1960년 4월. 전쟁이 터진 후 태어난 아이도 열 살이 채 안 된다. 많이, 라고 표현하는 게 무의미하고 무색할 정도로 죽고 다친 전쟁이었다. 누구는 3백만 명이 죽었다고 했고, 당장은 다쳤지만 이후 죽음에 이른 사람은 집계조차 불가능하다고 했다. 벼를 베듯 싹둑 어른이 사라진 자리는 그야말로 공허했다. 열 살 즈음한 아이들 두 명 중 한 명은 한글을 몰랐다. 깜냥으로 자라나며 배우겠지만 전쟁으로 인한 문맹률은 급속도로 높아졌다. '배운다'는 늘 '먹는다' 다음이었다. 서울 청계천에도 굶어 죽은 아이들 시체가 굴러다닌다는 판국인데 아무리 돈이 도는 마산이라지만 '먹는다'에 비해 '배운다'는 사치에 가까웠다. 공부를 하라고? 늘 술에 절어서 지유나 수봉에게도 싸움이나 걸고 큰소리치는 노 씨 입에서 나올 말은 아니었다.

공부? 그따위 게 뭔데?

생각에 완전히 침잠해버린 지유를 지숙이 깨웠다.

"야, 와 이라노? 생각이 저게 달나라 가 있는 모양인데? 토끼랑 거서 떡방아라도 찧었나?"

"지숙 씨는 와 야간 학교 다닙니꺼? 진짜 요게⋯⋯." 지유는 오른 검지로 심장을 툭툭 건드렸다. "요게 안에 들어 있는 이유를 말해줄랍니꺼?"

"옴마야, 지유 야 이거. 가슴을⋯⋯. 보기보다 맹랑하네. 와 니도 야간 학교 가고 싶나?"

말해놓고 놀라고, 지숙의 능수능란함에 지유는 다시 한번 놀랐다. 생각에 빠져버리면 앞뒤 재지 않고 묻는 습관이 이럴 때는 독이었다. 조금 더 다듬은 뒤 물을 것을. 지유는 헤벌어진 입을 감춰물며 말했다. 그냥. 그냥 알고 싶어서.

"요게 있는 거?"

지숙이 봉긋한 가슴에 검지를 가져다 댔다. 머쓱해진 지유가 고개를 들었다 지숙과 눈이 딱 마주쳤다. 고개를 돌리려 했는데 지숙의 눈이 빛났다. 지유는 꿀꺽 침을 삼키며 빛나는 지숙의 눈을 받아들였다.

"딴거 없다. 소설가 김내성이 안 있나. 그 양반이 쓴 청춘

소설을 읽을라꼬 글을 배웠다 아이가. 언니가 내용을 이야기
해주는데 완전 반해뿟다 아이가. 그래서 읽고는 싶은데 글을
알아야지. 내가 마 국민학교도 다니다 말았제, 맨날 회나 뜨
고 있으이 미래라꼬는 없었다 아이가. 근데 가게 오는 손님이
그카데. 니 소설 읽나? 야, 가스나 이거 완전 되바라짔네. 보
자, ……『청춘극장』. 근데 우짜노, 김내성 작가 급사했는데?
니가 커서『청춘극장』2탄을 한번 써보든가."

지숙의 눈길이 아련해졌다. 지숙의 말은 그럼……?

"소설가가 되려고?"

지숙이 말없이 웃었다. 엄마는 이심전심이라는 말을 어렵
게 했다. 염화미소! 마음에서 마음으로 와서 닿는 것, 노 씨도
또 지숙도 알 것 같았다. 배우라고 한 말과 배우려고 한 행동.
지유는 저도 모르게 덥석 지숙의 손을 잡았다.

6

"굿, 굿!"

사수인 보나페나가 엄지를 들더니 덥석 왼손을 쥐었다. 세
헌은 한국식으로 슬쩍 목례를 하며 스팀다리미를 세웠다. 보
나페나는 가나 사람으로 아메리칸 드림을 꿈꾸며 미국에 왔
다. 보나페나가 흥얼거리는 노래는 늘 〈캘리포니아 드리밍〉

이었다. 보나페나가 왜 그러는지는 짐작했다. 가게에 오는 손님 중 진상으로 유명한 미스 핫세 때문이다. 핫세는 올리비아 핫세를 닮았다고 해서 보나페나가 붙인 별명이다. 다리미실에 들어앉아 하루 종일 스팀다리미만 조작하는 보나페나와 세헌에게는 손님의 이름이 허락되지 않았다. 간혹 유리벽 너머로 보이는 손님의 모습에 별명을 붙일 뿐이었다.

미스 핫세는 단역 배우로 알려졌는데 하얀색 셔츠를 맡기는 것으로 유명했다. 색깔은 하얀색 하나였지만 소재는 그렇지 않았다. 실크부터 일반 면까지 다양했다. 다만 핫세의 주문은 늘 똑같았다. 다림질을 한 듯 안 한 듯. 그 탓에 우습게 덤빈 초보 세탁원이 잘리거나 잘릴 뻔했다. 보나페나도 그랬지만 세헌도 빠르게 요령을 습득했다. 실크 재질은 실크의 두께와 밀도에 따라 온도를 달리해야 했다. 다림질을 위해 덧대는 천 역시 이에 따라 두께가 달라졌다. 마지막으로 다리미의 온도인데 낮게는 110도에서 높아도 130도를 넘으면 안 되었다. 시간이 지날수록 어려운 것은 오히려 면 재질이었는데 풀을 먹이면 빳빳하게만 되었고 풀을 먹이지 않으면 금세 시들해졌다. 다림질하기에는 오히려 낮은 온도로 두 번, 이것이 핵심이었다. 물론 이렇게 '한 듯 안 한 듯' 해놓은 다림질은 외부 활동에서 오랜 시간을 버텨내지는 못했다.

보나페나가 조금 전 다림질을 끝낸 셔츠를 일회용 옷걸이에 걸었다. 우후, 하며 과장된 콧소리를 낸 그녀가 '닥터 클린'

이 인쇄된 비닐을 덮어 행어에 걸었다. 다림질이 끝났음을 알리는 마지막 신호다. 보나페나가 핫세의 셔츠를 건 행어에는 이미 2백 장이 넘는 셔츠가 걸려 있었다. 14개월 전 보나페나의 손놀림을 보며 세헌은 불가능한 일을 해내는 보나페나에게서 경외를 넘은 경악을 느꼈다. 지금은 세헌의 보조인 나오코가 세헌에게서 똑같이 느끼는 감정이지 않을까.

"이제 그만할까?"

보나페나가 특유의 아프리카 억양으로 말했다.

"나야 좋지."

세헌이 대답하자 나오코가 세헌과 보나페나를 번갈아 보았다. 하루 종일 긴장했을 그녀에게서 안도의 한숨이 나온 것은 그때였다.

"힘들었지?"

세헌이 나오코에게 물었다. 쉬고 싶었을 것이다. 당연하지, 대답은 보나페나에게서 들렸다. 나오코가 빙그레 웃었다. 나오코의 말수가 눈에 띄게 줄기 시작한 것은 영어 때문이었다. 나오코는 생활 영어를 배우겠다며 이 일에 뛰어들었다.

"우리는 다 똑같아. 그러니까."

세헌은 입 근처에서 주먹을 쥐었다 펴는 시늉을 했다.

"어떻게든 표현하라고. 그게 뭐라고 해도."

미국에 오고 나서야 알았다. 국가나 민족이 사용하는 언어는 특유의 매커니즘을 가졌다. 이민자들은 이로 인해 애로를 겨거나 제약을 받았다. 고치기 힘든 억양 역시 존재했다. 한국인들은 성조와 장단이 사라지며 R과 L, F와 P를 거의 구별해 발음하지 못했다. 일본은 일본대로, 아프리카인들은 그들 나름대로 영어가 달랐다. 일본인들은 탁음이나 한국어로 치자면 받침이 붙은 영어 발음에 취약했다. 아프리카 이민자들은 발음 자체가 거칠었다. 이민자들은 이를 두고 서로를 놀렸다. 네가 구리다, 아니다 네가 더 구리다 하는 식으로. 나오코가 웃은 이유도 그래서였을 것이다. 예스, 라고 말하면서도 무언가 고되고 피곤하며 안타깝게 들리는 보나페나의 발음 때문에. 그러면서도 나오코는 말하기를 거부했다. 나오코는 생활 주변에서 심각한 차별을 겪는 게 분명했다. 애로나 제약. 세헌도 그랬고 보나페나도 그랬다. 서툰 영어로 인해, 유색 인종이라는 이유로, 무엇보다 가진 것 한 푼 없이 미국에 왔다는 이유로 멸시를 받았다.

세 사람은 매니저인 초이에게 인사를 건넸다.

"펍 1847에 가 있는 건 어때? 내가 한잔 살게."

이민 2세대인 초이는 한국어를 몰랐다. 그래도 같은 피부색과 눈동자 탓인지 이민자들에게 친절했다. 가게가 LA 부호들이 사는 곳 근처라 팁이 후한 편이었다. 초이가 배달을 주로 도맡는 이유는 그래서였다. 경영자 입장에서 배달을 다른 사람에게 맡기기 힘든 이유이기도 했다. 다만 초이는 공평했다. 받은 팁들은 나누어 주거나 맛있는 저녁을 샀다. 멀어지는 세 사람에게 초이가 소리쳤다. 통돼지 바비큐랑 특 스파게 티로!

보나페나와 나오코, 세헌이 앉은 테이블로 스파게티가 차려졌다. 바비큐는 30분쯤 걸린다며 웨이트리스가 미안해했다. 주문한 맥주도 나왔다. 세 사람은 서로를 보며 잔을 들었다. 그때 펍의 문을 당기며 초이가 나타났다. 잔무를 마친 초이는 피곤해 보였다. 초이는 붙임성 좋게 펍 1847 직원들에게 인사하며 자신의 맥주를 직접 가져왔다. 맥주를 건네주던 바텐더는 초이에게 엄지를 척 치켜들었다. 맥주를 마시며 자리로 오던 초이가 세 사람에게 말했다.

"힘들었지?"

초이의 말에 분위기는 단번에 식어버렸다. 보나페나도 나오코도, 저 밑바닥에 숨겨두었던 감정이 불식간에 툭 드러난 것이다.

"이런, 이러려고 꺼낸 말이 아닌데."

잠시 고민하는 듯하던 초이가 말을 이었다.

"아마 자네들도 착각하고 있을 텐데 내가 왜 수거와 배달을 도맡느냐 하면 말이야…… 얼룩 때문이야."

초이가 꺼낸 화두는 단번에 세 사람을 집중시켰다.

"얼룩, 이요?"

"응, 얼룩."

보나페나와 나오코를 대신해 세헌이 물었다.

"수거하는 옷들은 알다시피 더러운 옷들이야. 당연히 얼룩이 묻었겠지. 단추의 성김 유무나 바느질 상태는 실수해도 보완이 가능해. 우리가 있는 곳이 세탁소니까. 그런데 얼룩은 달라. 어떤 얼룩이 어떻게 묻었느냐는 세탁물을 건네주는 의뢰인의 생활이 담겨 있거든. 이걸 꼼꼼하면서도 기분 나쁘지 않게 대처해야 하는 게 이 일의 관건이야."

뭔가 알쏭달쏭했다. 알 것 같으면서도 정의하기 어려운 말이 아닐 수 없었다. 눈을 슴벅이며 테이블을 둘러보았다. 보나페나와 나오코 역시 어렵기는 마찬가지인 모양이었다.

"이렇게 말하면 어떨까. 의뢰인이 얼룩을 주었다고 해서 내가 그에게 얼룩을 주면 안 된다는 것! 그게 돈이든 감정이든, 그 어떤 것이라 해도."

얼룩을 주고받다? 세헌은 문득 뒷골이 선득하게 차가워지는 느낌을 받았다. 언제였더라. 미국에 오기 전이었으니 최소 3년은 되었다. 다림질. 선연한 LA 공항. 차가웠던 아버지. 영화 〈람보〉와 사촌 형, 아니 삼촌. 어디였더라. 거슬러 오르던 기억이 딱 멈췄다. 그래, 한민욱.

한민욱은 '돈 많은 영웅이 되고 싶다'고 했다. 그러곤 곧바로 제안했다. 저를 아버님 회사에 취직시켜주십시오. 죽을힘을 다해 일하겠습니다. 아버님도 자수성가하신 분이잖아요.

미쳤구나, 너. 세헌은 기함했다. 주먹을 부르쥐며 한민욱에게 말했다.

"나는 돈이 전부인 세상을 벗어나고 싶어 몸부림치는 거야. 나도 아는 게 없으니까 알아가려 하는 거고."

"돈이 전부인 세상이 뭐가 나쁜데요? 직관적으로 생각해보십시오. 우리는 자본주의 국가에서 살아요. 자. 본. 즉 돈이 중심인 세상. 돈을 버는 게 나쁘다면 이 나라가 나쁜 거 아닙니까?"

한민욱의 말은 틀리지 않았다. 그러나 머리와 가슴이 시키는 것은 달랐다. 수긍할 수 없었다. 부르쥔 주먹이 한민욱의 얼굴로 날아가려는 찰나였다.

"맹랑하네, 고놈. 범상치 않다 캤더마는 회사 대표 아들이다 싶은께네 기회다 싶었나 보제?"

십장이 한민욱과 세헌의 가운데에 턱 앉았다.

"하긴 뭐 기회는 잡을라는 놈한테 잡히지, 생각 없는 놈한테 잡히는 거는 아잉께네."

십장은 자리에 앉자마자 반쯤 남았던 소주를 당겨와 벌컥벌컥 들이켰다. 빈 병을 내려놓더니 손으로 김치 몇 조각을 집어 먹었다. 한민욱이 그제야 수저를 챙겼다. 세헌도 멀뚱히 있다 뼈해장국을 하나 더 주문했다. 갑자기 끼어든 십장으로 인해 반찬에는 침묵 하나가 추가되었다. 뼈해장국이 놓이자 십장은 게걸스럽게 먹기 시작했다. 문득 생각났다는 듯 일어나 소주를 한 병 가져오더니 세헌과 한민욱의 잔에 따랐다.

"마시라. 해장국도 얼른 묵고."

그러려던 건 아닌데 머뭇거리고 말았다. 식어버린 뼈해장국은 그만큼 맛이 없는 법이다.

"와? 식어뿠다꼬?"

십장이 혀를 찼다.

"아지매, 야들 해장국 좀 데아주소. 국물에 뼈도 좀 추가해 주고. 돈은 내가 주께."

주방에서 나오던 여주인이 십장을 보며 큰 소리 쳤다. 웃기지 마라, 돈은 무슨 돈.

금세 데우고 더한 해장국이 차려져 풍성해졌다. 세헌과 민욱에게 술과 해장국을 권한 십장은 그야말로 게걸스럽게 먹기 시작했다. 거나하게 마실 줄 알았는데 십장은 더는 술에 손대지 않았다. 자연스레 세헌과 한민욱도 술에는 손대지 않았다. 세 사람은 그렇게 말없이 해장국을 비웠다.

"맛있게 묵었나?"

그릇을 내려놓으며 십장이 물었다. "맛있었습니다"나 "잘 먹었습니다" 하고 조금은 떨떠름하게 대답했을 것이다.

"한 놈은 엄청 많다가 망했고, 한 놈은 하나도 없던 놈이 아빠 때메 부르주아 됐다, 그자? 그런데 너거가 어데 가더라도 오늘 같은 해장국 다시 먹을 수 있을 줄 아나? 돈 있다고? 어림 반 푼어치도 없다. 너거 둘이 아무리 발버둥 치봐라, 오늘 같은 날이 오는가. 있는 놈이 없는 척, 없는 놈은 갖고 싶어 눈이 돌아뿐 날, 다시는 안 온다. 시간이 모래처럼 흘러서 언젠가 있는 놈이 더 있고 없는 놈도 뭔가 생긴 날에는 오늘 같은 국밥을 두 번 다시 못 묵어서 안달일 끼다, 아나? 그라고 한민욱이, 맞제? 니는 인마, 돈 벌겠네 하는 거 보니까. 그치만 돈 벌모 술값으로 날리지 말고 인류에 봉사해라. 알았나?"

십장은 그 말을 끝으로 일어섰다.

"이름을 물어봐도 됩니까?"

세헌이 막아 세우듯 물었다.

"알아서 뭐 할래? 너거 아부지가 아들 잘못 키웠다 캐서 그라나?"

"저희 아버지 압니까?"

"모를 것도 없지."

"왜 잘못 키웠다고 생각하시는 겁니까?"

이름을 물어보려던 것은 핑계에 불과했다. 말하고 금세 깨달았다. 어린아이처럼 구는 자신에게 화가 났지만 세헌은 따지고 싶었다. 세헌은 누구보다 잘못 살고 있다고 확신하는 사람이 아버지였다. 그런 아버지가 잘못 키운 게 세헌이라니. 그것도 모자라 왜 그걸 아버지와 아들로 가름하려 드느냐고.

"너거 아부지 어깨 다마, 어떻게 만들어진 긴고 아나?"

어깨 다마? 어깨 크기를 말하는 건가? 잠시 고민했다. 십장은 고민 사이를 척 뚫으며 말했다.

"노동."

하. 저도 모르게 낮은 한숨이 터졌다.

"매일 죽을 만큼."

매일 죽을 만큼?

"머 때메 그랬는고 아나?"

십장이 도전하듯 세헌을 보았다.

"배우고 싶어서."

허. 허. 저항할 수 없는, 저 밑바닥 어딘가에서 몸을 옥죄는 결계가 세헌을 사로잡았다. 뭐야, 이거. 어쩌라는 거야. 그리고 눈물이 뚝 떨어졌다. 바보같이.

"너거 아부지는 너거 아부지대로 배운 거를 실천하는 기다, 아나? 열심히 일해서 가진 걸로 사람들한테 나누어 주는 거. 공짜로 주는 거 말고. 그라고 와 니가 잘못 컸는고 말해줄까? 너거 아부지가 만들어준 공짜에 물들어서 똥인지 된장인지도 구분 몬 함시로 얕은 니 지식만 최고인 줄 안다 아이가. 니 어깨로는 말이다, 이 공사장에서 일주일도 몬 버틴다. 그 말인 즉슨 니는 너거 아버지가 죽을힘을 다해 번 돈으로 공부시켜 준 거, 그거 아이었으면, 니는! 아무것도 아이다 이 말이다."

어느새 십장은 세헌의 어깨를 꾹 지르눌렀다. 발버둥 치고 싶었는데 꽉 붙잡힌 손아귀에 완전히 사로잡혔다. 옴짝달싹 할 수 없었다. 저항 한번 못 해본 채 자리에 주저앉았다. 눈물도 주저앉았다.

"한마디만 더 하까? 너거 아부지나 내 때는 배우는 것만으로도 용이 될 수 있었다. 지금은? 그것만 가꼬는 어림도 없다. 배우는 거 다음이 있어야 된다는 말이다. 배움 그다음! 근데 아나? 배우지도 않은 놈은, 얼마나 지가 썩었는 줄도 모른다. 저 새끼맹키로 배아도 소용없을 싹수가 보이는 놈도 있다마는…… 너무 떠들었네. 간다."

십장이 뒤돌아섰다.

"저는 개똥철학 말고 이름을 물었습니다."

세헌의 목소리가 떨렸다. 어리석은 반항이었을까. 잔뜩 긴장한 세헌을 돌아보며 십장이 슥 웃었다.

"대들고 싸울라 카는, 그런 잡스러운 거는 너거 아부지 닮았네. 니는 내랑 싸우모 이기긋나?"

해장국 가게 유리로 들어오던 햇살을 십장이 가렸다. 십장은 거대하고 단단해 보였다. 싸움? 아니, 그를 이길 수 없다. 마치 세헌의 심정을 안다는 듯 십장은 껄껄 웃었다.

"너거 아부지는 내를 이기더라. 꼴랑 열다섯, 열여섯에. 너거 아부지는 그렇게 세상이랑 싸우면서 거기까지 간 기라. 니도 그래봐라. 그라고 한민욱이, 니는 뭐 하라고?"

툭 잽을 날리듯 십장이 한민욱을 바라보았다. 잊지는 않았다는 듯 민욱의 입에서 "인류에 봉사……"라는 말이 새 나왔다.

"그래, 인류에 봉사해라 니는. 이름이라……. 오랫동안 잊고 살았네. 십장이 내 이름인가 함시로 살았는데. 노재상이. 그래, 그기 내 이름이다. 그라고 너거는 내일 안 와도 된다."

민욱도, 세헌도 십장에게 한 방 먹었다. 십장은 낮게 뜬 해

101

사이로 유유히 사라졌다.

세헌은 저도 모르게 냉장고에서 소주를 가져왔다. 따고 또 땄다. 드문드문 기억에 둘은 어깨동무까지 하고 울었다. 민욱은 보란 듯 큰 소리로 외쳤다. 저는 자선 사업 할 때까지 미친 듯이 돈 벌 겁니다. 세헌도 지지 않고 말했다. 나는 아무도 나를 모르는 곳에서 맨손으로 시작해볼래. 세헌은 오랜만에 집에 들어갔다. 세헌의 방에서 민욱은 버젓이 함께 잤다. 밤이 되어 아버지를 만났다. 그리고 부탁했다. 미국으로 갈 여비와 민욱에 대해서. 다르게 살고 싶다, 아버지에게 설득당하지 않고 설득했다. 십장이 아버지를 알더라며, 십장의 이름을 말했다. 십장과 있었던 이야기를 꺼내자 아버지는 그제야 세헌의 말을 들어주었다. 이야기의 마지막에 쐐기를 박았다.

배움 다음을 알고 싶습니다.

굳이 미국에서?

뚱한 표정이던 아버지는 씁쓰레한 미소로 바뀌었다. 배움 다음이라. 가봐라, 가서 어데가 배움의 끝이고 다음인지 한번 부딪쳐봐라. 다시 한국으로 돌아온다 캐도 그거는 실패가 아이고 값진 과정일 텐께네. 아버지는 고개를 끄덕였다. 민욱은 아버지 회사에 취직했고 세헌은 미국행 비행기를 탔다. 인생은 갈라졌지만 하룻밤은 함께했다.

벌컥 들이켰던 맥주잔 바닥에 아버지의 얼굴이 그려졌다. 아버지처럼 살기 싫었는데. 아버지의 마지막 발음마저 또렷이 떠올랐다. 니은도 이응도 아닌, 그렇다고 해서 이응이 발음되는 것도 아닌 희한한 경상도 사투리, 텐께네. 세헌은 이를 '음가 없는 이응' 발음으로 이해했다. 모질게 버텨낸 아버지의 청년 시절에는, 순경음 비읍 발음과 탁음, 세헌이 정의한 음가 없는 이응 발음이 남아 있었다. 말이 변하듯 세상도 변한다. 그때는 분명 아버지가 틀렸다고 여겨졌다. 다만 지금은 알겠다. 세상이 변한 것보다 내가, 변했다. 아버지? 지금은…… 모르겠다. 어쩌면 아버지 역시 치열하게 '맞는', '올바른' 인생을 살아갔던 건 아닐까.

"……텐께네, 과정일 텐께네. 이랄 텐께네 저랄 텐께네."

푸념하는 세헌의 말을 잘못 알아들은 보나페나가 "랩 하네?"라며 웃었다. 코리언 랩, 하고 덧붙였다.

"아니, 아버지의 얼룩이야."

얼룩이라는 말에 초이도, 또 나오코도 눈을 둥그렇게 떴다. 랩이라고 생각했던 보나페나의 눈이 가장 커졌다. 세헌과 세 사람을 가로막는 장벽은 거대했다. 영어! 설명을 바라는 세 사람에게 세헌은 상비하는 『에센스 영한·한영사전』을 먼저 꺼냈다. 그때였다.

"어라, 에센스 사전이네. 오랜만에 본다."

바비큐를 내려놓던 웨이트리스였다.

"한국인이세요?"

세헌이 물었다.

"가장 미국인다운 한국인. 말 통한다고 뒤통수치는 거 금물, 어설픈 민족애로 하룻밤 자보려는 거 절대 금물. 그것만 아니라면! 그리고 웨이트리스는 아니고 수셰프라고 불러요."

"수석 셰프요?"

세헌이 묻자 여인은 한심하다는 듯 고개를 저었다. 여인의 대답은 달랐다. 그렇게 이해하시든가, 그럼.

호기심이 일었다. 가장 미국인다운 한국인이라니. 다만 아버지의 얼룩이 먼저였다. 나오코에게, 보나페나에게, 또 초이에게도 정확하게 설명하고 싶었다.

"혹시 영어를 잘하시면 저를 좀 도와주실 수 없을까요?"

"내 주급은 650달러예요. 적은 편이죠. 이곳에서 열두 시간을 일하는데 시급이 9달러도 안 되고요. 시급보다 높은 보상에, 저기서 나를 뚫어져라 보는 마스터 있죠?"

여인이 바텐더를 가리켰다.

세헌은 초이에게 지금 상황을 설명했다. 별 어려운 영어도 아니건만 더듬거리고 말았다. 엄지를 치켜세운 초이가 큰 소리로 바텐더에게 외쳤다. 나, 이 여자 10분만 빌려줘! 초이를 향해 바텐더가 손가락 세 개로 돈을 세는 흉내를 냈다. 이어서 돈을 그녀에게 주라는 몸동작을 취했다. 초이가 동그라미를 만들어 고개를 끄덕였다. 협상 끝.

세헌은 비교적 긴 이야기가 될지 모른다는 말로 이야기를 시작했다.

무식한 아버지.

돈에 미친 아버지.

운 좋게 시류를 깨달아 기업을 일군 아버지.

한국의 건설 경기에 편승해 승승장구하는 아버지.

괴물처럼만 느껴졌던 아버지.

아버지의 바람을 따르는 모범생 아들.

모든 걸 버리고 떠나온 미국행.

아버지처럼 살기 싫었어, 돈에 미친 괴물이 되기는 싫었다고. 마지막 말을 뇌까릴 때는 감정이 격앙되어 눈앞이 흐려질 정도였다. 그사이 맥주를 거푸 두 잔을 더 마셨고 10분으로 한정했던 시간은 훌쩍 지나버린 뒤였다.

"미쳤구나. 베리 스투피드!"

세헌의 마지막 말을 통역하려던 여인이 검지를 귀에 대고 빙빙 돌렸다. 초이와 보나페나가 그 모습을 보더니 깔깔거리며 웃었다. 나오코 역시 참고 있을 뿐 눈꼬리가 슬며시 내려왔다.

"국적도 바꿀 수 있고 성별도 바꿀 수 있어. 세상이 그러니까. 그런데 네가 아무리 바꾸려고 해도 안 바뀌는 게 있어."

뭐야 이 여자? 부모? 그 말 하고 싶은 거야? 반발감에 세헌은 눈을 치켜떴다. 오히려 나오코가 부모, 하고 말했다. 적어도 세헌의 이야기에 집중하고 있다는 뜻이리라. 세헌은 당연하다는 듯 고개를 끄덕였다.

"스투피드 코리안! 네 부모가 아니라 네 배경, 그건 절대 바뀌지 않아. 지금까지는 네가 부모 둥지에서 살았으니까 부모가 배경인 걸 몰랐겠지. 너는 아버지가 싫은 거야? 아니잖아. 네가 이런 이야기를 하는 것도 아버지에 대한 그리움 때문이겠지. 다만 커가면서 너는 네 배경과 네가 배운 꼴랑 몇 줄 안 되는 지식이 괴리되니까 힘든 거잖아. 멍청하기는! 아빠 돈으로 미국까지 와서 그걸 못 깨달았단 말이야?"

배경, 헛 새는 숨소리에 가려져 말은 무마되듯 나왔다.

"그만 갈게요. 멍청해. 비용은 마스터에게 주세요. 멍청한 통역을 했어."

여자는 미련 없이 일어섰다. 두어 걸음 멀어지는가 싶더니 무춤 되돌아 세헌을 보았다.

"당신이 여기서 찾게 될 게 뭔지 아세요?"

세헌이 정신을 차리기도 전에 여인이 툭 던졌다.

"존재와 차별, 무능력에 대해서일 거예요. 적어도 한국이라면 당신은 초이의 가게에서 다림질을 하고 있지는 않을 거니까!"

반발하려 벌떡 일어섰다. 목 안에서 들끓는 목소리가 터지기도 전에 깨닫고 말았다. 여인은 자신의 이야기를 들려준 것이다. 나라는 존재와 동양인에 대한 해묵은 차별, 그리고 내가 가진 어떤 능력도 무위화되고 마는 미국에서의 삶에 대해.

"나 이해했어, 저 여자 이야기."

나오코였다. 나오코의 얼굴은 붉게 상기되었다. 나오코가 무언가 말을 할 거라, 세헌 역시 무언가 항변할 거라는 생각은 깨끗이 빗나갔다. 침묵을 깬 것은 초이였다.

"음, 내가 지금껏 본 한국 사람들은 말이야."

완벽한 한국인 외모를 가진 초이의 말에 보나페나가 어색하게 웃었다. 보나페나의 눈빛과 웃음은 뻔한 말을 건넸다. 초이, 당신도 한국인이야. 초이는 보나페나의 눈길을 쌈빡하게 쳐냈다.

"죽을 때까지 잊지 못하는 게 있더라고. 하늘과 땅, 그리고 부모. 우리 아버지가 그랬거든. 죽을 때 치매에 걸렸는데 나는 한국말을 못하지, 아버지는 한국말밖에 못 해. 죽을 맛이었다니까. 그런데 한마디를 알아듣겠더라고. 이천. 찾아보니까 지명이더라고. 아버지 고향. 아버지는 이래저래 고향을 떠나왔던 말을 절대로 하지 않았어. 이곳을 고향인 것처럼 살았던 분이었어. 단 한 번도 고향이 어디라고 말하지 않았거든. 단 한 번도."

지금껏 본 적 없던 우수가 초이의 눈가에 짙게 배었다.

"무언가 해드리고 싶었어. 나는 아버지를 내 배경이라고만 생각했어. 그래서 하나도 궁금하지 않았거든. 아버지가 왜 이곳에 왔는지, 무엇을 숨기고 있는지. 아버지가 모든 기억을 잃은 뒤에야 깨달았던 거야. 내가 정말, 아버지에 대해서 몰랐구나. 정말로 하나도 아는 게 없었구나."

굵은 눈물이 초이의 눈에서 목련처럼 뚝 떨어졌다.

"아버지 말을 외웠어. 하나도 빠짐없이……."

초이는 지금껏 말해왔던 영어와 다른, 적어도 이 테이블에서 세헌만 알아들을 수 있는 말을 내뱉었다.

배에 기름기가 잔뜩 긴 부르주아 새끼들, 전부 몰살시켜. 나는 북한군 소좌 최영남이야. 한 놈도 남기지 말고 전부 죽여버려. 하나님 저는 지옥에 가도 됩니다. 하지만 내 가족만은 천국에 가게 해주십시오. 지옥에 가서도 회개하겠습니다.

"외워서 그걸 적었어. 아버지는 오로지 그 말만을 반복했어. 나는 아버지와 상관없는, 아니 아버지를 절대 모를 정신과 몇 곳을 다니며 이 내용에 대해 상담을 했어. 잔존 기억에 대해 콕 집어서 설명하는 의사는 드물었지만 한 의사가 이런 의견을 말하더라고. 가장 기쁘거나 가장 슬프거나 힘들거나 아픈, 또는 간절한 기억, 그것만 오롯이 남아서 백지가 된 뇌속을 기어 다니는 것 아니겠느냐고."

초이는 떨어지는 눈물을 아프게 닦았다.

"세헌, 내 아버지는 지옥에 있을까? 천국에 있을까? 아니 나를 기억은 할까?"

초이가 소매로 훔친 눈가에 옹달샘처럼 맑은 눈물이 피어올랐다. 머리로 아는 것과 몸으로 아는 것, 달랐다. 천국이라고 말하고 싶었지만 말할 수 없었다. 분명 기억하고 있을 거라는 말도.

"내가 하나 물을게. 자네는 아버지가 왜 그렇게 돈을 벌려고 하는지 물어본 적은 있어?"

오소소 소름이 돋았다. 없었다. 아버지는 '그냥' 있는 존재였다. 아버지니까. 아버지가 기억을 잃고, 아들을 위해 천국을 구걸하는 모습을 상상할 수 없었다. 뒷머리가 아뜩해졌다. 미루어 짐작하기도 어려운 감정이 휘몰아쳤다.

"실은 나도 지금까지 못 물어봤어. 아버지가 왜 이곳까지 와서 살았는지. 모든 걸 용서해드릴 수 있는데 말이야. 그게 아들이잖아."

초이는 빠지기 시작한 머리를 두 손으로 감쌌다. 보나페나가 초이의 등을 천천히 어루만졌다. 보나페나의 손이 초이의 등을 따라 오르내림을 반복했다. 세헌도 마른세수를 하며 눈을 감았다. 그때였다. 따뜻한 손이 세헌의 등을 꾹 눌렀다. 나오코, 하고 눈을 뜨는데 오히려 나오코가 등 뒤를 보고 있었다. 수셰프라고 말했던 한국인 여성이 세헌을 건드렸던 것이다.

"한국이 뒤집어졌다는데? 백만 명이 넘는 사람이 서울 도로를 메워서 민주화를 쟁취했대. 정말이지 놀라워서, 그쪽에게라도 말하고 싶었어. ……한국 사람이잖아."

백만 명이 넘는 사람? 세헌은 놀라서 벌떡 일어섰다. 초이는 놀란 세헌의 표정을 보며 '아임 오케이'를 몇 번이고 되뇌었다. 저도 모르게 세헌은 여인의 손을 꽉 쥐고 있었다. 그녀도 손에서 힘을 빼지 않고 맞잡았다. 여인이 마스터가 있는 바텐더를 향해 소리쳤다.

"마스터! 나 오늘 한잔해야겠어. 한국이 민주화를 쟁취한 날이래."

알아들었는지 어떤지는 모르겠지만 마스터는 여인을 향해 박수를 쳤다. 마스터는 바 벽면에 있는 TV 채널을 이리저리 돌리며 뉴스를 틀었다. 저도 모르게 세헌의 눈길도 TV에 쏠렸다. 그 탓에 아버지는 저만큼 멀어졌다. 평소 아버지가 있던 위치로. 묻고 싶던 것, 알고 싶던 것도 그만큼 달아났다.

대한민국의 민주화? 그게 가능한 일이었어?

세헌은 여인의 이름도, 그리고 이름을 알게 된 후에 벌어질 일에 대해서도 알지 못했다. 아니 그 어떤 예감도 하지 못했다.

7

강아지가 발치로 다가왔다. 작달막했다. 흙바닥에서 뒹굴었을 텐데도 털이 하얗고 반질거렸다. 살이 올라 통통한 배를 보이면서 민서 옆에서 개방정을 떨었다. 절에 산다면 삭발한 개일 거라 생각했다. 툭 발로 건드리자 꽤나 앙증맞게 짖으며 놀아달라 졸랐다. 사람들의 시선이 하얀 똥강아지를 훑다 민서에게로 옮겨 왔다. 민서는 당황한 감정을 지르눌렀다. 모른다, 한국 사람. 그런데 민서와 똑같은 눈빛에 똑같은 머리 색깔이다. 아빠와 소통하기 위해 한국말을 익혔을 따름이다. 저들과 같은 말을 할 줄 안다고 해도 거기에 민서가 아는 말을 섞고 싶은 마음은 없었다. 왕왕, 개가 짖었다. 적어도 개는 만국 공통의 언어를 쓰나 보다. 평소라면 웃기지도 않을 일인데 쿡 웃음이 났다. 그 탓에 민서를 훑던 사람들의 눈길이 가늘어진다. 하긴. 여기는 장례식의 의미를 담은 곳이라고 들었다. 다만 이럴 때 어떻게 해야 하는지를 배우지 못했다. 민서는 그저 고개를 숙여 외면했다. 개와 눈이 맞았다. 개는 놀아달라는 건지 왕왕, 한 번 더 짖었다. 어쩔 수 없이 개를 안고 절 바깥으로 나와야 했다. 흙이 묻은 등을 털었다. 개에게서 분유 냄새가 났다. 절에 사는 사람들은 채식주의자라던데. 우유는 육식인 걸까. 아니라면.

엄마, 절에 사는 개도 채식을 하는 거야? 묻고 싶었다. 오기 전에는 몰랐다. 한국과 일본이 그저 차로 몇 시간 거리인 줄 알았다. 일본에 가장 많이 관광을 가는 나라 사람은 한국인이라고 들었다. 반대로 일본도 한국에 가장 많이 관광을 오는 나라이거나 그에 버금간다고 들었다. 그런데 이렇게 먼 나라였다니. 한 번도 관심을 두지 않았던 아시아의 2차 대전에 관해 공부할 때는 소름이 돋았다. 위안부. 소녀상. 전후 합의나 사과 문제. 과거 양 국가는 이를 정치적으로 유리하게 이용하려고만 들었다. 비행기 안에서 뜬눈으로 보낸 이유도 호기심이 잠을 이겼기 때문이다. 일본, 그리고 한국. 엄마와 아빠. 쌍으로 스투피드! 그 먼 거리를 두고도 두 사람은 왜 결혼을 한 것일까.

고작 나라는 아이를 낳기 위해서? 과대망상증이라 욕을 먹는다 하더라도 둘이 만나 만들어낸 건 나밖에 없지 않은가. 나오코와 장세헌. 이 어울리지 않는 조합은 어떻게 해서 장민서라는 딸을 낳게 된 것일까. 문득 궁금해졌다. 아버지도 오지 않는 이곳에, 더욱이 역사적으로 이렇게 먼 나라인 한국에, 일본인 엄마 나오코는 왜 자신의 고향인 양 한국에 뿌리를 내리려는 것일까. 몇 번이고 코끝으로 생각이 뿜어지려 했다.

엄마, 미친 거 아냐?

이런. 생각이 또 생각을 낳으며 분화했다. 귀찮다. 아무것도 생각하고 싶지 않은데. 엄마를 데리고 돌아가고 싶다. 그곳이 집이지 않은가. 나를 낳고, 기르고 지금껏 생활해왔던. 깽, 강아지가 괴로운 소리를 냈다. 생각에 빠져 안고 있던 강아지 옆구리를 강하게 누르고 말았다. 민서는 얼른 강아지를 고쳐 안았다. 강아지는 발버둥을 치는가 싶더니 폭 품에 안겼다. 강아지를 안자 뛰는 심장이 느껴졌다. 강아지는 혀를 내밀어 민서를 핥았다. 누가 얼굴을 핥는 건 태어나 처음이었다. 집으로 돌아가면 엄마에게 강아지를 사달라고 졸라야겠다. 까르르 웃음이 터졌다. 이런 똥강아지 말고 혈통 좋은 녀석으로. 혈통 좋은 녀석, 하고 한번 단정을 내리자 안고 있던 강아지가 귀찮아졌다. 민서는 강아지를 내려놓았다. 그러거나 말거나 녀석은 놀아달라는 듯 다리에 얼굴을 비볐다. 웬지 강아지가 더럽게 느껴졌다. 절에서 아무렇게나 생활하는, 누가 어디서 데려왔는지도 모를 잡종!

"아가씨 왜 그렇게 인상을 쓰시나?"

어느새 곁에는 눈썹마저 하얗고 기다란 노승이 다가와 있었다. 노승은 가만히 민서를 내려다보았다. 그의 눈빛이 민서를 후벼 파는 듯했다. 움츠러들었다. 그저 가만히 민서를 바라볼 뿐인데. 민서는 애꿎은 감정을 개에게 풀었다. 저리 가. 저리.

"어허. 개에게 왜 이러시나. 그 개 국보라네. 국보라는 말 아나? 발음이 서툰 걸 보니, 장 회장의 미국 손녀구만. 그지?"

반 정도 알아들었으려나. 국보라는 말이 언뜻 떠오르지 않았다. 몇 초가 지나 머릿속에서 영어로 치환되었다. 내셔널 트레저.

"혈통이…… 국보?"

"그렇다네. 삽살개라고 들어봤나?"

어느새 강아지는 노승 곁에서 꼬리를 흔들며 배를 까뒤집었다.

"이 녀석이 사람 볼 줄 아는 재주가 있다네. 과거에는 뭐, 귀신을 쫓아냈다지만 지금은 누구보다 착하고 좋은 사람을 따른다네. 또 불 속에서 주인을 구한 이야기는 지금까지도 전

해지고. 삽살개야 그렇지. 대충 보면 똥개 같아도 도도하기가
이를 데 없으니까. 물론 저 녀석만 빼고."

"갖고 싶어요. 저 개."

"허, 허허허. 조금 전까지만 해도 무식한 똥개를 보는 표정
이더니."

"그랬어요, 진짜로."

부끄러웠지만 솔직하게 말했다.

"실은 미국에 가면 혈통 좋은 개로 한 마리 사려고요."

"혈통 좋은 개라……."

노승의 이마가 찌푸려졌다 펴졌다.

"좋은 사람 되기는 틀렸소이다. 개부터 차별하는 걸 보면.
하나를 보면 열을 안다고 아버지가 따님을 오냐오냐 키웠구
려. 사려는 것도 아니고 정확하게는 사달라고 조르는 거겠지
요. 이름이 뭡니까?"

"장민서예요."

잔뜩 가시 돋친 말투가 노승에게 날아갔다.

"민서라. 아버지가 미국 생활 중에 느낀 감정을 이름으로
지으셨을 게요."

"네?"

자연스레 'what the'로 이어지는 욕이 튀어나올 뻔했다. 차
별도 따지고 싶은 마당에, 무슨 이름에 그런 감정까지 담아?
아버지도 옹졸했네. 생각을 구겨 넣으려던 탓에 민서는 이마

에 잔뜩 주름을 만들었다.

"아마도 내가 아는 세헌이 맞는다면 도도하게 무소유를 실천했어야 하는데, 역시나 사랑이라는 건 알다가도 모를 일이요. 하긴 지금껏 인간과 관계된 일들 중에서 특히나 인문학으로 정립되지 않은 것은 사랑밖에 없으니 말이오."

사랑을, 학문으로? 역시 동양의 승려들은 심오한 데가 있다더니 엉뚱한 곳에서 심오함을 드러냈다. 사랑이 학문이라면 그것만큼 반감되는 감정도 드물 것이다. 절대 공부하지 않을 것이다. 교과서를 보고 따라 할 육체적 관계는 어떻고! 다만 노승이 언급한 아버지만큼은 궁금해졌다.

"아버지에 대해 아세요?"

"어깨 다마가 부실한 아이였지요 아마."

"어깨 다마요?"

이 말을 정확하게 따라 했는지는 알 수 없었다.

"그리고 민서 당신은, 충분히 가지고서도 더 가지려는 욕심으로 가득 차 있고요."

"뭐예요, 도대체? 할아버지 저랑 싸우고 싶은 거예요?"

"그럴 리가 있겠소? 노승이 아가씨와 싸워서 얻을 거라고는 주로 남자의 생식기가 달랑거리는 쌍욕밖에 없겠지요. 다만 당신이 이대로 생활한다면, 당신은 성공한 아버지의 그늘에서 원망과 어리광으로 배를 채운 아이로 평생을 늙겠지요. 그런데 그거 아시오? 민서 양 아버지는 당신을 위해 자신이 생각하던 철학을 겪었소. 물질에 매몰되지 않는 삶, 가지지 않는 무소유의 삶을 말이오. 민서 양의 아버지는 할아버지의 물질이 싫어 미국으로 떠났던 거니까. 무엇보다!"

노승의 눈이 민서를 압도하며 빛났다.

"나오코는 최선을 다했소. 나오코는 자신이 낳지도 않은 아이를 위해 지난 세월을 바쳤으니 말이오. 오로지 약속 하나 때문에. 지금 이곳에 할아버지가 왜 왔다고 생각하시오? 단지 사십구재 때문에? 아니오, 아니라오. 비구니가 되려는, 비구니는 아시오? 여자 승려가 되려는 나오코를 설득하기 위해서라오. 세헌이는 나오코의 의사를 존중하기로 했으니……."

노승이 돌아섰다. 당당히 돌아선 노승과 반대로 민서는 서 있을 힘을 잃었다. 등에 멘 백팩이 그리도 무거울 수 없었다. 백팩이 민서를 계속해서 땅으로 당기는 것만 같았다. 점점 무기력해져 바닥에 주저앉았다. 마치 민서가 안았던 강아지처럼 노승에게 배를 내놓고 드러누워버린 느낌이었다. 항복, 항복이라고.

"세헌이 나오코를 사랑하지 않아서 그런 게 아니라오. 나오코는 나오코대로 당신을 잘못 키웠다 자책하는 것이고, 세헌은 세헌대로 당신과 나오코를 제대로 지켜내지 못한 벌을 받으려는 거니까. 그리고 민서 양이 혈통 좋은 강아지를 사달라고 한다면 세헌이 녀석의 아픈 배가 될 게요. 제대로 키우지 못했다 자책하는 사람에게서 제대로 키우지 못할 걸 알면서 자식을 사주는 꼴이니 말이오. 한 번쯤은 말이오, 못난 딸도 엄마나 아빠를 구제해주는 건 어떻겠소? 세상이 바뀌었는데 부모가 주기만 하라는 법은 없지 않소, 똑똑한 아가씨! 어떻게 생각할지는 모르겠지만……. 누군가가 누구 하나 때문에 무언가가 된다는 건 위대한 일이라오. 민서 양 때문에 나오코가 엄마가 된 것처럼 말이외다. 그럼."

노승은 가버렸다. 그가 멀어질수록 민서는 완전히 그로기에 빠진 권투 선수처럼 휘청거렸다. 급기야 엉덩이를 땅바닥에 처박듯 널브러져버렸다. 민서의 모습을 다 안다는 투로 바라보던 강아지는 마치 나비처럼 나풀나풀 멀어져갔다. 그렇게 노승과 함께 사라져버렸다.

뭐래. 도대체 뭐가 어떻게 돌아가는 거야. 겨우 정신을 부여잡으며 혼잣말했다. 어지러운 건지, 아니면 메스껍거나 시차 때문에 힘에 부치는 건지는 알 수 없었다. 지구의 자전을 느낄 만큼 세상이 빙빙 돌았고 폭풍우라도 내리치는 것처럼 이마가 선득했다. 그대로 누워 눈을 감았다.

민서는 하늘을 날고 있었다. 땅으로 떨어진다 싶으면 팔을 날개처럼 휘저었다. 그러면 다시 하늘을 향해 솟아올랐다. 솟아올랐다 싶으면 이상하게도 떨어졌다. 낙하를 이기지 못한 팔은 자꾸만 하늘을 향해 노를 젓듯 움직였다. 그러다 거울에 비친 모습을 보게 되었다. 왜 거울이 눈앞에 있는지, 어떻게 거울을 보게 된 건지는 중요하지 않았다. 거울에 비친 민서는 아기였다. 하늘로 오를 때마다 까르르 웃음을 지었다. 좋아, 좋아, 하며 함께 웃는 여자의 얼굴이 뭉개져 있었다. 직감적으로 깨달았다.

……엄마.

……어, 엄마.

"엄마!"

고함을 내질렀다. 주변이 눈부셨다. 하얀색 벽이 들이치듯 다가왔고, 곧 강렬한 햇살이 눈을 찔렀다. 병실이었다. 주변으로 눈길을 돌렸다. 여전히 강렬한 햇살이 눈부셨다. 누군가 환자를 돌볼 법한데 아무도 없었다. 천천히 일어섰다. 종잇조각처럼 보이는 슬리퍼에 발을 끼웠다. 두어 걸음 움직였다. 링거의 고무 튜브가 민서의 팔을 당겼다. 이래서야 마리오네트 인형이나 다름없다. 털썩 주저앉은 침대가 생각보다 딱딱해 놀랐다. 감자튀김을 안주 삼아 칵테일을 잔뜩 마신 뒤 편안한 침대에 쓰러져 잠들고 싶었다. 제시카와 소파에 드러누워 되직하고 기름진 치즈로 범벅된 피자를 먹으며 또래 남자들을 씹어댔으면 좋겠다. 평소 보지 않던 하늘이 이렇게 눈부셨던가. 생각이 계속해서 부산을 떨었다. 책에서 배웠다. 생각의 미루기와 회피. 외면하고 싶거나 보고 싶지 않은 것들 때문에 뇌가 엉뚱한 것을 찾아내는 심리. 왜 그런 걸까? 링거 튜브를 꽂은 바늘을 빼내는 게 아플까, 그 주변을 감싼 테이프를 떼어내는 게 아플까, 문득 엉뚱한 생각이 스쳤다. 친엄마가 아니라는 사실은 어렴풋이 알았다. 그저 모른 척했다. 회피라고 해도 좋다. 상처를 덮은 밴드를 떼기가 싫었다. 그래도 이건 해보자. 테이프를 떼는 게 아플지, 바늘을 빼는 게 아플지. 적어도 이곳 병실에서는 나가야겠다.

아플 줄 알았다.

자국이 남았다.

테이프를 뜯어낸 팔목. 바늘이 꽂혔던 살 속. 엄마가 떠나간 자리.

결국 남게 될 것은 기억일까 상처일까.

최근 대유행인 구글 맵이 한국에서도 열렸다. 이를 통해 민서는 걷고 있는 부근이 대학로라는 사실을 알았다. 몇몇 구글러가 친절한 안내를 달아놓았다. 한국에서 연극으로 유명한 거리. 연극을 해본 적이 있다. 유치원 졸업과 초등학교 시절 학예회를 겸한 크리스마스 파티에서였을 것이다. 유치원에서는 깜찍하게 고함을 내지르는 스크루지와 관련된 단역, 초등학교에서는 천사 날개를 달고 귀여운 척하는 배역이었다. 그런데 연극을 본 적은 없었다. 더욱이 아마추어가 아닌 실제 배우들의 공연은 접해보지 않았다. 문득 연극을 보아야겠다는 결심이 섰다. 적어도 이건 테이프를 뜯어내거나 살 속에 꽂힌 바늘을 빼내는 것보다는 쉬울 테니까. 절반을 깎아준다는 표를 사서 백 명 정도가 관람할 자리에 앉는 일은 그야말로 쉬웠다.

〈라이어〉. 거짓말쟁이들이 모여 만든 연극인 걸까. 사랑에 관한 이야기였다. 하필 남자는 두 여자를 사랑했다. 길지 않은 거리, 짧지 않은 시간을 두고 스케줄을 정확히 지키며 남자는 즐겼다. 불의의 교통사고로 남자의 칼 같던 스케줄이 어긋난다. 이후 두 여자가 남자를 찾으며 남자의 생활은 최악으로 치달아간다. 급기야 남자는 친구에게 도움을 요청하지만 이마저도 교통사고를 좇던 형사에게 들킬 위기에 처한다. 친구는 남자의 비정상적인 애정 행각을 감추려 급기야 성소수자 행세까지 하며 막을 내렸다.

배가 아플 정도로 웃었다. 부조리한 치정 코미디. 말로 다 하지 않아도 통하는 것들은 존재하기 마련이다. 부조리. 코미디. 말로 다하지 않아도 통하는 것들. 민서. 나오코. 그런데. 엄마는. 아니. 엄마가 아닐 수 없는.

나오코는 왜 나를 키운 걸까.

나오코는 왜 나를 버린 걸까.

mom 또는 mother, 라고 계속 불러도 괜찮은 걸까.

아니면 이제부터 나오코라고 불러야 하는 걸까.

생각에 잠겨 커튼콜이 진행된다는 것조차 뒤늦게 깨달았다.

"평일 낮이라 저희랑 사진 찍어드려요. 이벤트, 이벤트."

메인 롤로 나왔던 배우가 친절하게 민서를 보았다. 급히 둘러보니 주변에 민서 말고는 없었다. "아, 네" 하고 민서는 어색하게 웃으며 무대로 올랐다.

"휴대폰? 스마트폰인가요?"

배우가 물었다. 아마도 셀피를 찍자는 뜻이었나 보다. 고개를 저었다. 이럴 때는 한국말을 아는 척하는 게 불리해 보였다. 그런데 생각과 다른 말을 내뱉고 말았다.

"연극 속 남자는 두 여자를 모두 사랑했던 걸까요?"

더듬거리는 발음이었지만 또박또박 말했다. 배우는 잠시 의아하다는 듯 민서와 눈을 맞추었다. 아니나 다를까 교포세요, 하고 물었다. 민서는 대답 대신 입술을 앙다물고 배우를 노려보았다.

"글쎄요, 그건 존 스미스만 알고 있는 것 아닐까요? 사랑과 진실은 보는 방향에 따라 달라지잖아요."

"아, 네." 저희 아빠가……. 하마터면 입 바깥으로 폭탄 하나가 터질 뻔했다.

"정당화하려는 건 아닙니다만, 아는 분이 양다리를 걸쳤다 해도 이해해야 하는 상황이 있을지도 몰라요. 연극과는 다르겠지만 피치 못할 상황이라는 것이 현실에서는 존재할지도 모르니까요."

혼란스러운 이유는 결국 이거였다. 상대를 보고 말을 하며 생각이 다듬어졌다. 민서를 낳은 사람은 나오코가 아니었다. 아빠는 누구와 사랑했고 어떻게 민서를 낳게 된 것일까. 나오코는 또 왜 민서를 떠맡은 것일까.

그제야 가야 할 곳을 알게 되었다. 이상한 말을 진실처럼 뇌까려 민서를 혼란스럽게 만든 땡추를 찾아서.

구글을 활용해 버스와 지하철을 적절히 나누어 탔다. 북한과 가깝다는 절은 혼자 찾기는 쉽지 않은 곳에 자리했다. 대학로에서 출발해 세 시간 가까이 걸렸다. 도착했을 때 이미 날은 저물었다. 망설임 없이 산을 올랐다. 오르는 산길 어둠 사이사이로 가로등 불빛이 오렌지를 갈아서 뿌려놓은 듯했다. 어둠에서는 스피드, 주홍 불빛에서는 안도하며 슬로우, 라임을 맞추듯 걸었다. 무섭다기보다 조금 쓸쓸했다. 분명 어둠이 쓸쓸함은 아닐진대 가로등이 있는 곳까지 빠르게 걷게 됐다. '쓸쓸하다'의 반대말은 뭘까. 골똘히 생각하며 걸었다. 일주문에 다다를 때까지 생각나지 않았다. 왜 '쓸쓸하다'의 반대말은…… 그때 아빠와 엄마의 얼굴이 떠올랐다. 민서를 보며 웃는 얼굴. 민서를 보며 말을 거는 얼굴. 민서를 향해 무언가를 챙겨주는 손. 학교를 가는 민서에게 손을 흔들어주는 아빠. 민서가 차에 타기를 기다리며 핸들을 쥔 채 묵묵히 앞을 보는 엄마. 가족의 다정함. 그래, 가족이 주는 포근함. 동사의 반대말을 명사로 치환하는 것은 반칙이거나 실수라 지적할지 몰라도 '쓸쓸하다'의 반대말은 '가족'이 아닐까.

"스님? 몽크! 땡중아!"

구글로 검색한 'monk'의 한국어를 하나하나 불렀다. 중놈, 목소리가 놈을 발음하려는 순간 삭발한 꼬마가 민서 앞에 나타났다. 대여섯 살쯤 되었을까.

"아줌마 누구……셈?"

꼬마가 되바라지게 물었다.

"이게 그냥. 거, 나이 많은 할아버지 중, 그 사람 보러 왔어."

"자."

"자?"

"응, 자. 잘 때는 개도 안 건드린댔어. 몰라?"

"밥 먹을 때 아니고?"

"그런가? ……뭐 그게 그거지. 이래도 사는 거고, 저래도 사는 거잖아."

"당돌하네, 애기 주제에. 누나 오늘 하루만 네 방에서 자자, 괜찮아?"

꼬마는 입을 쭉 내밀더니 뭐, 하며 긍정했다. 따라오라는 듯 앞장섰다. 보기보다 꽤 큰 절이었던 듯 건물 두 개를 지나서야 꼬마의 방이 있는 요사채에 도착했다.

"나쁜 아줌마는 아니지?"

꼬마는 마지막으로 확인하겠다는 듯 물었다.

"누나라고 해주면 안 돼?"

"아, 응. 아줌마 나쁜 사람은 아닌 것 같네."

꼬마는 마지막까지 당돌했다. 꼬마의 방에 들어가 백팩을 내려놓았다. 무지근했다. 다리가 푹 꺾이며 주저앉았다. 피로는 맹렬하게 들이닥쳤다. 슴벅거리며 아이에게 물었다.

"넌 여기서 안 자?"

"남녀칠세부동석!"

뭐래. 민서는 구글로 아이의 말을 찾았다. 뭐야.

"넌, 아무리 봐도 여섯 살도 안 돼 보이는데? 누나가 일찍 애를 낳았으면 너 같은 애가 있겠다."

"그러면 엄마 해줄 거야? 찌찌 만지고 자도 돼?"

뭐래! 남녀칠세부동석이라며? 뭐야. 고개를 흔들며 말했다.

"남녀칠세부동석이라며?"

"그러니까."

꼬마는 단번에 풀이 죽었다.

"그건 그거고. 저기 꼬마야. 그 할아버지 중, 일어나면 말해줄래?"

"아줌마. 말해주기 전에 먼저! 중 말고 스님이라 그래. 아줌마도 아줌마라 그러면 싫잖아, 안 그래?"

용돈을 더 달라는 아이 같아서 민서는 웃음이 났다.

"그래, 그럴게."

"그런데 뭘 말해달라고?"

"나 강아지 문제 그거, 푼 거 같다고."

꼬마는 고개를 끄덕였다. 진짜 피곤하네, 아마도 민서는 그 말을 끝으로 쓰러진 것 같았다. 시차에 따른 피곤, 쓰러진 후유증이 원인이었으리라. 한국에서 보낸 이틀은 그렇게 허무하게 지나가버렸다. 화장실이 가고 싶어 눈을 떴을 때는 브런치를 먹을 시간이었다. 대웅전까지 나와 손님용 화장실을 찾아 볼일을 보았다.

"아줌마, 거기서 오줌 뉘?"

꼬마의 목소리였다.

아, 응. 기어 들어가는 목소리로 대답했다. 저도 모르게 스투피드, 입버릇이 튀어나왔다.

"온리 유, 유 스투피드! 낫 미."

꼬마가 민서의 말을 되받아쳤다. 완전히 할 말을 잃게 만드는 꼬마다.

"영어 잘하네."

"영어 조기 교육은 대한민국의 풍조거든."

"잘났다 너."

괜히 비꼬았다.

"오줌 다 쌌으면 나와. 주지 스님이 데리고 오래."

꼬마 역시 민서의 어눌한 억양을 따라 하며 비꼬았다. 꽤나 똑똑한 아이다.

잔뜩 독이 오른 민서는 "As the old cock crows, the young cock learns"라고 낮게 읊조렸다. 그런데 바깥에서 혀를 차는 소리가 났다.

"지금 그거, 주지 스님이나 나나 똑같다는 의미로 한 말이지?"

허. 어쩌다 저런 애를 만난 거지. 바지춤을 잠그며 거세게 화장실 문을 열었다.

"너 뭐야 도대체? 중! 참, 넌 스님이라며? 참선하고 철학으로 지도자 되는 뭐 그런 게 스님 아냐? 왜 사사건건 시비에다 누나한테 트집을 못 잡아 안달이야?"

고함을 내질렀다. 머릿속으로 떠오르는 말을 한국어로 내뱉는 게 쉽지는 않았다. 조금 더듬거렸지만 욕을 빼고 아이에게 할 수 있는 강압적인 말은 다 해주고 싶었다. 순간 아이의 눈에 그렁그렁 눈물이 맺혔다. 이때다 싶어 한마디 더 강력하게 날려주려 머릿속을 굴렸다. 때맞춰 아이의 눈에서 또르르 눈물이 굴러 내렸다.

"……누나가 엄마 닮아서."

방울이던 눈물이 선을 그어 떨어졌다. 눈물은 이내, 화장실 타일 위에서 흔적 없이 사라졌다.

"나 버린 엄마 닮아서. 저녁 장 보러 간다고 나간 뒤 오지 않는 엄마 닮아서."

어머. 민서의 머릿속이 방망이로 맞은 듯 멍해졌다. 찰나 생멸 눈을 감고 고개를 뒤흔들었다. 그제야 손끝에 감각이 되돌아왔다. 민서는 감정을 내리누르며 꼬마에게 다가갔다. 꼬마는 민서가 다가가자 뒤로 물러섰다. 꼬마가 그러거나 말거나 민서는 좋은 누나, 좋은 엄마처럼 꼬마를 안았다.

"미안해, 누나가 몰랐네."

꼬마는 몸을 더 뒤로 빼나 싶었지만 곧 힘을 빼고 안겼다. 가만히 안기나 싶더니 두 손으로 민서를 보듬었다.

"우리 스님, 좋은 스님이었네. 진짜 누나가 몰랐어. 용서해라."

"나 스님 아냐. 여기서 엄마 기다리는 거야. 주지 스님이 그랬어. 정 안 되면 잘 살 수 있는 집이라도 찾게 해줄 거라고."

"그랬구나."

"그러니까 찌찌 한번 만져봐도 돼?"

"그건 아니지!"

어느새 가슴으로 날아드는 꼬마의 손을 민서는 탁 쳐냈다. 민서는 재빨리 꼬마의 손을 잡았다. 화장실 바깥으로 나오자 어제 본 할아버지가 서 있었다.

"주지 스님……."

손을 잡고 있던 꼬마는 주지 스님을 보자 재빨리 손을 빼냈다. 주춤거리나 싶더니 민서 뒤로 가서 숨었다. 꼬마와 눈이 마주친 주지 스님은 변화라고는 찾아볼 수 없는 눈빛이었다. 감정이 느껴지지 않았다. 문득 단어 하나가 스쳐갔다. nirvana, 해탈.

"민서라고 했지? 이거 한번 읽어봐. 저 녀석도 30분이면 읽는 거니까."

주지 스님이 책을 내밀었다.『원효대사』였다.

"어, 그거 해골 물 이야기네?"

꼬마가 먼저 스포일러를 했다. 꼬마의 말에 줄거리가 떠올랐다. 어렸을 때 아버지가 한글을 가르치기 위해 부단히 읽어주던 이야기 중 하나였다.

"……아!"

알겠다. 강아지 이야기도, 더해서 왜 동화를 건넸는지도.

"역시 머리가 좋은 아가씨네."

주지 스님은 민서의 생각을 관통했다. 주지 스님은 어제 강아지에 관한 말을 꺼냈을 때부터 상황을 예측해나갔을지 모른다. 대학로에 자리한 병원과 구글 검색, 연극까지. 무엇보다 민서가 대한민국에서 가본 곳이라고는 공항과 이 절이 전부였다. 회귀하는 연어처럼 이곳으로 올 수밖에 없었다. 더불어 머릿속에서는 계속해서 이야기 하나가 꿈틀거리며 무한 확장을 거듭했다. 엄마와 개, 그 기저에 자리했던 차별. 민서는 태어나서부터 지금껏 차별을 이겨내며 살았다.

"올해 말이 미국 대통령 선거인가? 모르지 또, 흑인이 대통령이 되지 말라는 법은 없지 않나."

주지 스님이 민서에게 말했다. 민서가 가진, 적어도 지금껏 철학이라고 믿어온 모든 것을 관통하다 못해 깡그리 주저앉히는 말이었다.

"저, 엄마도 이 꼬마처럼 머리카락을 밀었나요?"

"아니, 아직은."

"그럼 엄마에게 좀 전해주시겠어요? 쓸쓸하다의 반대말이 뭔지 아느냐고?"

민서의 말에 주지 스님의 눈에 감정이 담기는 게 느껴졌다.

민서는 꾹 주먹을 쥐며 목소리에 힘을 주었다.

"쓸쓸하다의 반대말은 가족이라고요. 그리고 엄마에게 부탁할 게 있다고. 꼭! 아니, 부탁이 아니에요. 저 꼬마, 미국에 데리고 가서 살자고 말씀 전해주세요."

오. 감탄을 터뜨리나 싶더니 주지 스님은 껄껄 웃기 시작했다.

"아빠나 딸이나…… 충동적인 건 물려받았나 보네. 하긴 나오코니까 두 사람을 챙기며 살았겠지. 책임은 지지 못하지만 내 반드시 전하지. 이곳에 있을 이유는 없는 것 같으니 그만 가겠나, 장민서 군?"

"약속해주시는 거죠?"

"약속하지."

주지 스님은 돌아서 대웅전으로 걸어갔다. 웃음소리는 걸음만큼 멀어졌다.

민서는 꼬마에게 두 번 손을 쥐었다 펴며 인사했다. 무언가 할 말이 있는 것 같던 꼬마는 결국 입술을 감춰물고는 주지 스님을 향해 뛰어갔다. 그때 캉, 바람을 따라 개 짖는 소리가 들렸다. 비록 희미했지만 엄마의 목소리도 묻어오는 듯했다. 어떤 전조도 없었건만, 눈물이 뚝 볼을 타고 흘렀다. 다행이었다. 아무도 보지 못해서. 얼른 볼을 훔치며 바깥으로 뛰었다. 어디서 어떻게 차를 타고 걸었고 바꾸어 탔는지 기억나지 않았다. 버스가 막혀 돌아본 창 너머에는 수많은 인파가 도로를 메우기 시작했다. 물어볼 사람이 없었다. 그제야 이곳이 한국이고 서울 한복판이라는 사실을 실감했다. 버스는 점점 느려지더니 아예 달리기를 그만둔 듯했다. 궁금해졌다. 수많은 사람이 도로를 장악하는 이유가. 뉴스를 검색했다. 미국 소 수입을 반대하는 광우병 관련 집회라는 걸 알게 됐다.

"스투피드. 난 매일 미국 소를……"

말을 하다 입을 막았다. 왜 저들이 그러는 걸까. 몇 만 명이 모여 시위를 한다는 것은 그만큼 정당한 이유가 있기 때문은 아닐까. 민서는 한국에 대해 어느 하나 제대로 알지 못했다. 저들을 멍청하다, 단정하는 순간 민서는 차별을 '당'하는 게 아니라 '행'하는 사람이 될 거라는 사실을 깨달았다. 바쁘신 분은 지하철 타세요, 운전사의 말에 정신을 차린 민서는 버스에서 내렸다. 할아버지 댁을 찾아간다는 긴장에 민서의 머릿속은 다시 백지처럼 휘발되었다.

민서가 한국에서 벌어졌던 '광우병 촛불집회'에 대해 공부하게 된 것은 겨울이 지나서였다. 그해 11월 4일, 버락 오바마가 대통령으로 당선되었다. 미합중국 역사상 최초의 흑인 대통령이었다. 아마도 기억이 연관 작용을 일으켰던 것이리라. 한국의 '광우병 촛불집회'는 '미국 소를 수입하자, 말자'의 문제가 아닌 민주주의 의사 결정 과정의 투명성과 민주주의 주권에 관한 운동이었다. 더불어 민서의 꿈도 바뀌게 되었다. 돈이 아니라 사람, 차별을 극복해 초고위층에 서는 것이 아닌 차별의 밑바닥과 정면으로 마주해 인권 운동가가 되는 것으로. 나오코와 함께 미국으로 와 동생이 된 민우는, 민서의 꿈을 듣고 코웃음을 쳤다.

"누나는 즉흥적이야." 밑밥을 깔며 민우가 말했다. "누나 꿈은 1년짜리야. 대학교 2학년이 되면 또 바뀔걸. 뭐, 1년이 전부라도 응원할게 누나. 누나 인생에 언제 인권 운동가를 꿈꾸는 시절이 오겠어? 그지?"

크리스마스이브였다. 지금껏 민우는 녀석이 알든 모르든 가짜 인생을 살았다. 한국 나이로 여덟 살, 어쩔 수 없이 또래보다 한 해 늦게 초등학교에 입학해야만 했다. 남녀칠세부동석과 엄마, 찌찌는 평생 놀림을 당할 소재로 전락했다. 그날 밤 민우는 두 가지 선물을 받았다. 가족과 보내는 첫 크리스마스와 민서가 사랑하는 만큼 내리친 꿀밤이었다. 민우에게 꿀밤을 때리며 알아차렸다. 엄마에게 하고 싶었던 질문이 더는 궁금하지 않다는 것을. 동생 민우가 생긴 뒤 자연스레 알게 되었기 때문이다.

가족이 되는 것에 이유는 없다. 가족이니까. 나오코가 친엄마인지 아닌지는 중요하지 않았다. 엄마이니까. 그날 나오코에게 보낸 카드에는 딱 하나의 단어를 적었다. Mother!

8

"선생님 컴퓨터가 고장이 났다고요? 그럴 리가 없는데……."

여자 강사가 현미에게 바짝 붙었다. 강의를 듣던 노인들의 시선이 현미에게 붙었다 떨어졌다. 알면서도 그녀의 이름표를 보게 된다. 오현주. 잠시만요, 라며 강사는 자판을 차지했다. 곧바로 능숙한 손놀림으로 제어판을 조작했다. 자판을 두드리는 리드미컬한 소리와 모니터를 응시하는 강사에게서 흔들림 없는 의지를 넘어 자부심마저 느껴졌다. 강사는 멋있었다.

과거라면 어땠을까.

현미는 질곡의 세월을 살았다. 어려서는 한국 전쟁을 겪었다. 포화와 잿더미는 무섭고 불안했다. 불안을 틈타 독재는 독재로 이어졌다. 총과 칼이 쑥대밭을 만들고 탱크를 앞세운 군인이 국민 위에 섰다. 근면했던 한국인은 그런 가운데서도 희망을 발화시켰다. 거친 일을 위해 남자들이 바깥으로 나섰고, 자연스레 남성 중심으로 사회는 재편되며 커져갔다. 여자는 중심부에서 한참이나 밀려났다. 국민 드라마라 불리던 〈전원일기〉에서 남자와 여자가 밥상을 따로 쓰는 장면이 나오고 며느리가 부엌에서 밥을 먹어도 아무렇지 않게 생각했다. 여자는 밥만 잘하고 밤일만 잘하면 된다는 차별의 시대를 몸으로 견뎠다. 재벌의 딸이 아닌 한 여자가 가장 높이 올라갈 수 있는 자리라면 그나마 법조계를 비롯한 공무 분야였다. 소위 판검사, 변호사를 비롯한 3대 고시 출신. 적어도 민주주의 사회에서 대놓고 차별할 수 없는 자리란 이 정도가 아니었을까. 김 양, 이 양, 박 양, 장 양……, 그 수많은 성씨를 관통한 '미스'들은 어디를 가나 차별을 받는 '여급'에 불과했다. 폐허, 독재, 차별, 그리고……. 현미가 살아온, 아니 대한민국 여자들이 살아온 질곡은 여전히 현재 진행형이었다.

1982년 즈음이었던가, 대한민국에 처음 들어온 매킨토시를 현미가 공부할 때만 해도 강사 전원이 남자였다. 어느 학원을 가나 그랬다. 현미의 눈앞에서 자판을 두드리는 강사 오현주는, 적어도 직업적인 분야에서는 여자, 남자가 아니라 능력 우선이라는 사실을 보여주는 증거였다. 대한민국은 형성과 발전이 특이했다. 선진국으로 분류되는 대부분의 국가는 경제적으로는 산업 혁명을, 정치적으로는 왕정을 폐위하는 시민 혁명이나 왕정과 타협하는 과정을 거쳐 번영을 꾀했다. 시장 경제와 민주주의는 그렇게 성숙, 발전했다. 그에 반해 대한민국은 그러한 정치, 경제적인 시도가 강점기로 인해 단번에 무산되고 말았다. 매국노를 처단하는 일도, 사회 전반에서 뿌리 깊이 권력을 장악했던 매국노로 인해 실패했다. 이어진 열강의 알력 다툼으로 인해 명분 없는 전쟁의 화마에 휩싸였다. 급기야 정치와 경제는 반강제적으로 개발이 이루어졌다. 전 세계적인 고도성장기가 한몫했던 것도 사실이다. 결과적으로 외형은 커졌으나 내실이 따라가지 못했다. 2000년대로 넘어와 밥을 굶는 사람은 현저히 줄어들었을지언정 인식의 발전이 병행하는 것은 실패했다. 남과 여의 불평등은 이루 말할 수 없었다. 여성의 성 노리개 전락과 상품화, 여성에 대한 데이트 폭력, 직장 내 성차별, 현저히 다른 남녀 급여 체계나 진급 차별, 심지어 절반에도 미치지 못하는 건물 내 여자 화장실 숫자 등 불평등은 사회 전반에 만연했다.

저도 모르게 현미는 끙, 한숨을 터뜨렸다. 죽을힘을 다했지만 역부족이었어. 시대가 시대였으니까. 불가능이라고 말한다면 나 스스로를 인정하지 못하는 결과겠지. 부록처럼 생각이 따라붙었다. 내가 해볼 만큼 했고, 이제는 후배들이 해볼 만큼 해보겠지. 현미는 언저리로 밀려나고 있었다. 하루가 다르게, 하루가 멀다 하고.

"왜 그러세요?"

강사가 물었다.

"아니에요, 계속합시다."

현미는 당신이 멋있어서요, 라는 말은 꾹 삼켰다.

"어머니, 아무 이상 없습니다."

"아유, 어머니라니요. 아직 결혼도 안 한 노처녀한테."

현미는 입바른 농담 하나를 던졌다. 그 순간 강의를 듣던 노인들이 일제히 현미를 보았다.

"나도 아직 총각이요. 두 번째 부인도 가버렸거든. 세 번째

장가도 가고 싶으니 팔팔한 총각 아니겠소?"

정 노인이 짓궂은 농담을 현미에게 날렸다. 현미에게 쏠렸던 눈들이 화사하게 변하더니 정 노인과 현미 사이를 오갔다. 덕분에 오기가 솟았다.

"저도 두 번은 더 해야 댁이랑 공평하게 맞짱 한번 뜰 텐데요."

"아이고 나는 싸움은 질렸소. 두 번째 부인이 오래오래 살자고 얼마나 닦달을 했는지. 아침밥 차리다 허망하게 가버렸지 뭐요. 매일 싸웠는데, 그 싸움이 그리울 줄 누가 알았겠소. 아침밥은 이제 누가 되었든 내가 차려 먹지요."

그때 한 노인이 "밥이야 여기서 주는데 뭘 차려요" 하며 정 노인을 타박했다.

"뭐 싸움은 됐고, 초야라면 언제든 받아주리다. 아 참. 여기 하룻밤에도 천당과 지옥을 오가는 사람이 많으니 잘 골라보슈. 세 번이 아니라 네댓 번도 가능할 거외다. 팔자 고치는 거 한순간이지 뭐."

"애개…… 심하셨어요, 할아버지. 무슨 결혼으로 팔자를 고쳐요? 그러기에는 여기 어머니가 너무 멋지시거든요."

안 되겠다 싶었는지 강사가 끼어들었다. 하긴 적절히 자르지 않으면 만담 장소로 변할 것만 같았다. 현미는 강사의 손을 지그시 붙잡아 고마움을 표시했다. 강사는 재빨리 손을 뒤집어 맞잡았다.

평등? 세상은 과연 평등해진 걸까? 적어도 이 레지던스는 신분과 학력, 나이와 성별을 떠나 평등이 존재하는 곳이다. 왜냐고? 돈으로 평등을 사게 만든 곳이니까. 입을 것 정도를 제외한다면 먹는 것과 자는 것, 기타 생활 전반은 동등하다 해도 틀리지 않았다. 정 노인이 저렇게 눙치고 치근거려도 웃고 받아주는 이유도 그래서였다. 레지던스를 마을로 삼은 우리에겐 비슷하다는 연대감이 존재하기 때문이다. 다만 이곳 바깥으로 나간다면 어떻게 될까? 나이가……. 현미는 순간 뒷목이 뻐근해졌다. 간과했다. 컴퓨터의 날짜. 무려 5년이 빈다. 자고 일어난 사이 60대이던 현미의 나이는 70대로 늘어났다. 생각은 계속해서 숨을 곳을 찾고 있었다. 공포에 봉착했다는 사실을 뇌는 직감했다. 5년이다, 5년! 분명 손이 가늘게 떨렸을 것이다. 다행히 강사가 현미의 손을 따뜻하게 덮고 있다.

"제가, 알아서, 할게요."

긴장 때문인지 별것 아닌 한 문장이 또박또박 끊어졌다. 덩달아 연에 달린 꼬리처럼 팔랑거리던 단어 하나도 딱 끊어졌다.

치매.

"네, 그럼."

힘을 내라는 듯 강사는 현미의 손을 바투 쥐었다 멀어졌다.

현미는 자판에 '2014년'을 지르눌렀다.

맙소사!

2014년을 사로잡은 딱 하나의 단어는, '세월호'였다. 현미는 경악을 금할 수 없었다. 정확히는 외교부였지만 오랫동안 정부에서 일했다. 이 정도로 국가 재난 대처에 관해 총체적 부실을 드러낸 사건이 있었나 싶었다. 급작스레 뒷목이 뻐근해졌다.

단 하나의 사건을 접했을 뿐인데 포털 사이트 검색란에 어떤 글자도 써 넣을 수 없었다. 무서웠다. 실재하는 사건, 지난 5년의 증발, 그중 단 1년의 사건만에.

이 나이라면 으레 그렇듯, 내가 나로서 기능하지 못하는 것인가!

노인이라면 한 번쯤 해보았을 공포를 욱여넣었다. 가만히 숨을 내쉬며 샘솟는 마른침을 꿀꺽꿀꺽 삼켜댔다. 현기증이 일었고 욕지기가 치밀었다. 현미는 점증되는 두려움과 혼란이 안개처럼 짙어졌음을 느꼈다. 안 된다. 이래서는 안 된다. 그렇다 해도…….

지난 5년간의 기억이 어디로 사라진 것일까.

강사를 다시 볼 엄두가 나지 않았다. 애써 정면을 외면했지만 두려움만 성큼 다가왔다. 몽한 상황도 멍한 상황도 낯설기만 했다. 강사는 현미를 살피듯 넌지시 눈길을 주었다. 아무것도 아니에요, 눈짓하며 현미는 강사에게 가짜 미소를 지었다.

"일단 수업은 이만할게요. 10분간 휴식해요, 우리. 쉬고 싶거나 힘에 부치시는 분들은 돌아가셔도 좋습니다. 10분 뒤에

개인적으로 묻고 싶은 거나 이해 안 되는 거 있으면 질문하셔도 됩니다."

강사가 현미를 배려한 게 분명했다. 웅성거리던 노인들이 자리를 비우기 시작했다. 몇몇은 모니터에 머리를 처박고 고개를 들지 않았다. 수업을 파한 학교나 다름없었다.

현미에게 강사가 다가왔다.

"몸이 안 좋으시면 쉬세요. 너무 잘하려는 것도 강박이거든요."

"아, 그래요? 하긴 내가 좀 그런 면이 있어요. 뒤처지기 싫어하는."

"좀 뒤처지면 어때요!"

"그런가?"

"그럼요. 그런 게 여유죠. 일등 다음은 없잖아요."

강사의 말은 신선했다.

"일등 다음은 없다? 하긴 일등만 하다가는 죽는 것도 일등으로 죽을라."

현미는 마음에도 없는 소리를 지어냈다. 지금껏 현미가 버텨낼 수 있었던 것은 일등이어서였다. 모진 세월을 이겨내려면 남자보다 월등히 나아야 했다. 그렇지만 강사의 말처럼, 또 여자 강사의 모습처럼 지금은 보이는 곳에서부터 변하고 있었다. 게다가 지금 이 나이에, 누구에게 이긴다는 말인가. 현미에게 존재하지 않는 5년이 진짜라면, 이토록 뇌가 반응하는 이유는 살고 싶어서일 것이다. 적어도 죽는 것은, 일등으로 죽고 싶지 않았다. 무엇인지 몰라도 또 어떤 것인지 몰라도 아직은 해야 할 일이 많았다.

상황을 살피던 강사가 살짝 눈인사를 건넸다. 그럼, 손짓을 하며 현미는 강의실을 나왔다.

무엇을 해야 좋을지 엄두가 나지 않았다. 화숙이 여기가 최고라며 정해주었던, 레지던스 806호로 올라가 무작정 며칠이고 누워만 있고 싶었다. 다만 현미의 경험이 다른 말을 꺼냈다. 이럴수록 맞서야 한다, 라고.

현미는 휴게실로 발걸음을 옮겼다. 노래방부터 심지어 동전 오락기까지, 세대를 공유했던 놀이 시설이 구비된 곳이다. 레지던스 구성원의 소장품이었다는 주크박스 가까이에 섰다. 8인치 LP가 들어 있는 주크박스는 5백 원짜리로 작동하게끔 개조되었다. 5백 원짜리면 작동하는 녀석을 만 달러에 샀다며 웃었던 영감이 누구였더라. 하긴 기억하면 뭘 하나. 현미는 주크박스 옆에 구비된 5백 원 동전을 넣었다. 늘 누르던 번호를 골랐다. 121번. '라이처스 브라더스Righteous Brothers'의 〈언체인드 멜로디Unchained Melody〉가 흘러나왔다. 단번에 마음이 안정되었다. 지금껏 현미를 내리누르던 고민도 싹 사라졌다.

이 노래를 처음 들었던 곳은, 마산 창동의 한 음악다방이었다. 서울말을 흉내 내던 어설픈 DJ는 더 어설픈 영어 발음으로 유식한 척을 해댔다. 저 유명하다는 쎄시봉에 비할 바는 아닐지라도 유행 따라 음악을 틀어주는 음악다방이 성행하던 몇 안 되는 도시였을 것이다. 하긴 고향 따위, 이제는 발을 뻗고 자는 레지던스가 고향이다. 그리고 언제였더라. 30년쯤 지나서였나. 한 영화의 주제곡으로 대히트를 쳤다. 유행은 돌고 돈다는 말을 실감했다. 죽어서도 사랑을 잊지 않는 남자 주인공은 멋있었다. 주인공 탓이었는지 한 남자가 떠올랐다. 멍청하게도. 배신은 아니었지만, 분명 현미는 외면했다. 아니 차별이라는 말이 더 들어맞을지도 모르겠다. 격이 다른 남자였으니까. 과거나 떠올리게 하는 이딴 영화, 현미는 영화가 끝나기 전에 극장을 나와버렸다. 현미에게 남자 주인공은 쓰다 버린 몽당연필에 지나지 않았다.

고향인 마산은 쓰다가 버려지는 여공들의 천국이었다. 수출 자유 지역이라는 이름으로 저임금에 노동력을 착취했다. 다리 하나를 건너야 출입이 가능했던 정부 주도형 산업 단지는 십만 명이 넘는 여공의 청춘을 그곳에 가두었다. 몰상식한 어느 신문은 "해 질 녘이면 걸어 나오는 여공은 장관"이라고 표현했다. 인산은 아닐지언정 바다와 맞닿아 선을 그린 그녀들은 마치 인해 같지 않았을까. 다만 그녀들을 누구도 하나의 인격으로 기억하는 이는 드물었다. 그사이 기업들은 무시로 공해를 내뿜고 폐수를 방류했다. 언제든 옷을 벗고 물고기를 잡으러 뛰어들었던 바다는, 단 20년 만에 검게 죽어갔다. 회복 불가능하다는 판단을 내린 바다, 바다가 죽자 산업 단지도 덩달아 명을 달리했다. 한때 전국 6대 도시라는 자부심을 내세웠던 마산은 그렇게 소멸되어 계획도시였던 창원에 흡수되었다. 따지고 보면 어디라도 다를 바 없었다. 일본의 유바리시는 선심성 정책으로 파산을 선언하기도 했고 중국의 사막화는 인류의 종말을 예견할 정도로 가속화되었다. SF 영화처럼, 미래의 언젠가는 지구에 살지 못해 다른 행성을 찾아야 할지 그 누가 알겠는가. 함께 일을 했어도 서로를 잊었을 그 많던 여공은 어디서 무엇이 되어 살아갈까. 그러나 마산에는, 지금도 그 남자가 현미를 기다릴 것만 같았다. 언제든, 어디서든. 얼른 고개를 내저었다. 쓸모없는 기억 따위, 남자도 또 고향도 필요 없다. 생각과 달리 현미는 가사 사이로 기억이 스며들어 콧노래를 흥얼거리고 있었다.

"너무 천천히 흐른 시간 속에서도, 시간은 많은 걸 하게 했지요. 당신은 여전히 그대로인가요. 나는 당신의 사랑이 필요한데."

바보 같아. 흥얼거리다 도리질했다. 이깟 노래가 뭐라고. 그렇다 해도 지난 '5년'에서 성큼 멀어지게 해준 것만은 사실이었다. 뇌는 충격이 강할수록 이를 숨길 안전한 장소를 찾는다. 심리학 용어로 방어 기제. 복잡한 일, 조금 멀리 둔다고 해서 누가 탓하지 않으리라. 오랜만에 화숙이나 만날까. 그래, 그게 나을지 모르겠다. 재빨리 생각을 정리했다. 현미는 노래가 끝나자 휴게실을 나왔다.

806호로 올랐다. 문을 열자 로즈마리의 옅은 향기가 현미를 맞았다. 강의를 위해 두고 나갔던 스마트폰을 화장대 위에서 집었다. 스마트폰이 조금 낯설었다. 의아한 기분에 휩싸였다. 컴퓨터로 5년이 지나버린 날짜를 확인할 때와 비슷한 전조가 느껴졌다. 노, 노! 두 손을 펼쳐 귀에 가져다 댄 뒤 소리쳤다. 러시아 친구에게서 배운 충격 요법이다. 잡스러운 생각에 빠지거나 무기력해질 때 효과적이다. 러시아 친구는 소련 해체 당시 미국의 스파이였느냐는 말에 끝까지 예스를 하지 않았다. 그의 충격 요법처럼. 비교적 최근, 비공식적인 외교 루트를 통해 그녀가 발칸반도 남부 인근 오두막에서 여생을 보낸다고 전해 들었다.

스마트폰의 패턴 비밀번호를 그렸다. 잠금이 해제되며 화면이 떴다. UI를 확인했다. 날짜는 역시 2018년 5월을 가리켰다. 훌쩍 뛰어넘은 간극이 어색했다. 노, 노. 다시 외친 뒤 통화 목록을 검색했다. 통화 목록에 화숙의 이름이 없었다. 연락처를 검색하려던 순간 화숙의 번호가 떠올랐다. 언저리 어딘가에 있던 치매라는 단어 하나가 휘발했다. 그래, 그럴 리 없다. 생각보다 빨리 화숙의 번호를 눌렀다.

"지금 거신 번호는 국번이 없거나 결번이오니 다시 확인하시고 걸어주시기 바랍니다."

맙소사. 이건 또 뭐야. 어렵사리 안정을 찾았던 마음인데, 단번에 균열이 갔다. 화숙의 번호는 또렷이 떠올랐다. 기억력은 분명 이상이 없었다. 눈에 보일 정도로 손가락이 떨렸다. 번호를 하나하나 다시 눌렀다. 통화를 누르자 화면에 화숙의 이름과 함께 통화 신호음이 울렸다. 이번에도 화숙 대신 녹음된 목소리가 재생되었다.

털썩 침대에 주저앉았다. 자실했다. 정말 무엇인가가, 아니라면 내가, 크게 잘못된 것일까. 혹시 내가 아니라면, 세상이 크게 잘못된 것은 아닐까. 심호흡을 거듭 해대다 고개를 들었다. 방 두 칸에 거실과 부엌이 전부인 레지던스는 처연하기 그지없었다. 안 돼, 이래서는 안 된다고. 외교관으로 살아왔던 오랜 경험이 현미를 부추겼다. 일어서. 무엇이든 어느 것이든 건드려. 현미는 침대에서 벌떡 일어섰다.

그래, 피하지 말고 맞서서 알아내겠다. 왜 컴퓨터의 날짜는 훌쩍 5년이나 미래로 가버린 건지. 더군다나 가장 아끼는 후배였던 화숙은 왜 연락이 안 되는 건지. 결심을 굳히자 가장 먼저 해야 할 일도 쉽게 정해졌다. 지난 5년에 대한 공부. 노트북을 열었다. 2014년에 대한 충격은 적어도 예습했던 셈. 그렇지만 계속해서 검색해보게 된다. 세월호. 앉은자리에서 만 두 시간을 넘게 웹 페이지를 읽었다. 기사도 있었고, 개인의 의견도 있었고, 소설보다 뛰어난 상상력으로 음모론을 제기한 내용도 있었다. 음모론을 읽다 눈이 뻐근해 자리에서 일어섰다. 구 소련 사람들에게 선물해 주면 무엇보다 좋아했던게 커피 믹스였다. 친해지고 싶은 소련의 인사들에게 주었던,

커피 믹스와 한국의 라면은 꽤나 훌륭한 뇌물이었다. 그 습관은 여전히 남아 아침저녁으로 하루에 두 잔을 마셨다. 커피를 후루룩 마시다 문득 검색해보게 된다. 도시락 라면과 초코파이, 마요네즈가 여전히 러시아에서 인기라는 말에 웃음이 났다. 알리시아 페티코바. 맞다, 이 이름! 조카뻘이었던 그녀는 발칸반도로 가서 몸을 숨겼다. 살인이 숙청으로 둔갑해도 아무렇지 않은 세월을 피해 달아났다. 1998년이었나, 이듬해였나. 알리시아는 어떻게 기억을 해냈는지 외교부 비밀번호로 전화를 걸었다. 현미의 이름을 러시아 방식으로 미야, 라고 부르며 웃었다. 현미는 그때 커다란 공동을 보았다. 알라시아의 웃음소리에는 뻥 뚫린 허무가 배어 가슴을 건드렸다. 미야, 커피 믹스가 필요해서. 절대 큰 것부터 말하지 않는 그들의 화법에서 정말이지 큰 것이 필요하다는 사실을 유추할 수 있었다. 우리 우정이 그 정도는 되겠지? 알리시아의 질문에 공동은 더 커졌다.

"알리시아, 이 전화 도청은 불가능할 거야. 위성 전화니까. 거두절미하고 말할게. 일단은 커피 믹스부터 보낼게. 미안. 대신 며칠 내로 2만 달러 정도는 마련할 수 있을 거야."

전화기 너머에서 울음소리가 들렸다. 알리시아는 경각에 달한 목숨을 부지하기 위해 아무것도 없이 어떤 연고도 없는 곳으로 달아났던 게 분명했다. 그제야 알리시아에게서 보이던 허무가, 그리고 공동이 사라지는 게 느껴졌다.

"내가 직접 가지는 못해. 한국도 상황이 여의치 않아. 많은 것이 제한적으로 바뀌고 있거든."

"혹시…… 미야, 직접 올 수 있으면 와줄래? 내가 멋진 보르시를 대접할게."

그 순간 왜 눈물이 어렸던 걸까. 현미는 누가 볼까 눈물을 훔쳤다.

"그래, 그럴 수 있다면."

닦았다고 생각했던 눈물이 툭, 볼을 타고 흘렀다. 말했다고 생각했는데 웅얼거리고 말았다.

현미는 웅얼거리고 있었다. 2만 달러는 받았니? 문득 떠오른 기억에 아련해졌다. 기억할 게 많아지는 나이는, 결국 행동이 더뎌지는 법이다.

페이스북 창에 '알리시아 페티코바'를 써 넣었다. 엔터를 치면 같은 이름을 가진 알리시아 페티코바가 수없이 나타날지 모른다. 그러나 기억 한편에 써둔 알리시아와 현미의 추억은 수없이 엔터를 눌러도 나타난다는 보장이 없었다. 이내 이름을 지우고 포털 사이트를 열었다. '2015년'을 써 넣었다. 엔터를 치자 가장 먼저 '나무위키'가 보였다. 망설임 없이 클릭했다. 광복과 더불어 남북 분단 70년, 2차 세계 대전 종전 역시 70년이 되어 이해에 태어났던 사람들도 고희를 맞았다. 그랬다. 2015년이라면, 현미가 일흔한 살이 된 해다. 여러 이야기 중 위안부 문제 합의가 가장 눈에 띄었다. 파도타기를 하듯 검색은 검색을 부르며 위안부 합의에 관해 웬만한 공부를 하게 되었다. 졸속 합의, 피해자가 아닌 정부 주도 합의 등 분노한 국민의 정서가 단번에 읽혔다. 이래서는 안 되는 거잖아, 자연스레 현미도 분노하고 말았다. 이어서 간통죄 폐지가 2015년 이슈로 눈에 들었다. 귀에 걸면 귀걸이, 코에 걸면 코걸이라지만 간통제만큼 악법도 없었다. 일본의 법을 그대로 가져온 부작용이었다지만 힘없는 여자를 표적으로 상당히 악용된 법이었다. 여전히 이산가족은 상봉의 끈을 놓지 않았고 만화가 영화화되어 커다란 반향을 얻어 천만 명이 넘게 관람한 기록을 만들었다.

2016년은 대한민국 민주주의가 퇴보와 진일보를 거듭한 해였다. '스모킹 건'이라는 단어를 국민 대다수가 알게 되었고, 농단壟斷이라는 단어를 상당수 국민이 심화 학습했다. 국정 농단으로 야기된 촛불집회는 대통령 탄핵에 이어 구속이라는 초유의 결과를 도출했다.

2017년에는 유례없는 대통령 선거가 실시되었다. 현미가 분노했던 위안부 문제에 대해 새로운 환기가 시도되었다. 다만 국민 전체와 위안부 피해자를 만족시키기에는 여전히 갈 길이 멀었다. 빠져 있는 모서리 돌은 끼우기 위한 시작이 어려운 법이다. 놀라운 사실은 여성 외무부 장관의 탄생이었다. 현미는 이 대목을 포털 사이트에서 읽으며 벅차오르는 감격을 맛보았다. 외교부에서 일하던, 현미와 화숙의 꿈이었다. 그 꿈이 현미가 모르는 세월 속에서 실재해 매일 진행되고 있었다.

2018년은 그야말로 외교의 시대로 진입했다. 남북 정상 회담에 이어, 북한 핵 폐기를 위한 다각적인 시도와 노력 등.

화숙아, 이런 이야기를 너와 나누어야 했던 것 아냐?

현미는 얼른 전화기를 집어 다시 화숙의 번호를 눌렀다. 당장에라도 언니, 하고 외칠 것 같은 화숙의 목소리를 녹음된 성우가 대신했다. 찌르르 가슴 한곳이 아렸다.

이럴 바에야, 화숙을 찾아가자. 내 기억도 찾아내고.

그게 첫걸음일 터였다. 적어도 기억이 맞는다면, 화숙은 레지던스 홍보와 분양을 위해 현미가 거주하는 레지던스에서 멀지 않은 곳에 사무실을 임대했다.

언제는 누가 시켜서 지침서대로 인생을 살아왔던가. 어려서는 경찰에 돌을 던졌고, 죽을힘을 다해 도망치기도 했다. 외무 고시를 치러 외교관이 되었던 것도 빤하지 않은 삶을 살고 싶어서였다. 화숙의 표현으로, 적국의 심장을 더듬었던 것도 멋있어 보였기 때문이다. 더 적확하게 표현하자면, 현미는 인생을 누구의 힘에 기대지 않고 주도적으로 살고 싶었다. 한번 누군가에게 기대어 생명을 부여잡은 적이 있었기에 그 간절함은 더했다. 낮잡아 보는 것도 시시해 눈길도 주지 않을 남자, 그가 현미를 구했다. 그랬다. 남자와 약속했던 게 있었다. 아무리 인생이 부박해도 축제처럼 살아내자고. "성공한 여인이 돼주라"라던 말, 여전히 심장에 자리매김하고 있었다.

성공한 여인, 거창하다 못해 추상적인 꿈이었다고 해도 현미를 지탱해준 원동력이었다.

현미는 외출 준비를 했다. 집은 깨끗했고 무엇 하나 흐트러진 것 없이 현미가 원하는 곳에 있었다. 즐겨 입는 흰색 블라우스에 더해 누구나 알 만한 명품 코트로 멋을 냈다. 다크 브라운 백에 전화기를 넣었다.

1층으로 내려가자 봄 날씨가 마음을 더욱 설레게 만들었다. 현미가 가장 좋아하는 계절이었다. 왜 이 계절을 좋아하게 되었는지 기억은 잘 나지 않는다. 짙푸르지 않은, 연하고 어린 잎이 나무에 돋아나기 시작하는 새로움이 좋았다. 적어도 이때만큼은 나뭇잎조차 나고 자란 순서에 따라 다른 녹색을 뽐냈다. 문득 심장이 두근거렸다. 마치 어린 시절 읽었던 문고본 탐정 소설의 여자 탐정이라도 된 듯한 기분 때문이었다.

나의 비밀을 파헤치는 여자 탐정. 그래, 오늘은 탐정으로 사는 거다. 나를 파헤치는, 여자에게 어울리는 직업, 탐정이 되어.

9

지유를 비롯한 여덟 사람은 백화점을 나와 코끼리 분식으로 향했다. 일본식 유부우동을 잘하는 단골 가게였다. 수봉도 어림짐작하겠지만 지유가 단골이 된 이유는 어머니의 국수와 비슷해서였다. 어머니는 몇 해 전 해인대학이 자리 잡은 댓거리 선창에서 유부국수를 팔았다. 해인대학이 옮겨 온 뒤 장사는 활황을 맞는 듯했지만 이내 명을 달리했다. 구마산 부림시장에서 우연히 들른 코끼리 분식 우동을 처음 맛보았을 때 지유는 그만 코끝이 찡해졌다. 허방을 발로 디딘 듯 지유는 우동 가락을 걷어 올릴 수 없었다.

코끼리 분식 여주인은 비록 어머니보다 한참 많은 나이였지만 마치 친엄마처럼 지유 일행을 맞아주었다. 우동에 국수, 떡볶이를 시켰다.

"무릎까지 오는 가죽 신발, 그거 탐나던데."

미자가 말하자 향미가 코웃음 쳤다.

"가스나야, 니가 신으모 무릎이 아이라 허벅지까지 가긋지, 신발이."

향미의 말에 미자는 눈을 흘겼지만 나머지는 웃기 바빴다.

"쌍통 쓰지 마라, 가스나야. 다음에 돈 벌모 요 머스마들 중에 하나가 사주긋지 뭐. 아이가?"

숙희가 지유 일행을 보며 슬쩍 떠보았다. 아마도 숙희는 나란히 걸었던 수봉을 향해 했던 말일지 몰랐다. 아니나 다를까 수봉이 지유에게 귓속말로 물었다.

"무릎까지 오는 신발이 비싸나?"

수봉의 말에 지유는 말없이 고개를 끄덕이고 우동을 먹었다. 우동을 먹다 문득 여자들에게 묻고 싶은 게 떠올랐다.

"좌익 용공 발언인지도 모르겠는데, 하나 묻고 싶은 기 있다."

거창한 지유의 말에 단번에 이목이 쏠렸다.

"얼마 전에 와, 부정 선거 했다꼬 학생들이 데모 막 안 했나 그자. 우리야 먹고사는 기 우선인깨네 데모 같은 거야 잘난 분들이 하는 걸로 안다마는……."

지유는 꿀꺽 침을 삼켰다. 내심 마음에 걸렸던 게 노 씨의 말이었다. 지유는 어제 머리를 다친 노 씨에게 면회를 갔다. 머리에 붕대를 싸맨 노 씨는 오히려 지유에게 미안하다 두 손을 맞잡았다. 어른이 나잇값 못 했다, 술이 웬수다, 자학했다. 지유는 죄송함에 그저 고개를 주억거렸다. 지금도 노 씨가 잘했다고 생각하지는 않는다. 다만 지유의 대응은 틀렸고 잘못되었다. 열 살은 족히 많은 노 씨를 재떨이로 때려서는 안 되었다. 어떤 이야기를 어떻게 들었다 해도. 노 씨는 유언처럼 지유에게 당부했다.

"지유야, 니 공부하고 싶어 한다는 거 공장 사람들 다 안다. 니가 상황이 상황이고 또 친구들하고 어울릴라 칸깨네 못난 척 모자란 척해서 그렇지. 그러니까 니도 세상에 눈을 좀 떠라, 응? 우리 사는 이 나라, 그리 정직하지 않다. 지유 니랑 나이가 같은 김주열이가 와 죽었다고 생각하노? 사람들이 안 그라더나. 눈에 최루탄이 박혔다꼬."

김주열은 지유보다 한 살이 많았다. 더구나 신문에서는 노씨처럼 말하지 않았다. 입에서 입으로 떠다니는 소문만 다르게 말했다. 김주열이 부정 선거에 항의하다 최루탄에 직격당했다고.

"비록 주열이는 아프게 눈을 몬 감았지만, 지유 니는 세상에 눈을 뜰 수 있다 칸께네."

"세상에 눈을 뜨라꼬예?"

"그래."

"행님이나 나나……."

노 씨를 형님이라 칭한 것은 처음이었다. 입에 익지 않아 거북하기 그지없었다.

"신문 한 줄 볼 시간도 없고, 돈도 없다 아입니꺼. 근데 뭘, 무슨 눈을 뜨라 카는지 모르겠어예."

"안 있나, 그게 뭐시든 간에 눈을 뜰라 카는 사람한테만 세상은 보인다. 알긋나? 이 행님이 꼭 니한테 하고 싶은 말이었다."

묘했다. 말이 진동이 되어 마음속에서 울림을 만들었다. 어제부터 계속 귓가에서 맴돌았다. 세상은 눈을 뜨려는 사람에게만 보인다는, 그 말이.

꿀꺽 침을 삼킨 지유는 어렵게 뒷말을 이었다.

"정말로 김주열이가 최루탄에 맞았을까?"

가장 먼저 반응한 것은 미자였다.

"우리가 다니는 중학교 선생님들이 카던데, 부정 선거도 맞고 최루탄에 맞은 것도 맞다 카더라."

미자에 이어 지숙이 목소리를 낮추었다.

"우리 선생님이 곧 나라가 뒤집힐 기라꼬 다들 조심해라 캤다."

"내는 마 모르겠다. 뭐가 옳고 그른 건지 하나도 모르겠더라. 대통령이고 정치인들은 다 빨갱이들이 들고 일어난 기라카고, 학교 선생님들은 정치인들이 다 새카만 거짓말쟁이라카이. 나는 중도 할 끼다. 좀 기다리볼라꼬."

숙희가 말하자 수봉이 고개를 끄덕였다. 수봉의 눈에는 잔뜩 힘이 어려 감탄했다는 듯 숙희를 바라보고 있었다.

"너거, 아지매가 쪼매 간섭해도 되긋나?"

모르는 체 이야기를 듣던 코끼리 분식 여주인이 조심스레 지유 일행에게 말을 꺼냈다. 가장 먼저 지유가 "뭔데예?" 하고 물었다.

"아지매도 무식한 사람이라 잘은 모른다마는, 전쟁 겪고 자식 잃고 여서 장사하면서 느낀 긴데, 사람 우에 사람 없고 사람 밑에 사람 없다. 정치? 웃기지 마라 캐라. 국민이 아프모 나라도 아프다. 국민이 다쳤다 아이가. 아가 죽었다 아이가! 그라모 무조건 잘못된 기라. 무조건."

국민이 아프고 다치면, 그것은 잘못된 국가다? 문득 분식집 주인도 거저 따는 자리가 아니라는 생각이 들었다. 지유는 여주인 말에 공감해 크게 고개를 끄덕였다.

"그래도 안 있나, 너거는 다 일하는 아들 아이가? 그라모 어른이다. 알제? 너거 일하는 것도 다 가족 멕이살릴라꼬 하는 거 아이가? 너거만 보고 있는 부모 동생들 생각해서 함부레 데모하는 데 끼지 말고. 데모하는 데 끼더라도 경찰 보모 바로 토끼라, 알았나?"

조금 전까지 크게 고개를 끄덕였지만 이번에는 여주인 말에 고개를 끄덕일 수 없었다. 크게 비약한 이야기 탓에 무엇이 맞고 무엇이 틀린 것인지 알 수 없었기 때문이다.

"내가 주책이다, 그자?"

여주인은 그 말을 끝으로 주방으로 들어갔다.

지유의 질문과 여주인의 대답 탓인지 식당 공기는 무거웠다. 여덟 사람은 각자 수군댈 뿐 공통적인 이야깃거리를 꺼내지 않았다.

"요게는 내가 살게."

어색한 공기를 건드리며 지유가 목소리를 높였다.

계산을 마치며 지유는 여주인에게 절을 하듯 허리를 숙였다. 눈앞에서도 또 코끝에서도 맴돌던 의문이 가신 것은 아니었다. 다만 어느 정도 정리는 되었다. 무엇보다 여주인의 말이 신선했다. 여주인의 말을 뒤집으면 '국민을 아프고 다치지 않게 하는, 그게 참된 국가다'라고 바뀐다.

"무슨 생각을 그리 하노?"

지숙이 지유에게 다가와 물었다.

"아, 누나. 구마산에서 신마산까지 걸어서 가볼라꼬예."

지유는 엉뚱한 대답을 건넸다. 괜스레 멋쩍어 고개를 들었다. 무학산 꼭대기에 걸렸다 사라지는 해 주변으로 산멸하는 푸른빛은 점차 주홍색으로 변했다.

"그래? 그라모 요서 헤어지까?"

지숙이 나서서 의견을 구했다. 지숙은 지유를 충분히 배려했다. 고마웠다.

"에이, 안 되지. 고고장에 운동화 때라도 벳기로 가야 안 쓰겠나?"

용수가 분위기를 잡았다.

"나는 요게서 빠지께."

"지유야, 쪼매마 더 있다 가라."

수봉의 눈빛이 심상치 않았다. 그 탓에 두어 시간을 더 친구들과 머물렀다. 거리를 쏘다녔고 시내를 구경했다. 시민극장 주변을 맴돌며 영화를 볼까 했지만 시간이 맞지 않았다. 얼마 지난 것 같지도 않았는데 금세 저녁이 되었다.

"아무래도 내는 먼저 가야긋다."

지유는 수봉에게 귓속말을 했다. 수봉은 알았다는 듯 살짝 고갯짓을 했다. 지유는 시민극장 뒷골목으로 재빨리 빠졌다. 돌아보지 않고 구마산 비탈길을 홀로 내려왔다.

그날 밤 지유는 쉽게 잠을 이루지 못했다. 노 씨의 말도, 또 코끼리 분식 여주인의 말도 방바닥에 박힌 가시가 되어 뒤척이게 만들었다. 간유리 너머가 희붐해져올 때까지 정신이 말똥말똥했다. 그때까지 수봉은 들어오지 않았다.

바깥으로 나오자 댓거리 판자촌 주민들은 벌써 아침을 준비하고 있었다. 새벽 4시가 갓 지났을 뿐이었다. 하나뿐인 우물 주변에서 깨진 똥바가지처럼 군데군데 박혀 머리를 감아댔다. 몇몇은 소금 양치를 했고 보리쌀을 씻는 할머니도 보였다. 자리를 잡지 못한 지유는 일어나 공장으로 향했다. 청소라도 해야 마음이 편할 것 같았다. 반장은 어차피 근신하라 명령하지 않았던가. 공장에 도착하자 문이 열려 있었다. 오늘 목욕하는 날이 된 조의 가족들이 목욕탕에 들어간 것이다. 바닥에 물을 뿌려 청소를 했다. 연탄 기계 주변을 닦거나 필요 부위에 그리스를 발라 기계를 보호했다. 한창 청소를 하는데 누군가가 툭 지유를 쳤다. 돌아보니 노 씨가 속한 조의 연장자였다. 평소 인사만 하는 사이라 아저씨라고만 불렀다.

"하여튼, 니도. 이참에 며칠 쉬지 그랬나? 아무도 니 탓 안 한다. 암시로."

"아입니더예. 저 때메 그리된 긴데 우찌 가만있습니꺼?"

"아이다. 니가 아이라 캐도 벌어질 일이었다. 재상이 그 노마는 한 번씩 대가리가 깨져야 정신 차린다."

아저씨의 말에 그저 죄송해 고개를 숙였다.

"지유 니가 잘못한 거는 없다니까. 니 이름 지유 맞제?"

"예, 맞습니더예."

대답하는 사이 아저씨 뒤로 가족들이 인사를 하며 공장을 나섰다. 지유가 속한 조는 공원이라 해도 고아나 다름없는 미성년들이라 가족이 목욕하러 오지는 않았다. 그런 까닭에 공장 일곱 개 조가 하루씩 날짜를 정해 일주일마다 돌아가며 목욕을 했다. 세 가족이 매주 마주치다 보니 남편들을 뺀 부인과 아이 들이 목욕탕에서 만나는 게 어색하지 않았던 것이다.

"부럽네예."

의식하고 한 말은 아니었다. 무심결에 툭 튀어나온 진심이었다.

"그, 그렇나. 이거 괜히 미안하네. 그래 아저씨가 할라 카던 말도 그런 기다. 노 씨가 니한테 우악 받게 하는 거는, 지유 니가 노 씨 지를 닮아서 그런 기다."

노 씨를 닮아? 지유는 처음 듣는 말이었다.

"나도 잘 모르지마는 재상이 그 노마도 아버지한테 떳떳하고 싶은 기라. 죽은 엄마한테도 안 부끄럽고 싶고. 전쟁에서 살아 온 뒤로 그기 안 되니까네 저리 사는 기다. 니라도 재상이한테 형님, 하고 숙이고 들어가라. 잘해줄 끼다."

"……어제 만났습니더예. 가서 잘못했다 캤고예."

"뭐라 카드노?"

"세상에 눈을 뜨라 카데예."

"눈을 뜨라꼬? 세상에? 지랄하고 자빠졌다 그 노마도. 지나

156

뜨지. 허허허. 그라고 하나 더 이야기하자 카모, 인자 4월 지나서 일거리 줄어드는 거는 알제?"

"예, 압니더."

"그래, 그라고 새로 연탄 공장이 하나 더 생긴다 카더라. 그 바람에 너거 일하던 조는 반장이 다 짜를라 캤다. 근데 재상이 자빠지고 니 근신하모 나머지 아들은 쓰도 되긋다 카더라. 나도 그래서 좀 지켜보자 캤다. 니도 그렇고, 나머지 아들도 그렇고. 요즘 매해 매해, 겨울이 안 틀리더나. 공장 연탄은 매번 물량이 딸리고. 그랑깨네 니도 당분간은 반장 말대로 좀 근신해라. 그래야 니 친구들이 일한다. 알긋나?"

그 말이었던가. 연탄 공장 하나가 더 생겨 지유를 비롯한 친구들을 퇴사시키려 했다. 그러나 노 씨와 지유가 바람막이가 된 덕에 나머지 셋을 일하게 둔다는. 지유는 저도 모르게 아저씨에게 감사합니더예, 하고 굽실거렸다. 아저씨는 가족들을 따라 총총히 사라졌다. 지유는 길을 꺾어 보이지 않을 때까지 아저씨의 뒷모습을 눈으로 좇았다. 아저씨가 가버린 텅 빈 공장 안에는 적막감과 더불어 허탈함이 감돌았다. 반장의 배려와 이를 전한 아저씨가 고마웠다. 어른은 어른의 세계가, 또래는 또래의 생각이 있기 마련이다. 반장이 그렇게 하지 말라고 했어도 미리 상의만 했다면 지유를 비롯한 친구들은 기꺼이 비키고 물러나고 베풀었을 것이다.

혼자 생각에 빠져 있는데 인기척이 났다. 고개를 드니 수봉이 곁에 서 있었다. 수봉을 비롯한 친구들은 지숙 일행과 댓거리 돼지국밥집에서 저녁을 먹자며 떠들었다. 그게 어제의 마지막 기억이었다.

"일찍 나왔네. 통금에 걸리뿌가, 어제 집에 못 들어갔다. 미안."

수봉이 지유의 곁에 오자 술 냄새가 났다.

"수봉아, 우리는 어른이가?"

잠시 뚱한 눈빛이던 수봉이 지유의 질문에 대답했다.

"글쎄다. 내도 잘 모르긋다마는, 돈 벌고 일하모 어른이다 안 카나. 어른들이 그라니까 어른이겠지 뭐."

"그라모 수봉이 니는 니가 어른이라꼬 생각하나?"

"그거는…… 아이네. 나는 아직 안데, 아."

"그자? 나도 아직 아다. 당연히 어른이라고 생각은 안 한다. 근데 우리가 연탄 공장에서 일한다꼬 아저씨들이 소주도 주고 담배도 피우라꼬 안 카나? 맞제? 그거는 어른 아이가?"

"모순이네."

수봉의 입에서 꽤나 고급스러운 단어가 나와 놀랐다. 절로 지유는 수봉을 한참이나 노려보는 꼴이 돼버렸다.

"내도 가끔은 신문 좀 읽는다 카이."

"한자는?"

"대충 통빡으로 때려 맞힌다 아이가. 또 모르모 니한테 물으모 되고. 오늘부터는……."

"뭐꼬? 뭐꼬 니. 솔직히 말 안 하나? 니 혹시……."

숙희하고 잤나, 하는 말은 수봉의 자존심을 생각해 꾹 삼켰다. 이번에도 가난은 서로를 알아본 것일까. 수봉은 스스로 참지 못하고 비밀을 말했다. 털어놓으면 더는 비밀이 아니게 되는.

"숙희하고 잘라꼬 불끈불끈 뭐가 솟았는데, 막상 둘이 남으니까네 지켜주고 싶다는 생각이 들더라. 그래서 내가 숙희보고 그랬다. 우리 결혼할래?"

"뭐라꼬? 결호온?"

절로 말꼬리가 올라가며 성조가 극에 달했다.

"수봉이 니 미쳤네."

"그자? 나도 미친 거 같다. 몇 번이나 봤다꼬, 결혼이라는 말이 나오는고."

수봉이 멋쩍게 웃었다. 한포국한 기분으로 누구보다 밝게 웃고 있는 자신이 지유는 낯설었다. 지유는 노 씨와 있었던 일, 반장의 배려와 노 씨 조에서 가장 나이 많은 아저씨가 했던 말을 수봉에게 설명했다. 곰곰이 듣던 수봉이 "그라모 내 월급을 니캉 나누자. 아이다……" 하더니 팔짱을 끼었다.

"정호하고 용수도 이해할 끼다. 우리 셋 월급 가지고 넷이서 똑같이 나누모 안 되긋나?"

"그기 뭔 소리고? 됐다 인마. 내가 싫다, 내가."

지유는 한사코 만류했다. 그사이 공장에는 드문드문 보이던 직원들이 꽤나 자리를 잡았다. 같은 조들끼리는 겨우 일요일 하루 못 보았을 텐데 두런두런 이야기를 나누었다.

"사는 기, 참 별거 없다 그자?"

왜 그런 말이 나왔는지는 몰랐다. 지유가 툭 던진 말에 수봉의 눈이 그렁그렁해졌다.

"내는 말이다. 이대로만 살면 소원이 없다. 니캉 내캉 무탈하게 살모, 그라모……."

감정이 북받치는지 수봉이 결국 소매로 눈가를 훔쳤다. 수봉의 마음을 알 것 같았다. 그때 어리바리한 모습으로 용수와 정호가 나타났다.

"지유 니 수봉이 갈꿨제? 어제 집에 안 들어왔다꼬."

용수가 지유에게 달려들 것처럼 굴었다. 픽, 웃어버리자 정말 멱살이라도 쥘 것처럼 다가왔다. 그 모습을 본 수봉 역시 용수를 보고 픽, 웃었다.

"으이구 빙신아. 앞뒤 좀 재고 살아라. 응?"

수봉이 용수에게 타박을 주었다. 어리둥절하는 용수와 정호를 수봉이 데리고 나갔다. 마산 앞바다가 보이는 함석 베니어 벽 앞에서 담배를 피우며 조금 전 이야기를 할 게 빤했다. 수봉과 친구들이 나가는 것과 바통을 교대하듯 반장이 나타났다. 공장으로 들어오던 반장에게 사람들이 인사를 했다. 인사를 받아주며 공장을 살피던 반장과 눈이 딱 마주쳤다. 반장은 매일 아침 그래왔던 사람처럼 지유를 향해 다가오라 손짓했다. 반장에게 얼른 뛰어갔다. 반장은 모자로 며칠 전 상처를 가렸다. 거즈가 삐져나온 관자놀이를 보자 괜스레 죄송했다.

"지유 니, 내가 근신하라 안 캤나?"

반장이 준엄한 표정으로 지유를 보았다. 지유는 대답조차 못 한 채 고개만 주억거렸다. 뒤에서 수봉이 달려오는 걸 재빨리 손으로 말렸다.

"공장에는 공장대로 규칙이 있다, 알제? 그걸 어기모 공장에서 나가야 된다."

그때 노 씨 조에서 연장자인 아저씨가 반장에게 다가왔다.

"반장님, 내가 낄 상황이 아인 거는 아는데, 오늘 청소고 뭐고 다 지유가 했다 아인교. 어린아들인데 웬만하모 봐줍시다, 네?"

"예, 반장님. 지유 월급은 안 주시도 됩니더예. 그냥 같이 일하게만 해주이소. 네?"

어느새 수봉이 반장에게 빈다는 듯 두 손을 모았다. 용수와 정호도 덩달아 두 손을 모았다. 몇 초 지나면 무릎이라도 꿇을 기세였다. 구걸하고 살지 않으려 어떻게 여기까지 왔는데. 친구들에게는 미안했지만 이런 상황만큼은 죽어도 싫었다.

"저리 가라, 너거!"

지유는 친구들에게 소리쳤다.

"죄송합니더, 반장님. 제가 반장님 말씀을 무시해버렸네예.

근신하겠습니더. 대신 꼭 다시 불러주이소예."

지유는 꾸벅 허리를 숙인 뒤 뒤돌아보지 않고 공장을 나왔다. 작업용 군화도 벗지 않은 채 무작정 뛰었다. 미친 듯이 뛰어 큰 도로로 나왔다. 뛰고 뛰어서 언덕을 올랐다. 가쁜 숨이 턱에 차오를 무렵 도착한 곳은 제일여고 정문이었다. 뒤돌아 공장을 보았다. 그 너머 바다를 보였다. 실로 장관이 펼쳐졌다. 해가 뜨고 있는 마산 앞바다는 검고 붉었으며 찰나 생멸 뜨겁게 타올랐다. 고기잡이배가 한가로이 바다에 선을 그리다 반사된 빛무리 속으로 숨어들었다. 빛무리는 매분 매초 다르게 반짝였다. 울고 있다는 사실을 그제야 알아차렸다. 바보같이.

얼른 눈물을 닦았지만, 어색한 주변을 둘러보자 얼굴이 뜨겁게 달아올랐다. 지유 같은 무식쟁이는 상대도 해주지 않는 우등생이 다니는 학교 정문 앞이었다. 곧 본격적인 등교 시간이 된다. 여학교 앞에서 이런 추태를 부리다니. 시커먼 작업복 차림에 군화를 신은 지유를 몇몇 학생은 이방인처럼 바라보았다. 그럴 리 없을 텐데도 지유를 피해 가는 것처럼 느껴졌다. 공주들 속에 섞인 거지! 백설 공주에게 때를 묻히려는 놈이 있다면, 딱 지금 지유가 아닐까. 저절로 주눅이 든 지유는 얼른 반월동 골목을 찾아 숨었다.

반월동 일대는 지유가 사는 댓거리 다음 간다 할 정도로 집과 골목이 난립했다. 댓거리와 반월동 판자촌은 난립의 심각성이 전국 두 번째라는 기사도 읽었다. 길 모르는 타지 사람이 들어왔다 굶어 죽었다는 농담이 돌 정도였다. 골목에서 더 깊은 골목으로 뛰었다. 사람 둘이 다닐 만하던 길이 금세 사람 하나 다니기도 버거워졌다. 지유는 더 깊고 좁아 실제로 사람이 다니기 힘든 곳까지 숨어들었다. 구멍을 찾는 생쥐와 다를 바 없었다. 그래도 더 깊고 어두운 곳을 찾아 숨고 싶었다. 집과 집 사이에서 갑자기 동쪽 언덕 아래로 꺾어지는 골목에 발을 들였다가 지유는 쿵, 아래로 떨어졌다. 낮잡아도 지유의 키는 됨 직한 높이였다. 등부터 떨어진 덕에 다행히 몸을 웅크려 어깨로 버텼다. 통증이 컸지만 참을 만했다. 몸을 일으키다 놀라고 말았다. 지유가 떨어진 곳은 한 번도 본 적 없던 폐허가 된 교회 옥상이었다. 십자가가 반으로 깨져 옥상에서 나뒹굴고 있었다. 근거 없는 추측이지만 한국 전쟁 당시 폐허가 된 이 교회를 중심으로 반월동 골목이 난립한 것은 아니었을까.

자빠진 김에 쉬어간다고, 지유는 옥상에 그대로 드러누웠다. 깨진 십자가 사이에 누운 지유를 하늘에서 바라본다면 어떤 모습일까. 십자가 옆에 누운 거지, 문득 든 상상에 쿡 웃음이 났다. 지유는 조금 과감해져 십자가를 베고 누웠다. 포근한 바닷바람이 야트막한 언덕을 훑어 지유를 스쳤다. 지유는 그대로 눈을 감았다.

다시 눈을 떴을 때 서쪽을 향했던 지유의 그림자가 동쪽으로 길게 누워 있었다. 밤사이 뒤척였던 탓에 옥상에서 잠들고 말았다. 옥상에 주저앉은 채로 바다를 보았다. 엄마는 마산 앞바다를 땅이 바다를 둥글게 감싼 여자의 자궁 같다고 말했다. 눈을 감기 전 엄마는, "엄마 보고 싶으면 바다를 봐, 바다를 보면 엄마도 너를 보는 거니까"라고 서툰 발음으로 지유의 볼을 어루만졌다.

'엄마'라는 이름은, 고작 3년, 천 일 정도 만에 허망하게 사라졌다. 그러나 세상 그 무엇보다 깊이 각인되었다. 엄마, 바다, 둥글게 감싼 자궁……. 생각에 생각을 거듭해 함몰하는 느낌에 지유는 그만 몸을 일으켰다. 떨어졌던 곳으로 올라가려 했는데, 어라, 지유는 고개를 갸웃거렸다. 분명 떨어졌는데 올라갈 곳이 없었다. 밤이었다면 꼼짝없이 갇혔을 게 분명했다. 더듬고 살펴 몸이 딱 기어서 내려갈 만한 빈틈을 찾았다. 발과 발로 지탱해 힘겹게 2미터를 넘게 내려왔다. 내려온 건물 방향에는 깨진 창문이 있었다. 끼어버린 지유는 어쩔 수 없이 팔꿈치로 유리를 깨뜨렸다. 교회 안은 어두웠다. 눈이 어둠에 적응되기를 기다려 문을 찾았다. 문을 열자 벽이었다. 고약한 건물이 아닐 수 없다. 벽으로 어깨를 넣자 쏠리기는 했지만 겨우 지나갈 공간은 되었다. 고개를 돌리지도 못한 채 몸을 밀어 넣은 공간으로만 더듬어 걸었다. 한 번 모퉁이를 꺾고 조금 더 걷는데 신선한 바람이 느껴졌다. 여기다 싶은 순간 온몸의 힘을 앞으로 내던졌다. 몇 겹으로 감싼 판자가 지유의 힘에 떠밀려 앞으로 쏟아졌다.

휴, 크게 숨을 내쉬었다. 사람 두 명이 겨우 지나갈 만한 좁은 골목에 세워진 교회는, 아니 교회를 봉인하듯 감싸버린 이곳은, 무슨 이유에서인지 교회 건물 바깥을 다시 벽돌담으로 둘러 감췄던 것이다. 보물이라도 숨겨두었나, 한번 파헤쳐봐? 속된 생각에 그만 쿡 웃음이 났다. 지유가 확인한 바지만 교회 안은 그저 과거의 영화라고는 볼 수 없는 황량함이 전부였다. 다시 곱씹었다. 두 번은 오고 싶지 않은, 진짜 고약한 건물이다. 지유는 판자를 바로 세워 함부로 들어가지 못하도록 막았다.

손바닥 훑듯 안다고 생각했던 골목이다. 고약한 건물도 그랬지만 골목 안 미로에 혀를 내두르며 지유는 한동안 헤맸다. 낯익은 골목을 발견해 바깥으로 나오기까지 30분은 족히 발품을 팔았다. 다시 꺾어져 나온 곳은 반월동 시장이 있는 골목 한복판이었다. 제일여고 맞은편으로 났던 골목에서 직선거리로만 2백여 미터, 아무리 길게 잡아도 4백 미터가 되지 않을 텐데 그곳에서 하루를 보냈다. 마치 다른 세계에 빠져버린 것처럼. 문득 엉뚱한 생각이 짓쳐들었다. 골목을 들어가기 전 내가 거지였다면 골목을 빠져나온 나는 왕자가 되어 있지 않을까.

골목을 헤맬 때는 나가야 한다는 갈증이 목을 막았다. 막상 골목을 빠져나오자 숨은 트였지만 갈 곳이 없었다. 어느덧

165

뉘엿해지는 해를 등 뒤에 두고 지유는 다시 공장으로 향했다. 차마 들어가지는 못한 채 정원식당 부근에서 공장을 마주 보았다. 하릴없이 시간을 죽이는데 정원식당 나무 문이 빼꼼히 열렸다. 며칠 전 사고를 친 탓인지 여주인이 지유를 대번에 알아보았다. 여주인이 손짓으로 지유를 불렀다. 고개를 숙여 인사하자 여주인이 사람 좋게 웃었다.

"아들, 밥 먹고 가라고. 아직 저녁 전이제?"

아들이란 말에 지유는 마법에 걸린 것처럼 식당 안으로 발을 들였다. 여주인은 재빠른 손놀림으로 밥을 내왔다.

"마이 무라, 알긋제?"

예. 말을 하는데 목이 멨다. 숟가락을 드는데 밥 위로 몽글몽글 떨어진 눈물이 밥을 식혔다. 얼른 고개를 숙이고 우걱우걱 밥을 입안에 쑤셔 넣었다. 삽으로 연탄 거푸집에 석탄가루를 뿌리듯 미친 듯이 욱여넣었다.

"머스마야, 언친다. 자."

여주인이 사발에 맑은 물을 떠 왔다. 밥상 위에 놓는데 지유와 눈이 마주쳤다. 여주인은 지유의 왼쪽 눈을 오른손으로 닦아주었다.

"아들. 너거 엄마 일본댁이라메?"

"일본댁예?"

"몰랐나? 너거 엄마 이 동네 시장 바닥에서 유명했다. 배추고 메루치고 전갱이고 안 주버가는 생선이 없고, 팔다가 남은 반찬이고 밥이고 좀만 성하다 싶으모 갖고 가서 묵더라."

기계처럼 밥을 넣던 게 언제인가 싶게 지유는 딱 동작을 멈추었다.

"엄마……가예?"

"그래, 너거 엄마. 일본댁 가시나 그거. 살 끼라꼬. 살아볼 끼라꼬. 내 너거 엄마한테 밥 마이 줬다. 하마 오래됐제. 일 좀 시키달라 카더마는 가스나가 내보다 음식을 더 잘하더라. 둘이서 참 재밌게 지냈다. 국숫집 자리도 내캉 같이 알아봤다 아이가. 내가 참 좋아했던 동생이다. 미츠코라 부르기 뭐해서 고마 광자야, 광자야 캤제. 그런데 니맹키로 이리 장성한 아들이 있을 끼라꼬는 생각도 몬 했다. 아나? 어제 반장이 와서 카데, 니가 일본댁이 아들이라꼬. 내 얼매나 놀랐다꼬."

눈물이 전염된 것인지 여주인의 눈에도 다보록하게 눈물이 맺혔다.

"너거 엊그제 싸우는 거 보니까 아지매가 맘이 아프더라. 너거 엄마도, 요게서 살 끼라꼬 온갖 멸시와 조롱을 겪음시로도 버텄다. 살 끼라꼬. 니도 살아라, 알긋나."

미츠코, 오랜만에 들은 엄마의 이름이다. 광자라고 불렀다니, 눈물은 흐르는데도 웃음이 났다. 웃으며 고개를 끄덕였다. 여주인이 지유의 볼을 어루만졌다.

"그라고 몬 배운 아지매야 지금 돌아가는 세상 꼴이 어떤지는 모른다마는, 다 잘살자고 하는 거 아니겠나. 언젠가는

167

좋은 날 올 끼다. 우리나라 사람 가난하지 않게 싸그리 다 밥 잘 묵고 잘사는 세상 올 끼다. 그때까지 우떻게든 버티고 버티서 좋은 세상 만나봐라. 알았나? 그라고 너거 엄마, 배고프고 가난한 사람 보모 반찬 하나까지 나누어 줬다. 지금 본깨 네 아들 생각나서 그랬는갑다. 언젠가 니도 배부르게 살모 잊지 말고 너거 엄마처럼 나누어 주라, 알긋나?"

다분히 추상적이고 감상적이었지만 진실한 마음이 전해졌다. 여주인의 말에 까닭 모르게 흐르던 눈물도 진정되었다.

"오늘도 다 갔네. 내일도 오늘만 같아라."

가만히 지유를 지켜보던 여주인은 월영전당포가 인쇄된 일력을 찢었다. 반찬까지 싹 비운 지유는 물도 한 방울 남기지 않았다. 예의이고 도리인 것 같아서였다. 지유가 돈을 건네려 하자 여주인이 인상을 썼다. 장난인지 지유에게 찢은 일력을 건넸다.

"아나 받아라. 오늘이 며칠이고?"

"단기 4293년, 서기 1960년 4월 18일입니더."

지유는 일력에 적힌 대로 읊었다.

"오늘 니랑 내는 함께 저녁을 묵은 기다, 알긋나?"

"예?"

"1960년 오늘, 4월 18일 저녁에 니캉 내캉 함께 있었던 기라꼬."

여주인이 까르르 웃었다. 웃음 너머 어딘가에서 아련함이 전해졌다.

"너거 엄마가 자주 치던 장난이다."

여주인의 말에 지유는 왠지 찢어 준 일력이 소중하게 여겨졌다. 지유는 일력을 뒷주머니에 넣었다.

"가봐라."

여주인은 지유를 등 떠밀어 가게 바깥으로 내몰았다.

지유는, 내 인생이 몇 년까지인지는 몰라도 엄마에게 남은 절반을 떼어 줄 수 있다면, 꼭 그러고 싶었다. 지금보다 조금이라도 더 철이 들어서 묻고 말하고 싶었다. 어머니에게 나는 무엇이었느냐고. 또 어머니는 누구였느냐고. 치아라 마, 하고 숨기기 바빴던 지유의 본심도 말하고 싶었다. 엄마, 사랑했습니다.

딱 3년 정도가 전부였지만, 사랑했어요. 사랑합니다. 사랑할게요, 엄마. 영원히.

식당 바깥은 여느 때와 다름없었다. 바다와 낮게 뜬 별, 그 아래 자리 잡은 낯익은 공장의 풍경까지. 지유는 공장으로 뚜벅뚜벅 걸어 들어갔다. 용수는 배달을 나갔는지 보이지 않았고, 정호와 수봉은 노 씨가 빠진 조에서 일하고 있었다. 수봉과 눈인사를 한 뒤 집으로 가겠다는 뜻을 전했다. 알아들었는지 수봉이 고개를 끄덕였다.

"지유 니 의리 없고로 혼자 갈라꼬?"

방심했는지 지숙이 곁에 온 걸 알아차리지 못했다. 지숙은 급작스레 지유의 팔짱을 꼈다.

"내 지금 나갈 긴데 같이 가자. 집에 좀 데려다도고. 어제 너거 친구들 때메 숙희 자취방에서 잤다 아이가. 오늘 집에 들어가모 다리몽댕이 부싸질지 모른다. 니가 가서 우리 엄마 아빠한테 내랑 있었다 캐라."

"예……. 예?"

지유는 몸이 얼어붙었다. 당황했고 또 무서웠다. 어머니 아버지를 뵈라니. 지숙이 몸을 당기자 저항 한번 못 하고 끌려 갔다. 지유는 돌아서며 정호의 눈길이 박혀오는 걸 느꼈다. 아뿔싸. 지숙은 아랑곳하지 않고 지유를 공장 바깥으로 끌어 냈다. 급기야 고집을 부려 버스가 다니는 도로까지 팔짱을 낀 채 걸었다. 버스 정류소 인근은 제일여중과 여고 학생들로 붐 볐다. 무언가 술렁이는 분위기가 달랐다. 뭐랄까, 공부를 하지 않고 도망치려는 학생들 같았다고 할까. 분위기를 더 살필 겨 를도 없이 지숙이 묵직한 폭언을 날렸다.

"숙맥, 숙맥. 니 여자랑 자본 적 없제? 그라고 니. 와 제일여 고 아들만 보면 몸이 굳어뿌노?"

"누나는! 내가 언제 그랬다꼬."

"누나가 뭐꼬, 같이 일하는 동료끼리. 지숙 씨 해봐라. 어서."

지숙의 다그침에 오히려 침묵하고 말았다. 누나도, 지숙 씨 도 부르지 못하겠는 심리는 뭘까.

댓거리 버스 종점으로 향하는 정류소에서 지숙은 오히려

단단히 지유의 팔짱을 붙들었다. 덕택에 여학생들의 눈길이 지유와 지숙에게 쏠렸다. 지유의 피는 얼굴에 쏠렸다. 부끄러웠다. 만원 버스에 올라탄 지숙은 급기야 지유를 데리고 집까지 가겠다 우겼다. 아버지에게 얻어맞아 다리가 부러진다며 목소리를 높이는 터라 지유는 얼결에 알았다 대답해버렸다. 지숙이 눈을 슴벅거리며 웃을 즈음 제일여중고 학생들의 눈빛도 그제야 지유에게서 떨어졌다. 세 정류장이 지나 종점인 해인대학 정류소에서 내렸다. 대학 옆 도로를 따라 '부유한' 판자촌 골목으로 걸었다.

"집이 이 근처였는가 베예?"

"응. 너거는 수용촌에 산다며?"

댓거리 판자촌을 일컫는 다른 말이었다. 전쟁 통에 사람들을 포로수용소처럼 수용했다고 붙여진 이름이다. 자분자분 걷는가 싶더니 지숙은 2층 양옥집 구석에 있는 작은 철문으로 향했다. 철문을 열자 골목처럼 만들어진 복도에 갈색 쪽문 세 개가 나란히 보였다. 지숙의 집도 그리 부유하지 않은지 세를 얻어 사는 듯했다.

"어무이 아부지, 저 왔어예."

지숙이 큰 소리로 말했다. 피할 수 없는 현실이 닥치고 말았다. 피가 한꺼번에 얼굴로 몰리며 심장마저 가빠지는 느낌이었다. 질끈 눈을 감은 지유는 문을 여는 지숙의 뒤에서 90도로 인사를 했다.

"안녕하십니꺼예, 저는 최지숙 씨의 친구이자 동생인 장지유라 캅니더예. 잘 부탁드립니더."

고개를 숙여 우렁차게 말했다. "어, 그래." 대답하는 여자의 목소리에 웃음기가 섞이더니 금세 크게 웃기 시작했다. 고개를 들자 숙희가 문 너머에서 지유를 보고 있었다.

"뭐꼬?"

"뭐기는. 내가 지숙이 엄마다, 와."

"놀랬다 아이가."

"옴마야, 머스마 저거 앙탈 부리네. 잔망스럽꼬로?"

"지유 머스마 저거, 생각보다 숙맥이더라. 제일여고 아들 앞에서 꼼짝도 몬 하던데."

"내가 안 카더나. 지숙이 언니한테 어울리는 아는 지유라꼬. 언니한테는 무조건 굽실굽실 함시로 열심히 일해서 돈 잘 벌어다 줄 머스마가 최곤 기라."

지숙도 숙희도 깔깔거리며 지유에게 타박을 주었다. 그제야 알게 되었지만 지숙과 숙희는 함께 자취를 했다. 갈색으로 칠한 나무 미닫이문을 열면 한 평 정도 되는 현관 겸 부엌이 나왔다. 연탄을 넣는 신식 부뚜막이 딸려 있고, 수도와 찬장 등이 좁은 공간에 비치되어 있었다. 머뭇거리는 지유를 지숙이 부엌으로 이끌었다. 지숙이 먼저 신을 벗고 방으로 들어갔다. 숙희는 두 사람이 들어가기를 기다렸다 부엌에 올려둔 냄비 뚜껑을 열었다. 순간 밥 냄새가 방 안까지 넘어 들어왔다.

"와! 밥 냄새 쥐기네."

지유는 저도 모르게 감탄했다. 밥 냄새만큼 사람을 설레게 하는 것이 있을까.

"향미랑 미자는 좀 늦을 끼다. 학교 갔다가 토끼서 놀다 오겠지 뭐."

"용수 머스마하고 땡땡이치는 거 아이고?"

지유가 궁금했던 물음을 숙희가 대신했다.

"살림을 차리든 지지고 볶든 저거가 알아서 하겠지 뭐. 신경 꺼라. 지유 니 일만 생각해도 쎄가 빠진다 고마."

지숙을 비롯한 숙희, 향미, 미자, 넷은 같은 야간 중학교를 다녔다. 수업은 저녁 6시에 시작해 밤 10시면 마쳤다. 대부분 직장인이라 첫 수업에 출석하는 학생은 절반 정도가 다였다. 숙희와 지숙을 비롯한 넷은 보통 자취방에서 저녁을 해결했다. 후다닥 밥을 먹고 학교를 가거나 넷 중 한 명이 앞잡이가 되어 야근계를 제출했다. 야근계를 제출하면 결석이 아니라 출석으로 대체되었다.

"노는 기 곧 배우는 거 아이겠나?"

숙희는 말해놓고 뭐가 좋은지 쿡쿡거렸다. 향미나 미자도 일주일에 세 번은 자고 간다고 지숙이 덧붙였다. 지유는 태어나 처음으로 여자들이 자취하는 방에 와보았다. 방 안 곳곳에 눈이 달려 지유를 내려다보는 듯했다. 불안하고 불편했다. 저절로 고개를 숙여 읍소하는 자세로 바뀌었다. 문득 눈에 들어온 「동아일보」를 무심결에 집었다.

마산 사건 경고? 이게 뭐지? 신문을 든 지유는 저도 모르게 고개를 갸웃거렸다.

"누나 신문 받아 봅니꺼?"

"그거 숙희 회사 껀데, 냄비 받침 할라꼬 가져오라 캤는데, 와?"

"아이라예."

"와, 니는 신문 자주 보는가 베?"

"은지예. 연탄 공장 일한 뒤로 신문은 처음 봅니더."

"그렇나? 신문에 그림 많다. 보고 놀아라. 나가서 밥 차릴게."

배시시 지숙이 웃었다. 그림 보고 놀고 있으라는 지숙의 말이 천진해서 지유도 웃음이 났다. 지숙이 장지문을 닫으며 부엌으로 나갔다. 지숙은 지유가 글을 모른다 지레짐작했다. 하긴 그럴 만도 했다. 전쟁이 끝나고 겨우 7년이 지났을 뿐이다. 지유와 지숙 같은 무일푼 청년에게도 배움의 기회가 열려 있다는 것은 천운이 아닐 수 없었다. 지숙은 천운에 열망을 더했다. 열망은 사람을 달뜨게 한다. 배우고 싶다는, 같은 열망을 가졌다 지숙은 지유를 판단하지 않았을까. 같은 공감대를 가졌고 같은 곳을 본다고.

지숙이 나간 방문을 멍하니 바라보았다. 망설임은 잠시, 지유는 신문을 펼쳤다.

「동아일보」는 온통 마산 관련 뉴스로 일면이 도배되었다.

174

김주열에 대한 기사로도 모자라 민권 수호 국민총연맹이 이승만 대통령에 대해 '1차와 2차에 걸친 마산 사건에 대한 경고 담화'를 반박하는 공개서한에 대한 사설도 실렸다. 고문 경찰관 남해원과 김봉구 순경이 여전히 마산에서 활보하고 있다는 기사는 거짓말처럼 느껴졌다. 모르긴 몰라도 순경이라면 경찰에서도 말단, 즉 '꼬붕'이다. 지유처럼 이 순경들은 희생양이 아닐까? 아니, 희생양이 아니라면? 실제 고문 경찰 중에 꼬붕에 불과하다면 더 높은 계급을 가진 더 많은 경찰이 이곳 마산에 있다는 뜻이다. '마산 사건으로 인해 자유당이 분열하거나 시끄러워질 것'으로 기사는 결론을 맺었다. 설마.

더 많은 경찰!

더 많은 고문!

문득 스쳐간 그림에 공포가 따라왔다. 귀동냥으로 들은 이야기일 뿐이지만 천하의 자유당과 이승만 대통령이 아니던가. 그들에게 불가능이 있을까. 불현듯 고문 경찰과 최루탄에 사망했다는 김주열의 이야기가 겹쳐졌다.

진짜일까? 이토록 심각했다는 말일까? 지유는 몰랐다. 새벽같이 출근해 하루에 3천 장이 넘는 연탄을 찍어내려면 허리조차 펼 시간이 없었다. 담배를 피운다는 핑계로 오전이나 오후에 한두 번 나가 쉬는 것조차 사치였다. 먹고살려면, 굶지 않으려면 그럴 수밖에 없었다.

그때 문이 열렸다. 재빠르게 된장찌개 냄새가 방 안으로 들어왔다. 숙희가 양은 접이식 밥상에 밥과 찌개를 내왔다. 지숙이 조금 늦게 김치와 된장 바른 콩잎, 두부를 반찬으로 가져왔다. 지유가 저녁을 먹었는지 알 리 없는 숙희가 숟가락을 내밀었다. 지숙의 호의를 거절하기 어려워 밥을 떴다.

"지숙이 누나도, 또 숙희도 그렇고 데모하는 데 가봤더나?"

"일 마치모 집에 오기 바쁜데 데모는 무슨 데모고. 그거는 똑똑한 아들이나 하는 기지. 우리는 괜히 갔다가 길만 막는다."

숙희가 야무지게 말을 이었다.

"지유 니도 그렇겠지만 내도 마치모 와서 뻗기 바쁘다. 오늘은 수봉이가 부탁해서 일부러 일찍 마친 거 니도 눈치깠을 낀데?"

지숙은 나팔을 바라는 원님 같았다. 오늘은 수봉이 지숙에게 특별히 부탁했다 숙희가 귀띔했다. 저네들이 올 때까지 연탄 공장에서 잘린 '장 애기'를 잘 돌봐달라고.

"고, 고마버예. 근데 우리 일신백화점 갔던 일요일에는 구마산 시내에서 데모 안 했잖아예?"

"무슨 비상 대책 회의인가 하고, 한 달이 넘어서 학생들도 좀 쉬자 캤다 카던데. 진짠가 가짠가는 내도 모른다. 그냥 주서 들은 기다."

숙희가 지유의 말에 대답했다. 대답이 일목요연한 듯해도 앞뒤가 맞지 않았다. 아마도 소문에 소문이 더해지며 적절히 조합되었을 것이다.

무분별하게 발사되던 총과 최루탄은 김주열의 죽음 이후 확실히 줄었다. 지난 3월 15일 이후 벌어진 데모는 곳곳에서 산발적으로 규모를 달리하며 벌어졌다. 여덟 명이 사망했고 부상자는 수백 명에 달했다. 4월 11일 마산 앞바다에서 김주열의 시신이 떠올랐다. 김주열의 죽음이 참혹해 경찰이 손을 놓았다는 말도 들렸다. 반장은 낭설이라고 일축했다. 그저 조용히 일만 하라고 으름장을 놓았다. 이런 때 잘못해서 다치는 건 '무식하고 돈 없는 너거 같은 알라들'이라며.

"데모하는 데 우리도 인자 나가봐야 하는 거 아일까예?"

밥을 뜨다 말고 지유가 물었다. 그 말이 자못 심각했던지 지숙도 숙희도 숟가락을 놓았다.

"니 경찰서 잡히가모 신원 보증해줄 사람 있나?"

지숙의 말이 정곡을 찔렀다. 없다, 아무도. 친구들은 미성년자, 집에서는 내놓은 자식이다.

"만약에 내가 잡히가모 지유 니가 내 풀어줄 수 있나?"

그러려던 건 아닌데 한숨이 몰려나왔다. 자세를 바로잡고 지숙에게 말했다.

"아니예, 몬 풀어줍니더. 무식하고 가난해서……."

"됐다 마. 그런 소리 들을라 카던 거는 아이고. 잘 생각해봐라. 니도 우리도, 어떤 사정인지. 데모하는 학생들도 우리가 몬 나가는 거는 이해해줄 끼다. 우리는 그냥, 지금에 맞게, 분수에 맞게 살자. 그거모 된다."

야무지게 분위기를 다잡은 지숙이 다시 숟가락을 들었다. 지유도 말없이 숟가락을 들었다.

"이 분위기에 안 맞는 말인 줄은 아는데, 정원식당 아지매가 저녁을 주서서 먹었어예."

지유의 말에 뜻밖이라는 듯 지숙과 숙희가 고개를 갸웃했다.

"그런데 또 들어가네예. 내는 완전 걸신들린 놈인가 봅니더."

지유는 숟가락에 힘을 주어 밥을 떴다. 지숙도 숙희도 갸웃거리다 갑자기 깔깔거리며 웃었다.

얼마간 시간이 지나 수봉과 정호가 지숙의 자취방에 도착했다. 용수는 늦은 배달을 나간 모양이었다. 둘은 말끔하게 단장했지만 저녁을 굶고 온 게 분명했다. 종이에 싼 국수 가락을 정호가 내놓았다. 숙희가 재게 국수를 삶았다. 삶은 국수를 김치에 비비고 남은 된장에도 넣었다. 둘은 맛있게 국수를 먹었다.

다섯 명이 좁은 자취방에서 별다른 얘기를 나누지 않는데도 즐거웠다. 주로 숙희가 영화나 노래를 말하면 수봉이 듣거나 정호가 대답했다. 다만 지유는 네 사람을 두고 유리 하나가 막아놓은 듯 먹먹했다. 때론 귀가 막혀버린 듯 아예 말소리가 들리지 않을 때도 있었다. 결국 지유는 결단을 내렸다.

"수봉이 니는 오데서 잘 끼고? 정호 니는?"

"내야 용수 오모 같이 가야지."

정호가 먼저 대답했다. 최근에 용수는 정호의 자취방에서 살다시피 신세를 지고 있었다. 눈치를 보던 수봉은 오히려 대답하지 않았다.

"내 오늘 집에 안 들어갈 거니까네, 수봉이 니는 알아서 자라. 내야 어차피 내일 출근하는 것도 아이고."

"옴마야, 지유 니!"

지숙이 탁 소리 나게 지유의 등을 쳤다.

"내일 이야기하입시더."

지유는 군화를 챙겨 신은 뒤 지숙의 자취방을 나왔다. 말하지 않아도 알겠다. 지숙은 분명 지유를 마음에 두고 있었다. 정호나 용수, 둘 중 하나가 지숙으로 인해 징징거리며 마산 앞바다로 뛰어들 거라던 상상은 빗나갔다. 정호와 용수 둘 모두 징징거리며 함께 죽자고 덤벼들지도 모르겠다. 다만 지금은 아니었다. 지숙과 벌어질 일은 잠시 미뤄두는 게 나을 듯했다. 그길로 지유는 노 씨가 입원한 신마산 병원으로 갔다. 열두 명이 누운 병실에 노 씨는 없었다. 빈 침상 옆, 보조 의자에서 노 씨를 기다렸다. 벽면 시계가 얼추 11시에 가까워졌다. 통금 때문에 절로 마음이 분주해졌다. 몇 번이고 시계를 흘금거리자 노 씨처럼 머리가 깨진 환자가 지유에게 말을 걸었다.

"니가 그 자리 있는 사람 때린 아제, 맞제?"

얼굴이 화끈 달아올랐다. 큰 죄를 저지른 듯했기 때문이다.

"아마 그 사람 안 올 끼라. 집에 갔지 싶다. 내처럼 데모하다가 다친 것도 아이고 아한테 맞은 기라 캄시로 쪽팔리서 몬 누버 있겠다 카데."

아. 지유는 꾸벅 고개를 숙였다. 노 씨의 집이라면 제일여고 뒤편, 약수터 오르는 길목에 지어진 초가집일 것이다. 재빨리 병원을 나왔다. 지유는 뛰었다. 왠지는 모르지만 노 씨를 만나고 싶었다. 노 씨만이 무어라 대답해줄 것 같았다. 그게 진리가 아니라 가공한 진실이라고 해도. 지숙의 집을 나오던 것처럼 지유는 신마산 병원을 미련 없이 뛰어나왔다.

산복 도로를 따라 산을 오르는 게 숨이 찰 거라 생각했는데 오히려 상쾌했다. 지금껏 막혔던 무언가가 밤공기에 날아가는 듯했다. 오르고 올라 제일여고 담벼락을 따라 가파르게 이어진 산길이 보였다. 여학생들과 동네 사람들은 죽을 정도로 숨이 깔딱거린다고, '깔딱 고개'라고 부르는 곳이다. 깔딱 고개 입구에서 왼편으로는 제일여고 담벼락이 2백여 미터나 이어진다. 높게 고개를 들었다. 희미하지만 저 멀리에 한 남자가 산을 오르는 게 보였다. 휘청거리며 걷는 모습이, 분명 노 씨였다.

지유는 크게 심호흡한 뒤 깔딱 고개를 뛰어올랐다. 워낙에 가파른 경사라 뛰는 게 걷는 것만 같았다. 백여 미터를 뛰어 제일여고 담을 반쯤 올랐다. 덕택에 느릿느릿 산을 오르는 노 씨의 뒷모습이 성큼 가까워졌다. 지유는 다시 숨을 크게 쉬고 발끝에 힘을 주었다. 그때 낮고 희미한 신음이 지유를 붙잡았다.

"살려주서예."

성큼 산을 오르려던 지유는 귀신에 홀린 듯 그 자리에 멈춰 섰다. 재빨리 주변을 훑었다. 희미했지만 정확하게 들렸다.

"살려주서예……."

주변을 둘러보았지만 아무도 없었다. 담벼락 안이다. 직감이 말을 했다. 지유는 멀어지던 그림자를 향해 크게 소리쳤다.

"노 씨예, 노재상 형님, 여기 좀 오이소. 누가 좀 살려달랍니더. 예!"

지유의 목소리에 노 씨가 반응하며 뒤돌았다.

"빨리예, 어서예!"

손짓과 거의 동시, 지유는 날렵하게 담벼락을 향해 도움닫기를 했다. 벽돌 담벼락에 매달린 지유는 연탄 기계를 찍어 누르던 팔 힘을 활용해 몸을 굴리듯 담을 넘었다. 담벼락과 건물 사이, 얼마 되지 않는 공간에 교복을 입은 또래 여학생이 웅크리고 있었다. 지유가 학생에게 달려갔다.

"괜찮아예?"

여학생에게 다가갔지만 지유는 막막했다. 살면서 또래 여자 손 한번 잡아본 적 없었다. 겨드랑이 사이로 손을 넣어 일으켜주고 싶었지만 망설여졌다. 그때 담벼락 너머에서 노 씨의 목소리가 들려왔다. 동시에 붕대를 감싼 노 씨의 머리가 담벼락에서 불쑥 솟아올랐다. 지유가 노 씨의 손을 잡아끌어 담을 넘게 도왔다. 노 씨는 마치 전장에서 전우를 살리듯 여학생을 살핀 뒤 일으켰다. 여학생은 담을 넘으려다 발목을 삔 듯했다. 여학생의 얼굴을 보고 지유는 경악했다. 입술이 터졌고 눈도 멍이 들어 푸르게 부었다.

"누구한테 맞았습니꺼?"

지유가 물었다.

"그기."

망설이는 듯하던 여학생이 말을 이었다.

"경찰들한테예. 반쯤 눈이 풀리가 자기를 고문 경찰이라 카면서 우리를 덮칠라 캤어예. 아, 맞다. 내 친구들, 내 친구들 좀 살리주이소, 예? 경찰 둘한테 끌려갔습니더."

"뭐 하다가예?"

그 물음에 학생은 꾹 입을 다물었다.

"오데로 가는지 봤습니꺼?"

여학생이 정문 방향을 가리켰다. 지유는 노 씨에게 여학생을 맡기고 정문으로 뛰었다. 안에서만 잠글 수 있는 묵직한 보조 철문이 열려 있었다. 새벽같이 올랐던 곳에 통금이 다 되어 다시 오다니. 다만 지금은 여학생들을 찾는 게 급선무였다. 통금 시간이라 거리는 쥐 죽은 듯했다. 지유는 정문에서 눈을 감고 인기척을 살폈다. 그때 골목 어딘가에서 짧은 괴성이 들렸다. 낮에 몸을 숨겼던 골목 방향이었다. 지유는 무작정 골목으로 뛰어들었다. 본능과 감각에 의지해 미로를 헤맸다. 오른쪽으로, 또 왼쪽으로, 두 번을 연이어 왼쪽으로 골목을 꺾기도 했다. 그때 어둠 구석에서 누군가가 지유를 덮쳤다. 지유는 남자를 안았다. 프레스 손잡이를 내리듯 남자를 밑으로 내리눌렀다. 남자가 바닥에 고꾸라지는 게 보였다. 동시에 남자가 입은 옷에서 반짝이는 휘장을 확인했다. 경찰이었다. 씨발. 푸념이 터졌다. 동시에 다른 그림자가 지유를 향해 뛰는 게 보였다. 지유는 바닥에 있는 경찰에게 발길질을 하며 재빠르게 물러났다. 덕택에 지유를 덮치려던 두 번째 남자와 정면에서 대치했다. 그때 지유 뒤에서 그림자 하나가 날아올라 대치하던 남자의 뒤통수에 발을 날렸다. 노 씨였다.

"어이 꼬맹아. 도망가라, 어서. 학생들 먼저 구해서 토끼라, 빨리."

지유는 크게 고개를 끄덕인 뒤 두 번째 남자가 튀어나온 골목으로 번개처럼 들어갔다. 어둠 속에서 지유를 경찰로 착각한 여학생 둘이 낮은 비명을 내질렀다. 두 여학생은 바들바들 떨고 있었다.

"일어나이소. 친구가 살려달라 카더마는, 하늘이 도왔나 봅니더. 진짜로 찾을 줄은 몰랐어예."

지유는 용기를 냈다. 여학생의 손을 맞잡아 일으켰다. 맞잡은 여학생이 인간 띠를 잇듯이 친구를 일으켰다. 그때 노 씨의 비명이 들렸다.

"꼬맹아 도망치라, 어서!"

탕, 총소리가 대지를 가른 것도 그때였다.

10

"5천 달러는 필요합니다. 그것도 최소한입니다."

원무과 여직원이 기계적으로 말했다.

"사람부터 살려야지 돈부터 내놓으라니 말이 됩니까?"

세헌이 여직원을 향해 목소리를 높였다. 저도 모르게 여직원 책상으로 몸을 내밀었다.

"이러지 마세요. 경찰 부를 수도 있어요. 경비!"

여직원이 세헌을 넘어 어디인가를 보았다. 그래도 멈출 수 없었다. "사람부터······", 말하는 순간 세헌의 뒤에서 무지막지한 힘이 덮쳤다. 겨우 목을 뒤로 빼 눈치껏 살폈다. 콧수염이 보였다. 브론즈 머스태치, 말하는 동시에 세헌의 팔이 홱 뒤로 꺾였다. 악, 고함을 내지르며 주저앉았다. 생각일 뿐 세헌의 다리는 공중에서 버둥거렸다. 거의 동시, 브론즈 머스태치가 비명을 내질렀다. 세헌을 압박했던 거대한 힘도 스르르 풀렸다. 고개를 돌리자 나오코가 경비의 콧수염을 사력을 다해 당기고 있었다. 세헌과 나오코의 눈이 마주쳤다.

"쏘리, 쏘리."

나오코가 경비의 콧수염에서 손을 거뒀다. 경비는 곧바로 씩씩거리며 세헌의 목덜미를 되잡았다. 나오코가 고함을 내질렀다.

"이 병원에서 동양인과 흑인을 차별한다고 「LA 타임스」에 제보할 겁니다."

"제가 지금 제보하러 가려고요."

멀찍이 떨어져 있던 보나페나가 눈치껏 큰소리쳤다.

원무과 여직원의 입이 쩍 벌어지더니 경비에게 눈치를 주었다. 그제야 세헌은 이 상황이 현실이라는 것을, 더구나 나오코와 보나페나까지 끌어들이고 만 복마전이라는 사실을 깨달았다. 진통이 시작되자마자 병원으로 달려왔다. 병원은 단호했다. 이렇게까지 일이 커질지 몰랐다. 다급히 초이에게 전화를 걸었다. 초이도 큰돈은 없다며 오히려 미안해했다. 은행이 문을 여는 아침까지 기다려달라 당부했다.

엘리자베스. 세헌의 입에서는 허망하게 그녀의 이름이 흘러나왔다.

엘리자베스 장.

역사는 그날을 '6월 항쟁'이라 명명했다. 세헌이 입 밖으로 낸 적은 없지만 엘리자베스를 만났던 날도, '6월 항쟁'으로 불렀다. 적어도 엘리자베스를 만난 것은 세헌의 인생이 뒤집어질 항쟁이었다. 그때도, 지금도, 또 앞으로도.

호쾌하고 당차며 무리를 주도할 줄 알았던 그녀는 그날, 밑 빠진 독처럼 술을 부어댔다. 한국의 민주화를 축하하겠다는 건 구실, 그녀는 그저 취하기 위해 술을 마셨다. 특별한 대화도 없었다. 잔이 비면 한마디를 외쳤다. 한국의 민주화를 위해. 잔을 비우는 속도만 조금씩 늦어졌을 뿐 그녀는 팔짱을 끼고 네 사람을 관찰했다. 초이도, 세헌도, 또 보나페나가 물어도 그녀는 이름을 말하지 않았다. 그냥 수셰프라 불러달라고만 했다. 술에 완전히 불콰해지도록 사람들은 그녀를 수셰프라고 불렀다.

"이제 마쳐야 하는데?"

바텐더이자 마스터가 다가왔을 때 세헌은 번쩍 정신이 돌아왔다. 한 시간 정도, 기억이 술로 휘발해버렸다. 도대체 얼마를 마신 거야? 생각이 드는 중에도 세헌은 맥주를 입에 부어 넣었다. 벌컥 넘기던 맥주를 내려놓자 그녀와 눈이 맞았다.

"엘리자베스. 오늘은 이쯤 하라고, 응?"

바텐더의 말에 오, 감탄을 터뜨린 것은 나오코였다.

"이름이 엘리자베스였구나?"

"이런, 들켰네. 그런데 어쩌지, 그것도 가짜인데."

그녀의 말에 사람들이 바텐더와 그녀를 번갈아 보았다. 바텐더는 "그녀가 그렇게 불러달라고 해서"라며 어깨를 으쓱했다.

"뭐야 그게."

나오코가 입을 비죽이며 핀잔을 주었다.

"이름이란 게 그렇잖아. 불러주면 된 거지, 진짜인지 가짜인지가 중요한 건 아니잖아. 엘리자베스도 마스터가 가져다붙인 거야. 나는 로즈라고 불러달라 했거든. 그랬더니 가시가 아니라 독이 있는 것처럼 느껴진다면서 엘리자베스가 적당하다며 지어주더라고."

바텐더는 그녀의 말에 멋쩍다는 듯 목덜미를 만졌다.

"저 봐, 또. 하여튼 못 말려. 누가 이 동네를 주름잡은 폭주족이라고 생각하겠어? 그런데 마스터가 왜 부끄러워하느냐하면, 마스터의 첫사랑 이름이었대. 열두 살에 첫 키스를 했다나 뭐라나."

순간 와우, 세헌마저 박수를 치며 바텐더를 보았다.

"이런! 더 마셔. 열쇠는 저기에 두고 갈게."

바텐더가 바를 가리켰다. 그럼, 살짝 목례를 건넨 바텐더는 수런거리던 테이블에서 멀어졌다. 곧 가방 하나를 챙겨 가게를 나갔다.

세헌의 기억은 거기서 다시 끊어졌다.

갈증으로 깼을 때 낯선 천장이 가장 먼저 눈에 들어왔다. 보나페나와 나오코가 사는 방이라면 이토록 낯설지는 않았을 터였다. 벌떡 몸을 일으키려 오른손으로 침대를 짚었다. 그때 침대가 아닌, 물컹거리는 무언가를 누르고 말았다. 아뿔싸. 태

어나 처음이었지만 곧바로 알아차렸다. 여자의 가슴! 으악,
비명을 내지르다 얼른 입을 막았다.

"왜? 무슨 일 있어?"

어제 그 여자였다. 얇은 홑이불만 덮었을 뿐 나체인 듯했다.

"뭐야? 아침까지만 해도 길에서 무릎을 꿇고 몇 번이고 프
러포즈를 했던 사람이?"

"내가?"

"응. 니가."

"맙소사."

"뭐야 그럼? 나랑 한번 자보고 싶어서 다 쇼한 거였어?"

"자보고 싶어서?"

그녀의 말에 침대에서 벌떡 일어섰다. 세헌은 오히려 자신
이 헐벗었다는 사실에 이불을 잡아당겼다. 으악! 이불을 당기
다 얼어버렸다. 그녀의 벗은 몸도 드러났다.

"거봐, 자고 싶어서 쇼한 거네."

"저 그런 사람 아닙니다."

스르르 손에서 힘이 풀렸다. 다리도 맥없이 무너지며 풀썩
무릎을 꿇었다. 뒤늦게 현실을 자각한 망할 뇌가 생체 반응을
보냈다. 세헌의 손이 바르작거렸다. 세헌은 어느새 감각조차
없는 두 손을 모아 절을 하려 했다.

"제가 책임지겠습니다."

"웩. 고추 보인다."

여자의 말에 세헌은 모았던 두 손을 절로 허리 아래로 끌어
내렸다.

"아이고. 남자가 소심하네. 나도 다 보여주는데, 니가 가리
면 난 어떻게 되니? 어머, 야. 그런다고 눈 뜨고 보네? 남자 아
니랄까 봐."

여자는 놀리는 말투와 달리 당당했다. 벗은 모습도, 또 세
헌을 대하는 태도도. 세헌은 압도되어 고개를 숙였다. 입에서
용서, 라는 말이 튀어나왔다.

"그래가지고, 앞으로 큰일 할 수 있겠어? 큰일 하겠다고 큰
소리 뻥뻥 치면서 내 브래지어랑 팬티에 대고 속삭였잖아?"

"제가요? 큰일 하겠다고 큰……? 제가 그쪽에게…… 브브
브!"

말문이 탁 막혔다. 살면서 웬만해서는 입에 올려본 적 없던
단어였다. 브래지어랑 팬티에 대고 속삭였다니. 사고를 쳐도
단단히 쳤다는 느낌을 지울 수 없었다. 책임진다는 말로는 부
족했다. 인생을 걸어야겠다는 생각이 오롯이 들어찼다.

"저와 결혼해주십시오. 평생을 책임지겠습니다."

세헌의 말에 여인이 뒹굴며 까르르 웃기 시작했다. 그 탓에
여인의 몸은 더욱 드러나 부각되었다. 세헌은 침을 꿀꺽 삼키
며 외면하려 했지만 머리로는 외면, 눈길은 스티커처럼 붙었
다 떨어지기를 반복했다.

"으이유, 남자 아니랄까 봐. 더는 못 해먹겠다."

이불을 당기나 싶더니 여인이 이불 속에서 꾸무럭거렸다. 어느새 반바지와 탱크톱 차림으로 일어났다.

"어제 우리 내기했단 말이야. 유혹하는 역할은 나. 세헌이 덮치면 나랑 보나가 이기고. 안 덮치면 나오코랑 초이가 이기는 걸로."

허어어. 바람 새는 소리를 내며 세헌은 그만 침대에 털썩 주저앉았다.

"나오코, 보나! 더는 못 해먹겠어!"

여인의 목소리가 커졌다. 곧 낄낄거리며 웃나 싶더니 큭큭거리며 아예 배를 잡고 뒹굴었다.

"어유, 이 남자, 보기보다 여러모로 실하네. 그런데 세헌 씨. 내가 결혼하자고 할 때 예스, 했으면 결혼하려고 한 거였어요?"

"그런데 이름이?"

"엘리자베스."

"아, 엘리자베스."

이름을 부른 것과 동시에 잠자던 기억이 조각조각 깨어났다. 그녀의 이름은 엘리자베스, 바텐더가 지어주었다며 가짜라는 이야기도 떠올랐다. 밥 먹어, 라고 하듯 "엘이라고 불러." 하고 고개를 끄덕였다. 이어진 기억의 조각들. 펍. 맥주. 보나페나. 나오코. 새벽. 엘리자베스 청바지에 쏟은 맥주. 청바지를 짜서 마시라던 초이.

자, 벗어줄게. 짜서 마셔.

저는 지금껏 여자 벗은 몸은 한 번도 본 적이 없어요.

뭐야, 그럼 숫총각이야? 세헌, 그렇게 안 봤는데 남자도 아니었네!

엘리자베스가 지퍼를 내리는 시늉을 했다. 세헌이 손사래를 치며 일어났다. 엘리자베스에게 두 손을 모아 비는 모양새가 되었다. 초이와 보나페나는 수위를 높이며 세헌에게 농을 던졌다.

우리 아버지가 그랬는데 어른이라는 말은 여자랑 자본 남자를 말하는 거래.

초이의 말에 나오코는 뭐가 우스운지 박수까지 쳐댔다. 기억은 편린을 반복했다. 길바닥에 누워버린 초이. 초이를 업은 보나페나. 다섯 사람은 그렇게⋯⋯.

"어떻게 됐어?"

벌컥 문이 열렸다. 얼굴을 내밀었던 나오코가 세헌의 벗은 몸을 보고 고함을 내질렀다. 고함과 다르게 나오코는 웃는 눈이었다. 나오코와 세헌을 번갈아 보던 엘리자베스가 말했다.

"책임지겠다고 했으니까 책임져. 오늘부터 동거하면 되겠다. 그럼 정리됐지? 참, 세헌. 새벽에는 정말 좋았어. 힘 좀 쓰더라."

내가? 세헌은 나오코와 엘리자베스에게 새 된 표정으로 물었다. 반면 웃는 표정이던 나오코의 미간이 돌차간 찡그려졌다. 다시 웃는 듯했지만 나오코의 눈은 더 이상 웃고 있지 않았다.

그날 일은, 그렇게 정리되었다. 세헌이 엘리자베스를 새벽에 범한 것으로. 기억이 없는 세헌은 반박할 수 없었고 나오코를 비롯한 누구도 새벽 사건에 대한 이야기를 꺼내지 않았다.

그날 모였던 다섯 사람의 유대는 끈끈해졌다. 정서가 비슷했던 나오코는 세헌이 했다는 '책임진다'의 의미를 알았다. 세헌은 초이의 소개로 집을 빌렸다. 방 두 개에 거실까지 딸린 집이었다. 엘리자베스가 고집을 부려 보나페나와 나오코까지 함께 살았다. 네 사람의 부박한 삶은 웬만해서는 나아지지 않았다. 보나페나가 충수돌기염으로 입원했을 때에는 영주권이 없는 설움을 뼈저리게 느꼈다. 응급실에서는 보증금으로만 2천 달러를 요구했다. 네 사람이 모은 돈을 바닥냈다. 비싼 물가는 차치하더라도 영주권이나 시민권이 없는 탓에 낮은 임금에 발목이 잡혔다. 사회 보장 제도를 위해 사회 보장세를 내려면 주급은 반 가까이 떨어졌다. 초이의 세탁소도 그런 사실을 감안해 직원을 뽑았다. 낮은 임금도 마다하지 않을 절실한 사람들. 세헌처럼 무작정 미국으로 들어와 비자 만료로 불법이민자로 전락하는 사람들은 넘쳐났다. 자신을 찾는 여행 정도로 포장하기에는 현실은 낭만적이지도 철학적이지도 않았다. 성급했던 미국행은 여러모로 삐걱거렸던 것이다. 급작스러웠던 동거 역시 마찬가지였다. 자유로운 영혼인 엘리자베스는 가정일에는 젬병이었다. 어떻게 펍에서 음식을 만드는지조차 불가해하게 여겨질 때가 허다했다. 집에서는 요리니 빨래니, 모두 세헌의 몫이었다. 새벽에 들어와 저녁에 출근하는 펍의 생활 또한 세헌과 맞지 않았다. 하품을 하며 눈을 뜨면 반대로 하품을 하며 눈을 감으려는 엘리자베스와 침대를 교환했다.

"언제 잤어, 두 사람?"

출근길, 비밀조차 없어진 사이인 보나페나가 물었다. 나오코의 눈망울도 말을 하지 않았을 뿐 똑같이 묻고 있었다.

"그날 이후로 한 번도 안 잤어."

세헌은 둘에게 솔직히 말했다.

"어유 멍청이, 멍청이. 내일 하루 쉬어. 엘도 쉬라고 하고."

보나페나의 충고와 달리 엘리자베스와 세헌은 쉬는 날조차 맞추기가 어려웠다. 얼굴을 보지 못한 채 출근하는 날도 늘었다. 집에 들어온 흔적이 없어도 따지거나 싸우기는 싫었다. 사는 것이 버거웠고 매일 하루가 고달팠다. 버거움과 고달픔은 쌓이고 쌓였다. 그 사이로 틈입하는 것은 노동뿐이었다. 감정 싸움 따위, 사치라고 여겨졌다. 그럼에도 시간은 물 흐르듯 흘렀다. 세헌만의 '6월 항쟁'이 1년이 지나갈 무렵 엘리자베스에게 시간을 내달라 졸랐다. 어쩌지 시간이 없는데. 엘리자베스는 반찬이 없네, 하는 표정으로 거절했다. 무작정 펍 1847 바깥에서 기다렸다. 간판 불이 꺼지는 걸 확인하고 문 옆으로 다가갔다. 다른 직원이 다 나올 때까지 엘리자베스는 모습을 드러내지 않았다. 마지막으로 마스터가 문을 잠갔다.

"안녕하세요, 저 엘리자베스의 남자 친구입니다."

"엘리자베스?"

생각에 빠진 듯하던 마스터가 아, 목소리를 높였다.

"그만둔 지 10개월이 넘었을 텐데. 이곳도 오래 일하는 직원이 드물어서. 낙엽처럼 오고 가고 바스러지니까."

멋진 표현이라고 생각한 듯 마스터가 과장된 어깻짓을 했다. 마스터와 반대로 세헌은 움츠러들었다. 그제야 깨달았다.

나는 엘리자베스에 대해 아는 게 하나도 없다!

다음 날 세헌은 출근하지 않았다. 보나페나와 나오코도 눈치껏 자리를 피했다. 오전 10시쯤 엘리자베스가 들어왔다. 그녀는 한 남자와 함께였다. 남자는 한국인 같았고 척 보아도 건달이었다. 그러려던 건 아닌데 새치름한 눈에 팔짱을 끼고 꼬나보게 되었다.

"어떻게 된 거야?"

"뭐가?"

"요즘 왜 그렇게 엉망이야? 저 남자는 뭐고? 펍도 그만뒀더라?"

"나 뒷조사해?"

"뒷조사? 이 집을 봐. 여기는 당신만 사는 곳이 아냐. 나오코와 보나페나까지 당신을 걱정해. 몰라? 그리고 내가 당신

뒷조사를 할 거였으면 애초에 같이 살지도 않았어. 당신을 믿으니까 지금까지 기다린 거고."

"우리가 뭐라고. 안 그래?"

"내가 책임지는, 가족이야. 몰라? 그리고 가족이 사는 곳에 부인이 이렇게 남자를 데리고 오거나 하지는 않지. 세상 어느 나라 부인이 이래?"

"가족? 쪼끔 감동적이기는 하네. 저기……?"

엘리자베스가 함께 집으로 온 남자를 보았다.

"이런 상황인데 잠깐이라도 나가주시면 안 돼요?"

남자는 어깨를 으쓱하며 아랫입술을 올렸다. 나가지 않겠다는 의사였다. 문득 세헌은 상황이 어슷하다고 느껴졌다. 고리대라도 빌린 것일까. 아니라면! 도대체 왜 이렇게 된 걸까. 다시 한번 깨달았다. 크게 한숨을 내쉰 세헌이 말했다.

"내가 책임지겠다고 했으면서도 당신에 대해 하나도 아는 게 없다는 걸 깨달았어. 마음으로는 가족이라고 자부했으면서도 첨예하다, 문제가 되겠다 싶었던 건 밀어두고 있었나봐. 가만히 생각해보니까 아버지에게서 도망쳐 오면서 밀어두는 게 습관이 되었나 봐. 지금이라도 책임을 져야겠지. 가장으로서 소홀했던 당신에 대해서. 우린 가족이니까."

세헌은 재빨리 거실 구석에 놓아둔 야구 방망이를 집었다. 남자에게 위협을 가해서라도 내쫓고 싶었다. 생각은 잠시, 세헌의 눈이 흐려졌다. 마치 번개가 몸에 튄 것 같았다. 위잉, 귀가 울리며 무릎이 푹 꺾였다. 방망이를 놓치며 주저앉아버렸다. 그때 바지 위로 후드득 코피가 쏟아졌다. 아뜩해지는 정신을 겨우 붙잡았다. 일어서려고 힘을 주었지만 오히려 벌러덩 누웠다. 겨우 몸을 일으켰다. 여전히 귀에서는 이명이 울렸다. 남자는 말 안 듣는 동생을 타이르는 눈빛이었다. 남자가 손을 내밀었다.

"아가씨, 30분 시간 드리죠."

멍하게 울리는 귓전으로 아가씨라는 단어가 파고들었다. 세헌은 고개를 들었다. 정면으로 엘리자베스를 올려다보았다. 듣지 않으려던 단어가 들렸듯이 말하지 않아도 알았을 것이다. 엘, 어떻게 된 거야? 아가씨라니!

엘리자베스가 무언가 설명하려는 듯했다. 그때, 세헌 안의 바보 같은 자아가 말을 걸었다.

"우리, 그랜드 캐니언 갈래?"

"그랜드 캐니언?"

세헌은 호주머니를 뒤졌다. 재빨리 책상으로 달려가 생활비를 꺼냈다. 8백 달러. 이거라면 그럭저럭 어찌 되지 않을까. 팔랑거리며 8백 달러를 들어 보였다. 세헌의 자아는 거기서 한 발 더 나갔다.

"그랜드 캐니언에는 내가 숨겨둔 여자가 살아. 인디언 여인, 엘!"

엘리자베스가 베란다 비상계단으로 손을 이끌었다. 계단

을 뛰어내려 버스 정류장으로 달렸다.

엘리자베스는 웃고 있었다. 그리고 울고 있었다.

다가오는 택시를 붙잡았다. 엘리자베스의 표정 때문인지, 얻어터져 코피를 흘리는 남자 때문인지, 기사는 두 사람을 흘 금거렸다. 흑백 영화에서 재즈 트럼펫을 기가 막히게 불 것 같은 인상이었다. 기사에게 그랜드 캐니언에 가는 버스를 어디서 타느냐 물었다. 허니문 투어라 둘러댔다. 기사는 그제야 이해가 된다는 듯 고개를 끄덕였다.

"장인에게 맞고 도망가는 허니문이 진짜 허니문이지."

기사가 쿡쿡쿡 웃음을 터뜨렸다.

"투어 버스를 타면 한 사람 몫으로 80달러쯤 할 거요. 기름 값을 더해 3백 달러에 가는 것은 어떻겠소?"

기사가 제안했다. 그러면서 티슈를 건넸다. 세헌은 얼른 코피를 막았다.

"콜!"

엘리자베스가 눈물 섞인 목소리로 말했다.

기사가 웃으며 말했다.

"아가씨, 보기보다 싸구려 영어를 쓰는군요. 억양이랑 단어가 나랑 같잖아!"

기사의 말에 엘리자베스는 눈물이 터졌다. 동시에 웃었다. 아름다웠다. 다른 말이 필요 없었다. 세헌은 처음으로 엘리자베스의 손을 꼭 쥐었다. 엘리자베스는 얼마 지나지 않아 잠에 빠졌다. 기사가 하는 모든 말을 알아들을 수 없었지만 자신이 태어났던 뉴올리언스와 LA까지 오게 된 경위를 이야기했다. 첫사랑을 쫓아왔다는 말에 저도 모르게 고개를 끄덕였다. 기사는 50년이 다 된 사랑을 과거형으로 말했다. 부인에 대한 것마저. 아무렇지 않다는 듯 기사는 껄껄거리며 루이 암스트롱의 〈What a wonderful world〉를 허밍했다. 세헌도 따라 불렀다. 루이 암스트롱의 노년을 대변했던 노래, 이 멋진 세상에서! 곁에서 낮게 허밍하는 엘리자베스의 목소리를 알아들은 것은 기사가 세 번쯤 'What a wonderful world'를 반복했을 때였다. 여전히 세헌은 엘리자베스의 손을 쥐고 있었다. 엘리자베스도 손을 꾹 쥐었다. What a wonderful world!

그랜드 캐니언에 도착했을 때는 노을이 기가 막히게 산머리를 꺾는 중이었다. 해는 잠식되고 어둠은 피어났다. 사이로 적기를 알고 태어난 무지갯빛이 한껏 색을 뿜냈다. 살아났고 피었고 사멸했다. 빛에서, 어둠으로.

"여기서 4킬로미터쯤 도로를 따라 걸으면 하룻밤에 60달러면 잠을 잘 수 있는 모텔이 있네. 나도 간간이 이용하는 곳인데, 오늘은 거기서 잘까 하네. 자네들도 거기서 자도 괜찮을 거야. 샌드위치 정도는 주니까 생각해봐. 내일 오전까지 늑장을 부리다 가려고 하거든. 내일 오전 11시, 이곳에서 잠시 계곡을 보다 가겠네. 내일은 한 사람 값으로 할인해주지."

이제 막연한 어둠뿐일 대자연에, 기사가 뽕을 뽑겠다고 덤

벼도 고개를 끄덕였을지 몰랐다. LA의 친절이 오늘따라 나타
나준 게 고마웠다. 담배를 물었던 남자는 택시에 올랐다. 택
시는 어둠 속으로 멀어졌고 두 사람은 노을 속으로 걸어갔다.
많은 사람이 앉았을 언덕을 찾았다. 두 사람은 언덕 아래로
흐르는 자연을 내려다보았다. 협곡은 다시 갈 사람인 것을 알
면서 자리를 내주었다. 목이 마를 무렵 두 사람은 키스했다.
손에 땀이 났을 때 바투 손을 쥐었다. 팔짱을 꼈고 어깨를 맞
댔다. 자연은 움직이지 않았다. 두 사람도 움직이지 않았다.
그저 오가는 시간만 바람에 흔들릴 따름이었다. 두 사람은 그
리고, 사랑을 나누었다.

"우리가 5천 달러가 어디 있어?"

나오코의 눈이 불안하게 흔들렸다. 우리!

그날 이후, 초이는 일관되게 거짓말을 해주었다. 나오코와
보나페나는 동성 연인으로 행동했다. 엘리자베스 아버지의
눈길이 거두어진 것은 6개월이 지나서였다. 강남 일대 유흥
주점을 장악해 주류 도매를 책임지는, 조직폭력배의 무남독
녀! 엘리자베스는 성도 이름도 그래서 버렸다. 모르고는 썼어
도 알고는 아버지의 돈 1원 한 푼 쓰지 않으려 미국으로 도망
쳤고, 미국을 떠돌았다. 생활이 안정된 지 이제 겨우 석 달째
였다. 그리고 엘리자베스는 임신을 했다.

아이가 거꾸로 들어앉았고 산모와 아이는 사투를 벌였다.
벌써 아홉 시간째였다. 수혈이 필요했다. 문제는 거기서 발생

했다. 엘리자베스의 피는 독특했다. 1원 한 푼 받지 않으려는 피처럼, 맞는 피를 찾아낼 수 없었다. 긴급히 피를 공수하려면 돈이 필요했다. 돈이 없는, 시민권과 영주권이 없는 아시아인은 병원에서도 환자가 아니었다. 5천 달러는 그래서 필요했다.

"국제 전화, 쓸 수 있습니까?"

No, 원무과 여직원은 단호하게 눈을 내리깔았다. 경비는 여전히 근거리에서 세 사람을 주시했다. 세헌은 원무과 직통번호를 물었다. 직원은 의심스러워하면서도 번호를 가르쳐주었다. 아버지에게, 전화를 걸었다. 4년 만이었을 것이다. 경상도 남자와 아버지를 떠난 남자의 대화는 막연했다. 뭐꼬 이 시간에. 돈이 필요합니다. 인연 끊겠다고 미국 갔던 거 아이가? 돈이 필요하다고요! 어데서 아부지한테 목소리를 높이노? 며느리랑 손자가 죽어갑니다, 제발 돈 좀 주세요. 며느리랑…… 손자, 얼마를? 많으면 많을수록 좋습니다. 공중전화에서 동전이 필요하다는 알림이 울렸다. 다급히 번호를 불러주고 전화를 끊었다. 곧 전화가 울렸다. 원무과 여직원은 둥그런 눈으로 세헌에게 수화기를 건넸다. 국제 전화라 그런지 전화 감도가 매우 좋지 않았다. 돈을 받을 방도를 강구했다. 병원 계좌, 초이의 계좌도 알려주었다.

"내 아침에 당장 가꾸마."

어떻게 온다는 걸까. 비자가 있지도 않을 터인데. 그때 다급

한 표정으로 간호사가 뛰어왔다. 그녀의 눈에는 안타까움이 깃들었다. 안타까움은 찰나 생멸 세헌에게 공포로 다가왔다.

"의식이 있을 때 대화를 나누세요. 절망적입니다. 여차하면 마지막 대화마저 못 나눌지 모릅니다."

전화를 끊지도 않고 간호사를 뒤따랐다. 엘리자베스는 거친 숨을 내쉬었다. 세헌을 보자마자 눈은 웃는 모습으로 바뀌었다.

"미안해, 세헌."

"뭐가?"

"그냥. 바보같이 고집만 부려서."

나오코와 보나페나도 뒤따라왔다.

"나오코, 부탁이 있어. 이 아이, 네가 좀 키워줘. 부탁할게. 나도 세헌을 사랑해. 그렇지만 나오코 네가 세헌을 사랑하는 것도 알아. 알면서도……."

마지막으로 쥐어짜내던 말은 거기서 멈추었다. 의사는 아이를 꺼내겠다며 서류 작업을 간호사에게 지시했다. 세헌은 몇몇 동의서에 사인을 했다.

아이가 태어났다. 엄마가 죽었다. 나오코가 울었다. 엘리자베스는 울지 않았다. 엘리자베스는 식어갔다. 나오코는 점점 뜨거워졌다. 엘리자베스는 응급실을 나갔다. 나오코는 응급실에 들어갔다. 멍하니 새벽이 되었다. 엘리자베스의 입원비는 1,500달러 정도였다. 더해 아이와 나오코의 입원비도 계산해야 되었다. 세헌과 나오코, 보나페나까지 모은 돈이 딱 1,500달러였다.

의사가 서류를 내밀었고, 세헌은 몇몇 서류에 서명했다. 나오코에게는 안정제를 투여했다. 푹 자고 일어날 거라고 했다. 엘리자베스는 지하로 옮겨졌다. 세헌은 병원 복도 벤치에 주저앉았다. 그제야 엘리자베스의 말이 떠올랐다. 엘리자베스는 밀어냈다. 나오코는 다가오려 했다. 그제야 엘리자베스의 행동들이 짜맞추어졌다. 지푸라기라도 잡는 심정이었겠지만 엘리자베스는 지푸라기를 놓으려 했던 것이다. 그 지푸라기를 세헌이 다시 손에 쥐여주었다. 그랜드 캐니언에서. 모르는 사이 나오코는 그렇게 밀려났다. 무심하게도 세헌은 나오코의 마음을 지금에야 깨달았다. 무려 4년이 지나서야. 엘리자베스에게도 나오코에게도 미안했다. 태어난 아이에게도 미안했다. 보나페나도, 또 초이에게도 마찬가지였다. 이 모든 게 멍청하기 그지없는 세헌으로 인해 벌어진 일이었다.

"세헌, 주제넘은 줄 알지만 한마디만 할게."

"아니야, 괜찮아. 보나…… 뭐든, 괜찮아. 우린 가족이잖아."

"그래, 가족이라서 하는 말이야. 이제 우리 이러고 살지 말자. 이러다 나오코와 아이까지 죽겠어. 그러니까, 이제 좀 너도 살아. 응?"

"나도…… 살라고?"

"그래. 세헌, 네가 살아야 돼. 넌 지금껏 땅을 보고 살았잖

아. 이제 미래를 보고 살아, 응?"

보나페나의 말이, 엘리자베스의 죽음에 더해져 커다란 울림이 되었다.

"제일 현명한 방법을 찾아보자. 멍청하고 고집스러운 방법 말고."

세헌도 수긍했다. 때로 삶은 현실로 인해 방향타를 돌려야 할 때가 있는 법이다. 문득 생각 하나가 일었다. 아버지도, 세헌이 태어나며 방향타를 돌렸던 것일까. 한숨에 더해 눈물이 났다. 세헌의 눈물을 본 보나페나는 그제야 통곡했다. 세헌은 보나를 안았다. 두 사람은 서럽게 울었다.

현실적인 문제는 초이의 등장으로 불거졌다. 초이가 5천 달러를 들고 나타났지만 문제는 다른 데 있었다. 세헌은 불법 이민자였다. 취업 비자가 아니라 관광 비자였던 것이다. 보나페나는 가나인이었고, 나오코는 세헌과 달리 취업 이민자였다. 거기에 더해 엘리자베스 역시 불법 이민자였다. 서명했던 병원 서류가 발목을 잡을 위기였다. 엘리자베스의 죽음을 확인하려 경찰이 오게 되면 세헌은 추방당하고 말 것이다.

"그 전에 서류를 바꿔치기하자. 알다시피 이 병원이 우리 세탁소 사람들이 이용하는 전용 병원이잖아."

초이가 진지하게 말했다. 세탁소에서 화상은 일상이었다. 약품과 증기, 다리미에 의해. 그럴 때마다 초이는 이 병원에 드나들었다. 수많은 불법 이민자와 엮였던 초이답게 병원에서도 여러 다른 루트를 엮어두었던 것이다.

"일단 서류는 내가 서명한 것으로 하자. 동양인은 자세히 보지 않으면 거기서 거기야. 구별해내지 못하는 사람들이 태반이거든."

초이의 요지는 이랬다.

'나오코만 동의해준다면, 아이는 나오코가 낳았다. 엘리자베스는 불법 이민자로 사고가 났다. 안타깝게 과다 출혈로 사망했다. 나오코와 보나페나는 엘리자베스와 함께 생활했지만 불법 이민자인지는 몰랐다.'

"말도 안 되는 소리 하지 마!"

세헌이 화를 냈다. 초이의 마지막 말이 세헌의 심장을 강타했던 탓이었다. 이런 경우 엘리자베스는 신원 미상의 사체 'JANE DOE'가 되어 LA시에서 화장할지 몰랐다. 반대로 여권을 찾아 한국으로 시체를 보낼 수도 있었다.

"시체는 내가 책임지고 인수해볼게."

"말 같은 소릴 해. 내 부인이었어. 몰라?"

"세헌 너! 엘리자베스의 집안, 감당할 수 있어?"

적확한 지적이었다. 엘리자베스도 그래서 도망만 다녔다.

"그 여자 집안, 알아주는 코를레오 집안이라며? 엘리자베스도 자신의 시체가 한국으로 가는 걸 원하지 않을 거야."

조직폭력배라는 단어를 알 리 없는 초이가 〈대부〉에 빗대 말했다.

"이단은 모르겠지만, 일단 기어는 넣자."

초이는 원무과로 달려갔다. 초이의 5천 달러는 그렇게 허무하게 사라졌다. 얼마간 시간이 지나 초이가 지하로 왔다.

"일단 나오코 아기로는 했어. 하아, 만 달러 정도면 생각대로 되겠는데……."

초이의 말은, 묵직한 채찍이 되어 세헌을 후려쳤다. 나오코와 보나페나, 그리고 세헌이 6개월을 아등바등 아껴야 모을 수 있는 돈이었다. 초이의 돈은 원무과에서 공중분해되었다. 서류 몇 장 바꾸어주는 조건이었다.

"세상은 이렇게 돌아가는 거지?"

"그렇다고 나쁜 일을 한 건 아니잖아."

세헌이 푸념하자 보나페나가 나무랐다. 초이의 결정을 따르자는 압박이 숨었다. 비겁하기 그지없었다. 초이는 세헌의 결정만을 기다렸다. 벌써 저녁이었다. 시간이 가는 줄도, 배가 고픈 줄도 몰랐다. 그때 나오코가 지하로 내려왔다. 나오코는 상당히 안정된 듯했다. 세헌은 나오코의 눈을 마주하기 어려웠다. 잠시 고민하는 사이 보나페나가 빠르게 말을 꺼냈다. 아기, 엘리자베스, 불법 이민, 돈에 관한 것까지. 나오코가 입술을 질끈 깨물었다.

"엘의 죽음에 슬퍼할 수만은 없어. 아이는 내가 키울 거야. 아이의 이름도 함께 지었으니까."

함께……라니? 외면했던 세헌이 묻는 표정으로 나오코를

보았다.

"왠지 모르겠지만 엘이 그랬어. 아이 이름을 함께 짓자고."

나중에야 알았다. 엘리자베스의 아버지가 많은 사람의 피고름을 짜 먹고 부유하게 살았던 죄는 반드시 돌아올 것이다. 몰랐다고 하지만 나 역시 타인의 고통을 행복이라고 만끽했다. 다만 지금은 죄의 대가를 하루라도 늦추고 싶다. 엘은 나오코에게 그렇게 말했다. 함께 이름을 지으며 몇 번이고 눈물을 글썽였다고 한다.

"이름을 뭐로 지었는데?"

보나페나가 독촉했다.

"민서, 민서라고."

몇 번이나 듣고 연습했던 것인지 나오코의 발음은 또렷했다.

"그리고 초이가 협상해줘. 돈은 할부로 갚겠다고. 그러면 안 될까? 보나도 도와줄 거지? 꼭 갚을게."

"진심이야?"

초이가 물었다. 세헌도 묻고 싶은 말이었다. 나오코는 평소와 달리 단호했다. 보나페나는 고개를 끄덕였다. 초이는 잠시 고민하더니 자리에서 일어섰다. 초이가 모습을 감추자 나오코는 숨겼던 눈물을 먼저 닦았다. 흘렸는지도 몰랐다. 마음이 알아서 흘린 눈물이었다. 보나페나와 세헌도 어느새 눈물을 흘리고 있었다. 눈물이 전염을 일으켰다.

"지난 이야기는 하지 않을게. 내가 엘과 약속한 것도 있으니까. 엘의 본명이라고 했어. 민서. 엘이 나에게 민서를 부탁한 건 다른 이유가 아냐. 내가 곧 시민권을 획득하기 때문이야. 그래서 엘과 내가 민서는 내 자식으로 키우자고 했던 거야. 그게 전부야. 엘은 그 말을 건넬 때 자존심 같은 건 버린 뒤였어. 살아야 했으니까. 세헌을 살게 해주려면."

허. 세헌은 한숨이 터졌다. 눈물샘도 덩달아 뿜어졌다. 닦고 닦아도 눈물이 흘렀다. 나오코는 쐐기를 박듯 말했다.

"이제 도피는 그만하자."

도피……!

"그래, 도피는 그만해라."

갈등 사이로 틈입한 것은 아버지의 목소리였다. 아버지 뒤로 초이가 슬쩍 모습을 내비쳤다. 그의 뒤로 아버지 회사 사람으로 보이는 몇몇이 모습을 드러냈다. 그리고 5년 만에 한민욱이 수행 비서로 아버지 뒤에 서 있었다. 세헌을 보며 딱하다는 듯 고개를 숙였다.

아버지가 가까이 다가왔다.

"얘기 들었다. 남자에게는 세 번 우는 때가 온다고 하지. 기회도 세 번이 온다고 하고. 아마도 지금 세헌이 네가 눈물을 흘렸지만 지연, 혈연, 학연을 최대한 활용할 기회인가 보다."

눈물 한 번, 기회 한 번. 너무나도 통속적인 말인데도 달아날 수 없었다.

격변기였다. 소련 해체. 통일에 대한 기대감. 남북 비핵화 선언. 해체 소련과 교역을 시작한 대한민국. 이를 막기 위해 대규모 경제인을 초청한 미국까지. 단 1년 사이에 벌어진 일들이었다. 더욱이 아버지의 주력 사업인 에너지 분야가 급변했다. 대한민국에서는 이제 연탄의 시대가 완전히 저물었다. 아버지는 값싼 천연가스를 구하기 위해 러시아와 미국에서 외줄 타기를 하던 중이었다. 물론 세헌은 이러한 사실은 전혀 몰랐다.

"학연? 지연? 나쁘게 이용하려는 사람들 때문에 나빠진 것 아니냐? 미국도 하버드는 하버드끼리 어울린다며? 미국은 좋고 한국은 나쁜 이유가 뭘까? 그렇게 살지 않으면 되는 것 아니냐?"

아버지는 확신에 찬 한마디를 덧붙였다.

"아버지는 정의롭게 살았다. 과거부터, 지금까지. 그러니 이제 아버지를 좀 활용해라."

엘리자베스가 말하던 배경이라는 단어가, 마음을 헤집었다. 세헌은 굳게 입술을 깨물었다. 아버지 말대로 학연과 지연, 혈연을 활용해보기로 마음먹었다. 나오코의 조언도 받아들였다. 정의롭게 사는 것으로!

"네 엄마는 아이를 보고 있다. 많이 울더라. 너를 닮았다면서. 요즘은 이런 걸 쓴다."

아버지는 커다란 무전기를 들어 보였다. 최근 한국에서도 서비스를 시작한 이동 전화라고 했다. 집 전화를 착신해두었다며 어색하게 웃었다.

"아침에 오려고 했는데, 동부에서 서부까지 시간이 그렇게 걸리는 줄 나도 어찌 알았겠냐. 비행기 타고 서울에서 부산 가는 정도로 생각했지. 마음이 아프다. 너무 많이 아프더라. 마음이 아프다마는 그래도 아이와 나오코 외에는 나도 모르는 걸로 하마. 그게 모두에게 도움이 될 거니까."

아버지는 며칠을 더 머물렀다. 어머니는 한 달을 머물렀다. 나오코에게 산후조리 아닌 산후조리를 해주었다. 민서의 울음소리는 컸다. 방이 세 개가 있는 2층짜리 집을 빌렸다. 2층에서도 아래층까지 울음소리가 들릴 정도였다. 나오코는 시민권자가 되었다. 그날부터 정식으로 혼인 신고를 하자고 나오코가 졸랐다. 세헌은 거절했다. 엘리자베스는 엘리자베스였고, 나오코는 나오코였다. 거절하는 세헌을 향해 모두가 고집을 부렸다. 어머니부터 보나페나, 초이에 이르기까지. 엘리자베스와 민서의 미래, 라고 할 때 세헌은 완전히 기가 꺾였다. 과거라면 지는 것이라고 생각했을 상황이었다. 지는 것……. 알 수 있었다. 세헌은 지지 않았다. 감내하며 살아내고 있는 것이다.

세헌은 다음 해부터 공부를 시작했다. 편입을 했고 치의대학원에 입학했다. 1992년의 늦여름, 단추는 그렇게 채워졌다.

11

"그래서요? 그래서요?"

와 새롭다, 새로워. 처음 듣는 것도 아닌데 민서는 박수까
지 쳐댔다. 할아버지의 첫사랑 이야기에 신이 난 것은 민서만
이 아니었다. 민우 역시 눈을 반짝거렸다.

민우가 할아버지에게 첫사랑 이야기를 '직접' 듣는 것은 처
음이었다. 교과서에서도 다루어주지 않았던 현대 한국 이야
기였고, 모질게 살아낸 아이의 사람 냄새 풀풀 나는 성장기
였다. 할아버지는 한국 전쟁 고아들과 짝을 이루었다. 어려서
집을 나왔다. 이 대목에서 머뭇거렸다. 어쩌면 그 반대일지도
모를 일이었다. 나온 게 아니라 쫓겨난. 감추고 싶은 것도 있
겠지. 민서도 그러니까. 민서는 민우에게 나오코를 친엄마라
말했다. 친엄마니까 그걸 설명할 필요는 없잖아. 직자直子라는
한자가 걸리기는 하지만 나오라고 부르니까 완전 범죄. 아메
리칸 스타일이 어디를 가느냐고. 엄마가 어려서 죽었다는 할
아버지의 말씀에 민우는 완전히 공감한 듯했다. 사람이란 게
다른 건 몰라도 같은 건 귀신같이 알아보는 법이니까.

"그때 할아버지는 거지나 마찬가지였어. 연탄을 찍고 살았
거든. 하루 종일, 새벽부터 밤까지 일했어."

"주 50시간도 넘게?"

"글쎄다. 아마 주에 110시간 정도 일하지 않았을까?"

"대박! 사람이 어떻게 그렇게 일하고 연애도 해? 캡틴 아메리카나 아이언 맨이나 하지."

"너희는 월급을 참치로 받았단 이야기는 들어봤냐?"

할아버지의 엉뚱한 질문에 민서도, 또 민우도 기막힌 표정으로 바뀌었다.

"열심히 일했다고 다른 애들은 열 마리를 줬는데 할아비는 열두 마리를 받았다. 상품성이 떨어지는 참치를 시장에 내놓고 파느라 애를 먹었지."

현실이 상상의 범주를 넘어섰다. 민서와 할아버지 사이에는 '시간의 주름'이 자리했다. 주름을 펴기 위해서 대화는 필요가 아니라 필수였다. 다만 말로는 알아들어도 가슴으로 이해할 수 없는 이야기가 많았다. 전쟁 이후 고아, 월급을 참치로, 같은 내용이었다. 할아버지의 첫사랑 이야기도 민서는 두 번을 들었다. 처음 들었을 때는 도무지 이해할 수 없었다. 두 번째 들을 때는 꼼꼼히 물으며 감정적인 공감을 위해 노력했다. 세 번째인 오늘은 막연했던 할아버지의 감정에 조금씩 동화되었다. 이제 열네 살이 된 민우가 공감할 수 있을지는 모를 일이었다. 사춘기였다. 최근에는 민서의 얼굴만 봐도 피했다. 아마도 성에 눈을 뜨는 중이리라. 사춘기라니, 가만 사춘기에는. 맙소사! 민서의 얼굴이 붉어졌다. 조금 늦었던 민서는 사춘기에, 어머니를 미국에서 한국으로 보내버렸다.

"할아버지, 첫사랑 이야기로 돌아가야죠!"

"아 그렇지. 어쨌든 참치는 다 팔지를 못했어. ……첫사랑, 그래, 첫사랑이잖아. 내 나이가 열일곱 살이었나, 열여덟 살이었나. 그때 난 대단한 문제에 직면해 있었어. 직장에 다니지 않으면 먹고살 수가 없는 환경인데 너무나도 배우고 싶었어. 지금 아이들이 아무렇지 않게 다니며 자퇴하는…… 그 학교에 가보는 게 인생의 목표였거든. 미래마저 빤하잖아. 거지에다 하루하루 먹고살아야 하고 거기다 무식한 놈에게 시집올 여자가 어디 있겠냐! 여기 민서도 있지만 아마 그때 할아버지라면 누구도 거들떠보지 않았을 거야."

번역 앱을 통해 단어를 변환하며 이야기를 완벽히 이해하려 애쓰는 민우에게서 '노숙자'라는 말이 튀어나왔다. 맞다, 노숙자였지, 하며 할아버지가 맞장구를 쳤다.

"나는 매일 연탄을 3천 장 이상은 찍었다. 이 어깨 보이냐? 이게 그때 만들어진 거야. 노동의 훈장 같은 거지. 정말 순수한."

할아버지는 어깨를 내밀었다. 셔츠 속이라 해도 일반인의 두 배, 웬만한 보디빌더보다 두꺼웠다.

"시커먼 연탄을 매일 찍으니 어땠겠냐. 옷은 스치기만 해도 연탄이 묻었고 손톱 밑은 때가 낀 듯 시커몄지."

"이렇게?"

민우는 '막장에서 일하는 광부'로 소개된 〈무한도전〉 속 개그맨 유재석의 모습을 찾아냈다. 검은 얼굴 속에서 눈만 퀭했다. 이마저 까맸다. 시커먼 생쥐 같았다.

"그래 바로 그랬단다. 문제는 할아비가 일하던 연탄 공장 위에 여중과 여고가 있었거든. 수천 명의 여학생이 네가 사진으로 보여준 그 거지 같은 꼴의 나를 보며 지나갔다고 생각해봐. 기분이 어땠을지."

와우, 감탄사를 뱉는 민우의 얼굴이 붉어졌다.

"나도 그 정도는 알아. 남녀칠세부동석. 손도 안 잡을 시기. 인터넷에서 배웠어. 아주 머언, 옛날 고대 이야기."

민우의 말에 민서마저 그만 얼굴이 붉어졌다. 아무리 그래도 고대라니. 민우는 미국으로 올 때와 달리 부쩍 한국에 대한 기억을 잊어갔다. 저 단어는, 민우에게서 민서가 배웠던 말인데. 문득 아버지가 한국어로 말하라, 다그치던 기억이 떠올랐다. 민서는 무조건 반항했다. 이런 거구나. 그 입장이 되지 않으면 모른다는 말. 민우를 위해, 특히 민우의 기억과 한국어를 위해 특단의 대책이 필요해 보였다. 그런데 갑자기 웃음이 나버렸다.

"할아버지는 그럼, 고대인이야? 마야, 단군 같은 그런 거?"

"이놈들이 그냥!"

할아버지도 웃음을 터뜨렸다.

"그런데 고대인인 할아버지는 어떻게 돈을 그렇게 벌었대요?"

또 민우로 인해 화제가 옆길로 샜다. 저 나이에는 어쩔 수 없나, 문득 자문해보았다.

"연탄 공장이 망했어. 석유와 가스 보급이 급격히 늘어났거든. 이때 할아비가 모시던 사장은 폐업을 고민했어. 하필 사장 손자가 극장 사업을 한답시고 공장 자금까지 다 써버렸고. 그런데 아무리 생각해도, 다시 생각해도 연탄 공장을 버릴 수가 없는 거야. 할아비 친구들까지도 청춘이 녹아 있던 곳이 이 연탄 공장이잖아. 그래서 할아비랑 친구까지 넷이서 빚을 내서 연탄 공장을 인수하자고 그랬어. 연탄 공장 가치가 한없이 떨어져서 공짜나 마찬가지였거든."

"그래서요?"

민서가 재차 물었다. 흥미가 동했다. 자수성가했다는 할아버지의 이야기는, 처음이었다.

"그때가 아마 1979년이었을 거야. 대통령 바뀌고……. 이 사건은 알지?"

안다. 10·26 사건에 이은 12·12 사태! 역사의 소용돌이였다. 인권 운동가로 활동하는 민서가 책으로 배운 대한민국 현대사였다.

"인수를 하기는 했지만, 연탄 공장은 미래가 없었어. 그저 우리의 추억이 깃든 곳일 뿐이었지. 결국 친구들이랑 회의 끝에 연탄 공장을 가스를 수입하는 회사로 바꾸자고 결론 내렸어. 연탄 공장은 최소한만 유지시키고. 어차피 석유는 거대 그룹들이 장악을 했던 터라 발 뻗을 데는 아니었으니까. 그게 지금으로 보면 대전환점이었어. 할아비가 살던 마산은 그때까지 가정집에서는 곤로를 쓰거나 연탄을 쓸 때였거든. 가스가 편하다는 소문이 나기 시작하면서 집들이 곤로를 버리고 가스레인지를 사는 거야. 가스레인지에 이어 가스보일러를 쓰려고 사람들이 집을 고치기 시작한 거다."

"곤로, 곤로……를 버려요?"

이번에는 민서가 스마트폰으로 검색했다. 사진을 보았지만 이해할 수 없는 기구였다. 크게 만든 버너 같기도 했다. 굳이 민서의 입장에서 이해해보자면 2G 폰을 쓰다 스마트폰이 생겨난 상황이 아니었을까.

"가스를 설치하려면 설비도 해야 하잖아. 처음에는 설비까지 독점하다시피 했지. 그러다 소매점들이 생겨나면서 소매점에 가스를 대주고 설비 물류를 제공하는 것만으로도 충분히 장사는 됐지. 아파트 건설 붐도 한몫했다. 새로 생기는 아파트는 전부 현대식 가스 설비가 기본 제공이었거든. 딱 그 5년이 승부처였어. 그동안에 회사가 엄청나게 커졌다. 급기야 가스 설비를 원하던 건설사 중에 자금난을 겪는 회사를 인수하라는 거야. 괜찮겠다 싶더라고. 그래서 건설 회사와 에너지 회사를 병행하게 됐지 뭐냐. 아시안게임과 올림픽으로 생겨난 건설 붐은 일대 국가적인 활황을 일으켰던 때니까. 노는 땅에 아파트를 올리면 땅값이 열 배로 오르는 신기원이 반복되었다."

와, 감탄을 터뜨리며 민서와 민우는 할아버지를 보았다.

단 5년 만에, 회사는 백 배가 넘는 매출을 기록했다. 마산의 절반 가까운 가구들이 전열 기구를 가스나 기름보일러로 바꾸었다. 특히 자영업자들은 거의 모든 에너지원을 가스로 바꾸었다. 기름과 차별화되는 시장이 생겨났던 것이다. 더불어 아파트가 하늘 높은 줄 모르고 올라갔다. 지역 열 병합이니, 개별 난방이니 해도 결국은 에너지와 설비가 기본이었다. 할아버지의 회사는 건설과 에너지를 병행하며 결국 경남 전역을 넘어서며 사업을 확장했다.

"연탄이라는 말을 에너지라는 말로 바꾼 게 다였다꼬!"

할아버지는 감격스러웠던 과거 탓인지 숨겼던 경상도 억양이 튀어나왔다.

"고비도 있었다. 내 목숨하고 바꾸고도 남을 친구 둘이, 하나는 아시안게임 때 하나는 올림픽 때 가버렸거든."

"어디를요?"

민우가 물었다. 민서는 할아버지에게 무례하지 않도록 영어로 설명해주었다. 두 분이 돌아가셨다는 뜻이라고. 민우는 죄송해요, 말하고 고개를 끄덕였다.

"건설 회사를 맡아서 경남을 누비던 정호라는 친구는, 간암으로 죽었다. 지금은 많이 달라졌다고는 하지만 건설 회사에 얼마나 많은 비리가 존재하는지 그제야 알았다. 접대하고 접대하다가 간이 못 버텼다. 멋쟁이 용수는 월남전에 갔다 온

게 결국 발목을 잡아뺐다. 고엽제에 걸려서, 시름시름 기침만 하다가 갔지."

할아버지는 급작스레 지갑을 꺼냈다. 지갑에서 완전히 닳아서 부서질 듯한 종이 한 장을 보여주었다.

"이 종이가 용수랑 마지막으로 나눈 대화였다. 괜찮나, 물었거든. 용수가 그라데. 죽겠다 자슥아. 종이에 그걸 적어주는데 웃음이 나더라. 웃는데 자꾸 눈물이 나고."

할아버지는 그때 생각이 떠올랐는지 잠시 눈가를 문질렀다. 할아버지는 삭아서 부서질 듯한 종이를 조심스레 펼쳤다. 앞면에 18이라는 숫자가 크게 쓰여 있었다. 달력? 날짜를 확인하다 민서는 끔찍 놀라고 말았다. 1960년 4월 18일 달력이었다. 달력의 뒷면에 주고받은 글이 적혀 있었다.

— 괜찮나?

— 죽긋다 자슥아, 고엽제라 안 카나. 목이 다 녹아뺐다는데.

— 죽지 마라. 부탁이다.

— 약속한 거 잊지 마라. 돈 벌모 우리 같은 고아들한테 돌려주기로 한 거.

— 알았다. 내라도 오래 살아서 그리할게. 약속할꾸마.

종이를 보는데 뭉클한 감정이 민서의 가슴 어딘가에서 솟구쳤다. 할아버지는 저 메모를 30년, 게다가 사연이 담긴 듯한 일력 한 장을 50년 가까이 간직해왔던 것이다.

"생각해보면 저 필담을 나눈 뒤로, 돈 버는 기계처럼 살았다. 돈이 된다 하면 러시아고 미국이고 안 간 데가 없었다. 나쁜 짓 절대 안 하면서 오로지 돈 버는 거, 그것 때문에 살았다. 저 약속을 꼭 지켜주는 게 할아비 인생 목표였거든."

할아버지는 메모를 지갑에 도로 넣었다. 문득 몇 가지가 떠올랐다. 할아버지가 스스로에게 인색했던 것, 구두쇠처럼 밥값 하나도 허투루 낭비하지 않던 것, 구두 굽을 계속해서 갈아서 신던 것에 더해 지금 꺼냈던, 30년을 넘게 썼을 지갑까지. 얼마나 자신을 달래고 채찍질하며 이 자리까지 왔을까.

"아버지도 알아?"

민서가 물었다.

"아니 몰라. 이상하게 아들하고는 이런 대화가 안 되더라고. 그러니까 너거 아부지하고 한때는 쳐다도 안 보고 살았지."

심각한 이야기인데 갑자기 웃음이 터졌다.

"그거 할아버지 잘못은 아니라고 봄. 아버지가 워낙에 꽉 막혔어야 말이지. 각 맨, 각 맨, 얼마나 각을 맞춰? 엄마 이야기만 해도 그렇잖아."

민서는 말을 꺼내려다 멈췄다. 민우에게 엄마 나오코의 이야기를 굳이 알게 할 필요가 있을까. 아직은 모르겠다. 이런 이야기라면 적어도 가족들이 상의한 뒤에 민우와 의견을 나누는 게 맞을 것이다. 6년 전 어머니는 한국으로 가출을 단행

했다. 급기야 출가하겠다는, 단어 앞뒤를 바꾼 말장난 같은 행동을 실행하기 직전이었다. 그런 어머니에게 민서가 카운터 펀치를 날렸다. 그러면 왜 키웠어, 안 키웠으면 됐잖아! 왜 엄마가 되어서, 왜 내 엄마가 되어서 엄마 없으면 못 사는 딸로 키워놓은 건데, 왜! 고함치고 붙잡아 끄는 민서를 보며 나오코, 어머니는 눈물을 글썽였다. 할아버지와 아버지까지 눈치를 보며 쉽게 다가오지 못했다. 그때 어머니는 마치 연극 대사 같은 말을 건넸다.

다림질을 하며 거지처럼 살던 그때, 우리는 모두 가족이었으니까. 가족의 딸을 거두는 건 당연한 거니까. 그리고 난, 누구보다 네 아빠를 사랑했어. 엘을 사랑한 것도, 또 세헌이 엘을 책임진 것도 모두 이해할 수 있을 정도로 네 아빠를 사랑했어. 그 결정마저 존중하고 사랑하고 있었으니까. 그런데 지금은 모르겠어, 세헌도, 너도.

민서에게 깨달음이 있었다는 건 거짓말이다. 다만 한국에서 보낸 며칠 사이 간절함이 생겼다. 막살아서는 안 되겠다. 그리고 잘 살아야겠다. 정말이지 모범적인 답안이지만. 민서는 나오코에게 무릎을 꿇었다.

엄마 사랑해. 난 엄마 없으면 못 살아. 그래서 한국까지 엄마 찾아서 온 거잖아. 거창한 거, 다른 거 모르겠고 난 그냥 엄마가 내 옆에 없으면 못 살아. 엄마가 스님이 된다면, 나도 엄마 옆에서 스님이 될게. 그러면 되잖아. 그리고 왜 모르는데,

지금도 가족인 거. 엄마나 아빠나 나나 다 가족이라는 거.

그때 민서는 쐐기를 박듯 승려 할아버지가 가르쳐준 문장을 말했다.

원각도량하처圓覺道場何處, 현금생사즉시現今生死卽是!

민서에게 깊은 깨달음이나 불심 같은 게 있을 리 없었다. 다만 말 그대로 물었다. 어머니가 깨달으려는 그게 어디에 있을 것 같으냐고. 우리 가족이 있는 여기가 아니겠느냐고. 어머니는 무너지듯 주저앉았다.

가보자, 다시. 그래, 아니, 그래. 살아보자, 가족으로.

민서의 표정을 살핀 할아버지는 이해했다는 듯 고개를 끄덕였다.

"민서 니 아나? 니를 처음 봤을 때가 너거 엄마도 처음 봤을 때다. 이야, 내 아들이지만 너거 아부지 저거, 완전 벽창호라카이. 말도 몬 한다 고마. 천사의 도시라 카는 엘에이에서 거지처럼 살더라. 아니 거지더라 거지."

할아버지의 말투에 점점 사투리가 묻어나왔다.

"할아버지 생각은 그렇다. 남자든 여자든 백 가지를 할 수 있는 재주를 타고났으면 적어도 백열 개는 하도록 노력해야 한다고 본다. 그래서 백 가지를 넘어서 적어도 백한 개는 해야 한다고. 세상은 그래야 돌아간다. 재주 많은 놈이 재주 없이 박복하게 난 사람을 떠받쳐야 돌아간다 이 말이다."

"중요한 이야기네."

할아버지의 말씀, 적어도 지금 꺼낸 이야기는 민서 삶의 모토를 확실히 짚어냈다. 세상이 자본으로만 돌아간다면, 세상은 팔레트의 법칙처럼 2퍼센트의 가진 사람에게만 모든 것이 집중된다. 그들만 잘사는 세상! 때론 족장에게, 때로는 전제군주에게, 현대는 세상을 움직인다고 자부하는 몇몇 자본가에게 모든 것이 집중되었다, 라고 전제한다면 이 전제는 틀렸다. 이 전제가 틀리지 않다는 것을 확정하기 위해 수많은 석학이 불식 중에 인간을 통제라는 틀에 가두려 들었다. 뇌의 8퍼센트조차 제대로 쓰는지 의문이라는 인간은, 석학의 통제를 거부했다. 그 저변에 깔린 최대 난제는 바로 로맨스였다. 사랑이었다. 감정이었다. 통제하려던 자는 모든 것을 학문이라는 틀에 가두면서도 사랑만큼은 가두지 못했다. 사랑을 바탕으로 둔 인간이 만들어낸 것은 비정형이었다. 할아버지가 그랬고 아버지가 그랬다. 나오코가 그랬고. 그래서 민서는 인간에게 희망을 걸기로 했다.

그때 어머니와 아버지가 2층으로 올라왔다.

"뭐 하세요, 아버지?"

어머니가 물었다.

"아, 첫사랑 이야기."

"생전 상대해주지도 않던 천사 같은 고등학교 여학생이 아버님 손을 잡고 달렸다는 이야기요?"

"아 그렇지. 그 얘기. 아마 무덤에도 가지고 가겠지. 그만큼 강렬했으니깐. 알다시피 난 거지였잖아. 석탄 굴에서 굴러먹던 생쥐나 다름없었다. 곁에만 와도 검댕이가 묻었으니 말 다 했지. 배운 거 없어 무식하고 난전에서 굴러다니니 친구라고는 같은 무식쟁이에 검댕이들뿐이었으니까. 그런데 곱게 배워서 고등학교를 다니며 나라를 바로잡겠다는 열사나 다름없던 여자가 내 손을 잡고 마산 일대를 뛰어다녔으니까. 그때만 해도 마산은 민주화의 성지였거든."

"아이고 아버지, 그만하세요. 그러다 정치까지 가겠어요."

어머니에 이어 아버지까지 할아버지를 말렸다.

"가야 할 길이 멀어요."

그래, 아버지 말처럼 가야 할 길이 멀었다.

할아버지의 손을 잡아주었다는 여고생에 관한 이야기. 할아버지는 그날을 운명의 순간이었다고 표현했다. 운명, 이 말은 스물세 살이 되는 민서에게 와닿지 않았다. 생과 사마저 관장할 운명적인 힘이라는 게 지구에 존재할까. 그런데 민서는 세상에 운명이 존재할지도 모르겠다고 느꼈다. 인터넷 블로그 때문이었다. 할아버지가 열일곱 살이었던, 연탄 공장 공원이었던 시절을 할아버지가 아닌 다른 누군가가 그려놓았던 것이다. 마치 소설처럼 블로그를 발견한 것도 상식적으로는 이해하기 어려웠다. 인권에 관한 이야기, 특히 할아버지를 비롯한 노인 인권에 관한 서칭을 하다 찾아낸 블로그였다. 순간 할아버지가 말로만 전했던 '이야기'는, 누가 망치로 내려친 듯 그림이 더해진 '실재'로 변했다. 멍했다. 시간이 지나며 깨달았다. 이건 운명이다! 아니 그 이하로 타협해도 이건 인연이다.

할아버지는 시쳇말로 사회가 만든 왕따였다. 한국 전쟁 직후라는 사회 상황 탓에 고아는 많았을 것이다. 바닷가 어시장에서 아이들끼리 도둑질하며 끼니를 때웠고, 쓰레기를 헤집어 먹을 것을 찾아냈다. 돈이 된다면 똥마저도 줍는 넝마주이로 살았다. 어렵사리 정식 월급을 받으며 정착한 곳이 연탄 공장이었다. 이때 나이가 열네 살이었다고 한다. 연탄 공장 일은 아이가 감당하기에는 어렵고 서러웠다. 연애 감정을 비롯해 성장기 청소년의 정체성이 뒤흔들렸다. 그랬던 까닭에 할아버지는 선창가 가장 아래쪽에서 산꼭대기 고등학교로 등교하는 여학생을 어떤 의미로, 신격화했다. 차별화했다. 다른 사람으로 규정했다. 산꼭대기, 다른 세상에 살던 천사가 할아버지가 살던 땅, 거지가 사는 항구로 내려와 손을 잡아주었다. 그것을 할아버지는 운명이라고 받아들였다. 할아버지는 그 손을 쥔 채 마산 일대를 뛰어다녔다. 심장이 미쳐 날뛰는 단 하루, 단 몇 시간에 불과했던 운명적인 꿈, 아니 행복이었다고.

어떻게 해서 할아버지의 이야기가 타인의 블로그에 게재된 것일까. 그러다 민서는 깨달았다. 손은 혼자서 잡는 것이 아니다. 할아버지의 이야기를 듣는 민우와 민서가 있듯이 할아버지의 손을 잡은 누군가도 있었던 것이다. 할아버지의 손을 잡아주었던, 할아버지가 막연히 다른 세상의 천사라고만 생각했던 사람을 찾아내자. 다른 세상이 아니라 같은 세상에 살고 있다는 사실을 가르쳐주자.

할아버지도 아버지도 몰래, 민서는 할아버지의 운명 찾기를 시작했다. 인터넷으로 미국에서 한국의 블로그를 찾아낸다는 것은 쉽지 않았다. 졸업 방학을 맞아 한국으로 빈번히 오갔다. 결국 어머니에게 도움을 요청했다. 이야기를 들은 어머니는 가족회의를 소집했다. 아버지는 팔짱을 끼고 심각해졌다.

"나는, 몰랐어. 아버지에게도 열일곱 살의 청춘이, 아니 첫사랑이 있었다니. 돌아가신 어머니에게는 죄스럽지만 아버지의 첫사랑을 찾아드리는 일이 어떤 결과를 만들지 모르겠네."

그때 어머니가 결단을 내렸다.

"우리, 한국으로 갈래? 이 일이 어떤 파장을 낳을지 모르지만 꼭 끝을 보고 싶어. 민서 말대로 왠지 운명이라는 느낌이 들어."

팔짱에 힘을 주며 아버지의 미간이 찌푸려졌다.

"민우는 어때? 한국으로 다시 갈래?"

민우는 일말의 망설임도 없이 고개를 끄덕였다.

마지막 짐을 싼 어머니와 아버지가 2층으로 올라온 이유는 집을 떠나기 위해서였다. 할아버지는 응원 차 방문했다는 핑계를 댔다. 하지만 아니었다. 민서에게 어머니가 이유를 가르

처주었다. 한국에서 미국으로 떠나보낼 때 할아버지는 아버지를 배웅해주지 않았다. 부자 간 감정싸움이 극에 달했을 때였다. 시간이 지나며 그 일은 할아버지 마음에 얼룩이 되었고 얼룩은 점점 커지고 심해졌다. 할아버지를 미국까지 오게 한 것은 아버지였다. 아버지 역시 마음에 얼룩으로 남았던 모양이다.

민서는 괜스레 민우가 대견했다. 할아버지와 이민에 관련한 거의 모든 내용을 민우도 알았다. 물론 할아버지에게 듣는 첫사랑 이야기는 처음이었지만 능청스럽게 할아버지 말씀에 장단을 맞춰주었던 것이다.

어머니가 오른손으로 동그라미와 더불어 손가락 세 개를 힘차게 펼쳤다. OK! 프로젝트 진행에 이상 없음. 가족이 이민하고 할아버지의 첫사랑을 찾는 프로젝트에 아직 이름을 붙이지는 않았다. 한국에서 할 일은 한국에서 하면 되니까. 민서도 손가락으로 오케이를 만들었다.

가보자, 한국으로.

12

여자 탐정!

속으로 말해보니 더욱 기분이 상쾌해졌다. 현미가 어렸던 시절, 고급 놀이는 독서였다. 그중에서도 로맨스와 범죄 소설은 단연 최고의 인기였다. 어디서 어떻게 번역되었는지는 몰랐다. 소위 해적판이었다. 시험지 종이에 책 표지도 조악하기 그지없었다. 정확한 의미조차 모른 채 그저 문고본이라고만 불렀다. 로맨스 소설은 그렇다 쳐도 인기를 양분한 범죄 소설 주인공은 괴도와 탐정의 대명사, 뤼팽과 홈스였다. 뤼팽을 흉내 낸 김내성의 소설 『마인』은 몇 번이고 재간되었다. 그가 썼던 로맨스 『청춘극장』 역시 신드롬을 일으켰다. 아쉬웠다면 늘 여자 주인공은 피상적이고 수동적이었다. 왜 여자 탐정은 없는 걸까. 괴도 중에 왜 여자는 없는 걸까. 스스로 탐정이라고 생각해보니 묵었던 감정조차 쾌활해졌다. 탐정이 된 지금, 화숙을 찾아가자.

레지던스를 나와 북쪽으로 고개를 돌렸다. 저만치에 화숙이 일을 하는 오피스텔이 보였다. 7백 미터쯤 되지 않을까. 오히려 가까운 게 원망스러울 정도였다. 발걸음에 힘을 주며 걸었다. 강동구에 있는 대학가 주변 레지던스라 부산하고 시끄러운 것이 딱 하나 단점이었다. 길을 걷다 러시아 키릴어가 보였다. '러시아 식당'이라고 적힌 간단한 글이었다. 신선했다. 이 주변에 러시아 식당이 있는 줄은 몰랐다. 과거에 올리브예와 보르시를 먹었던 기억이 새록새록 떠올랐다. 알리시아는 지금 무얼 하고 있을까. 현미보다 어렸던 알리시아는 격정의 과정을 거치며 부쩍 늙어 보였다. 그토록 마음이 아플

수 없었다. 문득 역사의 질곡을 거쳤던 알리시아가 위안부 피해자 할머니들에게 보르시와 올리브예를 대접하는 상상이 스쳤다.

한번 먹어볼까. 마음을 정하고 식당으로 향했다.

"어머 또 오셨네요, 사모님."

'여주인'이 반갑게 인사했다. 무얼까. 또 엄습했다. 소리 없이 다가오는 이질감, 그리고 공포! 다만 현미는 나이가 그냥 딴 계급장이 아니라는 듯 편하게 웃었다.

"보르시에 스메타나 넣어서 맛있게 드시던 모습이 참 예쁘셨어요."

"그랬나요? 그럼 오늘도 그렇게 먹을까요?"

이질감에 플러스가 하나 붙었다. 주문을 마치자 러시아 사람으로 보이는 주방장이 현미에게 다가왔다. 어눌할 줄 알았는데 유창한 한국말로 현미에게 탄두리 빵을 권했다. 만두 속을 빵에 넣어 구운 것 같은 음식으로 기억되었다.

"우즈베키스탄 음식이지 않나요? 여기는 러시아 식당인 걸로 알고 왔는데?"

"아, 오늘 제가 우즈베키스탄 식당에 가서 사 왔습니다."

러시아인 주방장이 머쓱해했다. 현미는 오히려 솔직해서 고마웠다. "그래요, 먹어봅시다" 하고 주문했다. 저녁이었다면 보드카라도 한잔 주문했을 텐데 못내 아쉬웠다. 음식이 나오고 음미하고 즐기는 시간이 행복했다. 불현듯 현미는 내가 나이 들었구나, 하는 생각에 안타까움이 찾아왔다. 생각에 단어 하나가 걸렸다. 치매. 지난 5년이 통으로 비었다면 치매 말고 다른 답이 있을 수 있을까. 현미는 조금 대담해져보기로 했다.

"주인 언니?"

"네, 부르셨어요?"

"응, 내가 솔직히 말할게요. 나 아마 치매인 것 같아요. 그래서 말인데 내가 얼마나 이곳에 자주 오나요? 실은 이번에 나, 5년 만에 정신을 차린 것 같거든."

현미의 말에 여주인의 얼굴이 눈에 띄게 파리해졌다. 무슨 말을 할지 단어를 고르는 게 분명했다. 있는 그대로 이야기해 줘요, 현미가 주인에게 안심하라는 뜻으로 고개를 끄덕이며 웃었다.

"저어, 일한 지 2주 된 알바예요. 사모님은 일주일쯤 전에도 오셨어요. 남편 되시는 분이랑."

"일주일이요, 그래요……. 네? 뭐라고요. 남편……이라고요?"

현미는 그만 경악해서 목소리가 커졌다.

"에이, 아무리 그래도……, ……내가 아무리 치매라고 말했어도 그건 너무 갔어요. 남편이라니요? 저 맹렬 직업여성으로 시대를 풍미했었다고요. 그 탓에 지금껏……."

스스로에 대해 더 말하려 했는데, 불안해졌다. 나는 누구인가.

"저, 정말 남편이랑 왔던가요?"

"……네, 그러셨어요. 정말 행복해 보이셨습니다."

여직원의 목소리가 침잠했다.

"음, 그래요. 나 실은 지난 5년에 대한 기억이 사라져서 오늘은 그걸 찾는 탐정 같은 기분으로 나온 거랍니다. 남편이라는 말에 사실 크게 당황했답니다. 그런데 남편까지 있었다니 더 흥미진진해졌어요. 남편도 찾아야겠네요."

"제가 주제넘었습니다."

여직원은 어색하게 대답하며 자리를 떴다. 맛있을 거라 예단했던 추억은 어느새 맛을 잃고 말았다. 그래도 기운을 내야만 했다. 미스터리한 지난 5년을 밝히는 것은 현미에게 분명한 숙제였다. 음식을 먹는 내내 식당의 온도는 크게 변했다. 무관심한 척 물러나주었지만 그들은 분명 현미에게 모든 관심을 집중하고 있을 것이었다. 더는 만끽하지 못하고 러시아 식당을 나왔다.

바깥공기를 마시자 마음이 진정되었다. 약해져서는 안 된다. 마지막까지 기억을 좇아 내 비밀을 파헤쳐야 한다. 현미는 화숙의 사무실로 부지런히 걸었다. 건물에 들어서서 늘 기억하던 계단으로 향했다. 사무실이 있는 3층에 걸어서 올랐다. 힘에 부치거나 숨이 차는 증상도 없었다. 이렇게 건강한데 치매라면 억울하기 그지없다. 내가, 내가 아닌 삶은 그 자체로 용납하기 어려웠다. 306호 앞에서 초인종을 눌렀다.

"네, 들어오세요."

문이 열렸다. 사무실은 기억 속이나 지금이나 변함없었다. 백 제곱미터 사무실에 책상 여덟 개와 응접 공간, 대표실과 이사실로 구분돼 있었다. 다만 기억하던 사람들이 아닌 모두가 처음 보는 직원뿐이었다. 직원들 역시 현미를 아는지 모르는지 흘금 쳐다본 뒤 업무로 돌아갔다. 이즈음에서 물러난다면, 러시아 주재 한국 대사관을 발칵 뒤집었던 현미를 잘못 보아도 한참 잘못 본 것이다.

"혹시 저 아시는 분?"

현미가 목소리를 높였다. 직원들은 아주 잠깐 현미를 응시했지만 곧 모니터로 시선을 되돌렸다. 어색했다. 다만 어색함이 조작되었다는 느낌을 받았다. 안기부 직원과 현미의 알력다툼이 극에 달했던 러시아에서, 안기부 직원은 현미를 박살 내겠다고 러시아 식당 직원을 전부 연기자로 꾸민 적이 있었다. 안기부 직원은 현미가 대한민국의 주요 정보를 아무 데서나 떠든다며 모함했다. 무언가 낯선 분위기를 감지한 현미는 안기부 직원 욕을 작정하고 해댔다. 현미가 했던 뒷담화는 고스란히 마이크로필름에 녹화되었다. 감사실에서 마이크로필름을 틀었을 때 안기부 직원을 뺀 모두가 입을 막고 웃었다.

"여러분, 부탁해요. 연기는 그만하세요. 화숙이 어디 갔어요? 전화가 안 됩니다. 화숙이 좀 불러주세요. 저 이사실에 들어가 있을게요."

현미는 당차게 말하고 이사실 문을 밀었다. 단출하게 꾸며진 이사실에 작은 액자 하나가 보였다. 언제 찍은 건지 알 수 없지만 화숙과 현미가 나란히 포즈를 취한 사진이었다. 다가가 액자를 집었다. 이것 역시 연출이다. 현미가 기억하는 한 화숙과 현미가 사진을 찍을 만큼 살갑지는 않았다. 힘들고 어렵던 외무부에서 고시를 통과했던 여성 선배와 후배로 동질감을 가졌던 사이일 뿐이었다. 확신이 서자 역정이 났다. 무엇 하러 이렇게까지 꾸미고 숨기려는 것일까.

이왕 이렇게 된 거, 조금 적극적으로 나가자. 평소라면 절대 이러지 않았을 현미는 화숙의 책상을 뒤졌다. 책상 서랍과 의자 뒤편에 자리한 서가도 뒤졌다. 책상도, 꽂혀 있는 서적도 무언가 빠졌다. 곰곰이 생각하다 깨달았다. 사람의 흔적, 바로 그 흔적이 없었다. 현미도 오랫동안 거대한 조직과 사무실에서 일했다. 아무리 작은 사무실이라 해도 인지, 즉 사람의 슬기나 지식이 있기 마련이다. 없었다. 화숙의 인지가……, 그 어디에도.

노크 소리가 들렸고 여직원이 차를 내왔다. 여직원은 마스코트로 뽑힐 만한 외모로 누구에게나 눈길을 끌 것이다.

"아가씨, 화숙이는 어디 갔나요?"

"네, 곧 들어오실 겁니다."

"화숙이가 고생이 많죠? 딸이 사업하다 실패해서 이만저만

고생이 아니에요. 잘 좀 부탁해요."

"그러잖아도 한 번씩 따님 이야기 하십니다. 너무 잘해주셔서 저희가 오히려 황송하거든요."

여직원은 인사를 한 뒤 이사실을 나가려 했다.

"아가씨, 혹시 성함이……?"

"손영은입니다."

"영은 씨, 노인이라고 우습게 보는 겁니까?"

"아, 아닙니다. 절대 그렇지 않습니다."

"그럼 왜 그렇게 저에게 거짓말을 하는 거죠?"

"네? 거짓말이라니요?"

"화숙이 한 번도 본 적 없죠? 화숙이는 아들뿐이에요. 아들이 사업에 실패했고요."

"아, 네. 제가 아들이라고 하지 않았던가요?"

"거짓말은 그만하라니까요. 저에게 왜 이러는 거죠? 이 사무실 전부 가짜로 꾸민 게 분명한데 말이죠."

"그렇지 않습니다, 사모님. 솔직히 제가 여기 일을 잘 몰라서 그냥 맞장구를 쳐드린 것뿐입니다. 거짓말은 하지 않았습니다."

"정말 이럴 거예요?"

현미는 스마트폰을 꺼냈다.

"화숙이가 여기서 일하고, 화숙이가 팔았던 레지던스에서 지금껏 살고 있는 사람에게 이렇게 거짓말을 하고 푸대접을

합니까? 이게 사기가 아니고 뭡니까? 범죄입니다. 알죠?"

막상 전화를 걸려고 보니 떠오르는 곳이 없었다. 적당히 버튼을 누르는 척했다. 태연하게 능치며 여직원을 노려보았다. 스마트폰을 귀에 조금 더 가져다 댔다. 몇 초나 흘렀을까. 이대로 여직원이 버틴다면 무너지는 것은 현미였다. 졌구나, 체념하는데 벌컥 문이 열렸다.

"저, 영은 씨 고생했네. 오늘은 이쯤에서 그만하지."

노인이었다. 키가 작았고 헌팅캡을 썼다. 목에 두른 남성용 스카프에 프랑스 명품 로고가 박혔다. 돈깨나 있다고 폼이나 재는 노인이 틀림없었다. 노인이 바깥을 향해 소리쳤다.

"자, 오늘은 이쯤하고 모두 준비하시게나."

노인의 뒤로 사무실에 앉았던 40대 남성이 다가왔다.

"회장님, 괜찮으시겠습니까?"

"한민욱 팀장, 괜찮으니 가봐."

남자의 말에 노인이 고개를 끄덕였다.

"현미 씨, 충격을 받을지도 모르니 심호흡 몇 번 해요."

현미 씨, 공손하게 말하는 남자의 말투에 배려를 넘은 무언가가 느껴졌다. 더욱이 얼굴이 눈에 익었다. 누구지? 그런데 그의 말을 따라 몇 번이고 심호흡을 하게 되었다.

"……화숙 씨는 교통사고로 죽었어요."

심호흡을 했음에도 현미는 적지 않은 충격을 받았다. 덜컥 소파에 주저앉았다. 몇 번이고 오른손으로 심장을 두드렸다.

노인은 현미가 호흡을 가다듬고 진정할 때까지 아무 말 없이 기다려주었다. 고개를 들자 남자는 인자한 웃음으로 눈을 맞추었다.

"여보, 당신은……."

남자가 잠시 말을 멈추었다. 실수를 했거나 생각할 시간을 주려는 것이리라. 현미는 심장을 두드리다 귀를 의심했다. 남자가 지금 여보, 라고 말했던가. 언제 주저앉았나 싶게 이번에는 벌떡 일어섰다.

"여……보라고 했나요?"

"네, 여보. 당신은 지금 치매라고 당신을 추적하고 있죠?"

휴, 조금 전과 다른 한숨을 내쉬며 고개를 끄덕였다.

"그렇지 않고는 설명이 불가능하잖아요."

"당신은 치매가 아닙니다."

노인은 긴 이야기를 시작하겠다는 듯 현미의 맞은편 소파에 앉았다. 현미는 그 순간 남자의 얼굴이 그리 낯설지 않다는 사실을 깨달았다. 어디더라. 어디서부터 당신이 내 기억에 등장하는 것일까. 기억을 더듬었다. 스쳐간 사람이라면 이토록 아련하게 남았을 리 없다. 분명, 알고 지냈던 사람이다. 아니다, 내가 아프게 만들었던 사람이다. 그래, 내가 상처를 주고 불행하게 만든 남자였다. 현미는 몽글거리며 불어나는 감정에 눈물이 맺히는 것을 느꼈다.

"……당신, 당신이었군요."

내가 잃어버렸던⋯⋯. 내가 손을 잡아주었던!

13

토끼라, 어서!

노 씨의 목소리가 마치 메아리처럼 다시 울렸다.

노 씨가 시간을 벌어준 덕분에 지유는 제일여고 학생의 손을 잡고 뛰었다. 지유 뒤에 있던 여학생은 뒤편 친구의 손을 꼭 쥐고 놓지 않았다.

"이 골목 잘 압니꺼?"

지유가 필사적으로 뛰면서 물었다. 대답이 없었다. 지유는 고민스러웠다. 그때였다. 탕, 두 번째 총소리가 대기를 갈랐다. 지유가 손을 잡은 여학생이 풀썩 놀라서 주저앉았다. 지유도 총소리에 다리가 옹송그려졌다. 노 씨가 총에 맞은 것일까. 잘못하면 죽는다. 아니 잘해도 죽을지 모른다. 이곳에서 하늘을 날듯 도망치는 것 말고는 몸을 숨길 방법이 없었다. 어떻게 해야 할까.

"내만 믿고 따라오이소. 응? 그랑깨네 어서 달립시더."

믿으라고 말했지만 밑천이 떨어진 허세였다.

"해가 뜰 때까지만 버티면 되는데."

한탄인지 바람인지 모를 이야기가 뒤에서 들렸다. 해 뜰 때. 해 뜰 때까지. 그 순간 지유는 머릿속에서 번개가 내리치는 것 같았다. 해 뜨던 아침!

"따라오이소, 어서."

제일여고 아이들을 피해 도망치기 바빴던 아침나절이 떠올랐다. 지유는 분명 곤경에 빠졌다. 다만 사위가 밝았고 이곳을 잘 안다는 자신감에 위험하다 느끼지 못했다. 낮에 벌어졌던 일을 재연한다면, 살아서 이곳을 빠져나갈 수 있지 않을까? 낯선 타인에게 아침과 똑같은 상황을 밤에 만들어준다면!

기억을 깨우며 지유는 낮에 떨어졌던 교회를 찾기 위해 골목을 더듬었다. 몇 번을 꺾고 반대로 되돌아 나오기도 했다. 그러는 사이, 계속해서 따라붙는 구두 소리가 불안을 부추겼다. 골목 하나를 되돌아 나오는데 기시감이 느껴졌다. 여기서 꺾고 반대로 두 번을 꺾으면! 그래 거기다. 지유는 가쁜 숨을 몰아쉬며 점점 속도가 느려지는 여학생에게 말했다.

"살 수 있어예. 그리고 오늘 이야기는 분명 후대에 전할 수 있을 낍니더."

여학생은 힘주어 고개를 끄덕였다.

지유는 아침에 떨어졌던 골목 앞에서 걸음을 멈추었다. 막다른 골목은 딱 사람 몸 하나가 들어갈 공간이 존재했다. 공간은 아래로 갈수록 급격히 좁아졌다. 깔때기 모양을 닮았다. 일단 몸이 휘청하고 중심을 잃으면 반드시 상체부터 떨어지게 되어 있었다. 아래에서 지탱하고 붙잡을 무언가가 없으니

떨어진 곳에서 올라올 수 없는, 희한한 구조였다. 여학생들의 손을 잡아 조심스레 교회 옥상으로 내려보냈다. 둘에게 몸하나가 내려갈 만한 공간과 거기서 힘겹게 비틀고 꺾어야 교회 건물 안으로 들어갈 수 있다고 설명했다. 교회 건물 안에서 몸을 숨겨라, 그리고 설명한 벽에 붙어라, 몇 번이고 당부했다. 여학생이 옥상 틈새로 사라지는 것을 보며 지유는 몸을 돌렸다.

이제는 지유가 미끼가 된다.

지유는 일부러 발소리를 내며 골목 바깥으로 나갔다. 멀지 않은 곳에서 속삭임이 들렸다. 녀석들은 토끼몰이를 하고 있다 지레짐작했을 것이다. 지유는 골목을 조심해서 살피며 일부러 목소리를 높였다. 도망쳐!

"저기닷!"

경찰의 목소리가 들렸다. 지유는 자신이 보일 만한 거리에서 붙잡힐 것처럼 뛰었다. 경찰은 멋모르고 미친 듯이 뛰어왔다. 몸을 꺾으며 지유는 깔때기 모양으로 갈라진 담벼락 위로 올라섰다. 꺾어진 골목과 어둠 속에서 지유의 모습은 보이지 않을 것이다. 짧은 순간이었지만 지유는 충분할 정도로 높이 기어올랐다. 어, 하는 탄식에 이어 쿵 둔탁한 소리가 들렸다. 아래를 살필 겨를이 없어도 알겠다. 한 명이 떨어진 것이다.

"뭐야?"

서울 억양이 분명한 한 남자는 막다른 골목을 꺾다 멈추었다. 용의주도했다. 어쩔 수 없이 지유는 반탄력을 이용해 힘을 주며 두 번째 경찰 뒤까지 뛰었다. 들입다 어깨로 경찰을 처박은 뒤 몸을 숙였다. 남자는 버텼다. 지유는 두 다리를 힘껏 껴안아 남자를 교회 옥상으로 밀어버렸다. 쿵, 떨어지는 소리에 이어 고통에 찬 신음이 들렸다. 됐다. 첫 번째 작전은 성공. 이제는 여학생들을 구해야 했다.

지유는 오후에 자신이 빠져나왔던 길을 더듬어 되돌아가야 했다. 반월시장으로 뛰어 내려갔다. 숨이 차올랐지만 신경 쓸 겨를조차 없었다. 만약에 경찰이 교회 아래로 내려가 건물로 진입한다면 지유의 작전은 말짱 황이 된다. 시장만 해도 골목이 한두 개가 아니었다. 어떤 것은 막다르고 어떤 것은 전혀 엉뚱한 방향으로 길이 이어졌다. 지유는 오후에 빠져나왔던 길을 어렵지 않게 찾아냈다. 곧바로 무너진 교회까지 올랐다. 낮에 그가 부수고 나왔던 판자가 보였다. 지유는 숨을 죽이며 조심스레 판자를 치웠다. 그러자 기다렸다는 듯 손 하나가 지유를 붙잡았다. 판자를 마저 치워 여학생들이 나올 정도의 공간을 마련했다. 지유는 손을 꼭 쥐고 여학생을 빼냈다. 그제야 얼굴을 바로 보았다. 지유와 같은 키에 단발머리, 입술이 통통하고 눈꼬리가 딱 귀여울 만큼 내려갔다. 지유는 나머지 여학생도 소리를 죽여 빼냈다. 쌍꺼풀이 인상적이었다. 판자를 다시 세울 여유는 없었다.

입술이 통통한 여학생의 손을 이끌어 지유는 미로 같은 골목을 빠져나오는 데 성공했다. 골목을 빠져나와 시장 초입까지 뛰었다. 여학생들의 발걸음이 그제야 멈추었다. 여학생들이 거친 숨을 몰아쉬었다. 지유도 허리를 굽혀 거친 숨을 내쉬었다.

"우짤랍니꺼, 통금인데?"

"모르겠어예."

나머지 학생도 마찬가지라는 듯 고개를 저었다.

"그라모 좀 누추한 데라도 가서 숨어 있을랍니꺼?"

지유가 떠올린 곳은 공장이었다. 반월시장에서 직선거리로 3백 미터 정도다. 셋이 내리막길을 전력 질주 한다면 1분 안에 도착할지도 몰랐다.

"곧장 저 따라 내리막길 뛰는 깁니더. 목적지는 저기. 부두 앞에 공장입니더. 알겠지예?"

지유가 팔을 뻗어 방향을 가리켰다. 지유의 말에 두 여학생이 고개를 끄덕였다. 지유가 손가락을 하나, 둘, 셋 하고 신호했다. 여학생과 지유는 동시에 내리막길을 내달렸다. 여차해서 통금에 걸릴라치면 조금 전처럼 미끼가 되면 그만이었다. 어디서 나타났는지 똥개 한 마리가 덩달아 뛰었다. 생각이 마무리되기도 전에 버스가 다니는 대로를 건넜다. 그리 느리지 않게 연탄 공장에 도착했다. 지유는 익숙하게 비상 열쇠를 찾아냈다. 힘겹게 숨을 몰아쉬는 두 학생을 공장 안으로 들였다. 눈을 슴벅이던 똥개는 아직 뛸 힘이 남았는지 바다 쪽으로 뛰어갔다.

"살았다."

공장에 들어온 여학생이 처음 내뱉은 말이었다.

"나도."

입술이 통통한 여학생도 안도의 표정으로 바뀌었다. 그녀가 지유에게 부탁했다.

"여기 혹시 좀 다리 뻗고 쉴 만한 데 없습니까?"

조금 전까지 죽자 사자 뛰었다는 게 느껴지지 않는 당찬 목소리였다. 지유는 목욕탕밖에 떠오르지 않았다. 지유는 두 학생을 목욕탕으로 데려갔다. 목욕탕 탈의실에 두 여학생은 폭주저앉았다.

"그라모 쉬소예. 저는 나갈게예."

"아니, 아니예. 무서워서 그라는데 좀 있어주모 안 돼예?"

"돼……예."

말해놓고 멋쩍어서 웃어버렸다.

"요기 곱상하이 생긴 아는 김소영, 그짝이랑 손잡고 골목을 누빈 내는 박현미라 캐예."

천성이 밝고 낙천적인 듯 박현미가 친구와 자신을 소개했다.

"둘 다 제일여고 1학년입니다. 2, 3학년 언니들은 데모할시로 우리보고는 다친다고 빠지라 캐서, 우리가 연락책으로 움직이거든예."

몰랐던 사실이다. 여학생들이 데모를 한다는 사실조차. 지유는 그저 연탄을 찍는 일에 죽을힘을 다하며 살았다.

"저는 장……지유라 캅니더. 제일여고 학생들은 공부만 하는 줄 알았어예. 두 분 다 다친 데는 없지예?"

묻고 보니, 소영과 현미에게 찰과상이 몇 군데 보였다. 지유는 눈치껏 일어났다. 공장에 상비약으로 둔 미군 연고와 밴드를 가져왔다. 소영과 현미에게 연고를 바르고 밴드를 붙여 주었다.

"나이가 어떻게 돼예?"

현미가 물었다.

"열, 입곱인데예."

"옴마야, 옴마야!"

현미가 까르르 웃더니 오른손을 내밀었다.

"친구네 우리. 쓸데없는 존댓말은 치아뿌자. 친구하모 되긋네."

"그러네. 다행이다. 이런 상황에서 은인을 만날 줄도 몰랐지만 친구라니 새삼스럽다."

현미에 이어 소영도 포근하게 웃었다.

지유는 멋쩍은 것보다 나 같은 놈이, 하는 자격지심이 일었다. 단정한 교복을 입고 대학을 가겠다 공부하는 학생들은 다른 세계에 살거나, 신분이 다른 사람처럼 여겨졌다. 기다리지 못한 현미가 지유의 생각을 파고들며 덥석 손을 쥐었다. 지유는 순간 아뜩해지는 감정과 주체할 수 없는 어지러움을 느꼈다. 매일 도움닫기를 해서 뛰어넘던 모래사장에서 실패만 거듭하다, 계획했던 거리 이상을 뛰어넘은 기분이랄까.

"야 봐라. 덜덜덜 떤다. 뭐꼬 니? 여자 손 처음 잡아보나?"

"아까 잡아봤다 아인교."

"옴마야. 야 여자랑 말도 안 해봤나. 정의의 사도처럼 짠, 나타나서 살려주겠다고 달리더마는 순진 빠꼼하기 짝이 없네."

지유의 말에 현미가 깔깔거렸다. 이번에는 소영도 거들었다.

"머시 이리 순백하이 노노, 백치 아다다 딱 계용묵이네."

"지유야, 아까는 어쩔 수 없어서 잡았던 기고, 지금은 여자 대 남자로 손잡은 기다 아이가."

활달한 현미가 지유의 혼을 쏙 빼놓았다. 현미가 손에 힘을 주나 싶더니 검지를 빼 지유의 손바닥을 간지럽혔다. 미치겠다, 말 그대로 미치겠어서 지유는 숨이 제대로 쉬어지지 않았다. 친구들 누구에게도 말하지 않았지만, 연탄을 찍다 바깥에 나와 등교를 하는 제일여고 아이들의 행렬을 보는 망중한은 세계 최고의 화가라는 미켈란젤로의 서양화를 보는 것만 같았다. 소록소록 자라난 그림은 지유의 내면에서 하나의 로망이 되고 말았다. 여학생들이 잘 등교할 수 있도록 지켜주고 지켜보는 것, 그 로망에는 늘 예쁜 여학생이 지유에게 말을 걸어주는 꿈이 포함되어 있었다. 다만 꿈은 거기서 그쳤을 뿐 여학생들과 손을 잡거나 이야기하는 뒷내용은 없었다.

"연탄 공장 내리와봐서 알긋제? 연탄 공장에서 잠깐 나오모 너거 학교 일직선으로 쫙 보인다 아이가. 공장에서 일하는 내는, 장돌뱅이나 다름없지만서도 공부하는 너거 학교 아들 보는 기, 그기 참 행복하더라. 뭐랄까, 다른 세상, 동화 속에서 사는 아들 보는 기분이라 카까. 우습게 들릴지 몰라도 좋은 부모 밑에서 큼시로 공부하는 거, 그거 내 로망이었거든."

"그래?"

현미가 손을 빼내 정자세로 앉아 몸을 꼿꼿이 세웠다.

"그라모 이렇게 예쁜 여고생이랑 손 한번 잡아보는 것도 로망이었겠네?"

지유는 밝고 활달한 현미의 기운에 마음이 따뜻해졌다.

"지유 니가, 앞으로 열심히 공부하면서 이 사회에서 멋진 사람으로 자리매김하는 내랑 소영이를, 지키주모 되갰네. 그자? 우리는 친구니까."

"너거 보니까 나도 욕심이 생긴다. 너거 둘한테."

"욕심? 나쁜 그런 거는 아이제?"

지유는 대차게 고개를 끄덕였다.

"약속해준다 하모 말하고."

"말해봐라. 약속할 텐께네."

현미가 지유와 눈을 맞추더니 새끼손가락을 세워 내밀었다. 마술에 걸린 것처럼 지유도 새끼손가락을 내밀었다.

"성공한 여자가 돼주라. 사람 말고, 이 대한민국에서 성공한 여자!"

"알았다. 성공한 사람 말고, 성공한 여자! 약속할게. 그라고 니도 약속해라. 오늘처럼 사람을 지켜주는 남자가 돼라."

사람을 지켜주는, 남자? 막연했지만 지유는 고개를 끄덕였다. 지유와 현미는 오래전부터 이 순간을 기다려온 사람처럼 손가락에, 손가락을 걸었다. 적어도 그 순간만큼은 석탄가루가 빠지지 않아 때가 낀 검은 손톱 밑이 부끄럽지 않았다. 그리고 지유는 지금 건 손가락을 평생 약속으로 지키고 살게 될 줄, 이때는 몰랐다.

"자, 인자 축제를 즐겨볼까?"

현미가 손가락을 빼내며 말했다.

"축제?"

"응, 축제."

"좀 급한 거 아이가?"

"아이다. 지금 아이모 시간이 없을지도 모른다."

현미의 모습은 갑작스러웠다. 현미가 조금은 과잉되고 급하게 굴었던 이유는 아침이 되어서야 알게 되었다. 현미와 소영은 제일여고 학생들뿐 아니라 인근 학교 여학생들이 궐기하기로 했던 장소와 시간을 전하는 중책을 지니고 있었다. 둘을 칭하는 암호는 'M', 메신저였다.

아침이 되기까지, 현미와 소영은 지유에게 『백치 아다다』 줄거리와 횡보와 공초라는 호를 가진 술꾼에 골초 문인들 이야기를 들려주었다. 오늘은 현미와 소영에게 『운수 좋은 날』

이 되어서는 안 된다는, 상징적이고 은유적인 소설까지 알게 되었다.

네 이야기를 해달라, 조르는 현미에게 홍콩다방을 말했다. 그곳에서 열심히 사는 김 양에 관한 이야기도. 김 양은 동생 넷을 학교에 보내려 일한다며 부끄러워했다. 지숙에 대해서도 말했다. 열심히 사는 이 시대의 맹렬 여성! 그리고 용수와 수봉, 정호에 대해 이야기했다. 고아, 넝마주이, 그리고 일본인 엄마에 대해서도. 현미와 소영은 엄마 이야기에 눈물을 글썽였다. 바람둥이 용수가 윙크했던, 〈아가씨와 건달들〉을 언젠가 재개봉 극장에서 보기로 약속했다. 영화 이야기를 듣던 현미가, 「목마와 숙녀」를 읊었다. 순간 지유는 현미의 눈에 빠지고 말았다. 목마를 타고 떠난 버지니아 울프는, 억압된 지금을 살고 있는 현미이자 소영이었다.

그때 목욕탕 문을 열며 수봉이 나타났다. 수봉은 현미와 소영을 보자 공포 영화라도 본 듯 풀쩍 뛰었다. 그 모습에 현미와 소영이 까르르 웃음을 터뜨렸다. 머뭇거리는 지유에 비해 현미가 수봉에게 서로를 소개했다. 손을 내밀며 악수를 청하는 현미에게 수봉은 더욱 놀란 듯했다.

"손 씻고 악수하모 안 되나?"

"야도 니랑 같은 과네. 순진 빠꼼."

현미는 키득거리더니 수봉의 손을 쥐었다.

문득 현미가 물었다.

"지유 니 오늘 노나?"

지유는 고개를 끄덕였다.

"니 그라모 오늘 내랑 다닐래? 내가 오늘 하루 손 꼭 잡아줄게. 하루 종일."

수봉이 크크큭 웃음소리를 냈다. 지유는 괜스레 수봉의 옆구리를 쿡 쥐어박았다. 그렇지만 곧바로 고개를 끄덕였다.

"약속한 기다. 내 손 놓지 않는다꼬?"

캬, 감탄사를 뱉은 현미가 대구를 맞추듯 시를 읊었다. 박인환의 「세월이 가면」이었다.

도회적인 문인, 댄디보이로 통했던 박인환, 그가 폐허가 된 명동 근처 주점 '경상도집'에서 즉흥적으로 썼다는 시! 예술인들은 그 자리에서 화답해 악보가 그려지고 당대 최고의 가객 나애심이 구절구절 목소리를 넣었다.

한국전쟁이라는 참상 속에서 다시 볼 수 없는 사람에게 보내는 애달픈 그리움!

지금 그 사람 이름은 잊었지만
그의 눈동자 입술은
내 가슴에 있어

어느새 시가 변했다. 마치 1956년의 나애심처럼, 「세월이 가면」에 현미가 음을 넣었다.

'지금 그 사람 이름은 잊었지만……, 사랑은 가고 과거는 남는 것.'

지유는 눈물이 벅차올랐다.

사랑은 가고 과거는 남는 것!

어머니는 갔지만 어머니가 남겨준 것은 지유의 가슴에 남았다. 현미가 목소리를 높여 부르는 오늘도, 시 속 '가로등 그늘의 밤처럼' 과거로 남을 것이다. 비록 사랑이 아니라 해도.

현미와 소영이 열어준 신세계로 인해 날이 밝아오는 줄도 몰랐다. 수봉도 기꺼이 지유와 함께 두 소녀를 지키는 기사가 되어주었다. 지유와 수봉은 '축제'의 마지막을 즐겼다.

날이 밝았다. 그날은 1960년 4월 19일이었다.

의거가 발발했다.

4월 19일 오전, 격동의 현장에서 네 사람은 주먹을 쥐었다. 현미는 그런 중에도 잊지 않겠다는 듯 지유의 손을 쥐었다 놓기를 반복했다. 경찰이 폭력적으로 변했다. 시위는 급격히 피해가 늘어났다. 폭력에 총격이 더해져 무시로 부상자가 나왔다. 그런 상황에서 현미나 소영을 보호하며 도망치는 것에는 한계가 있었다. 아니, 어느 순간부터인가 도망치고 싶지 않았다. 적어도 오늘만큼은 맞서서 싸우고 싶었다. 나를 위해서가 아니라 현미를 위해서. 바보처럼 귀를 닫고 살았을지언정 적어도 오늘 하루만큼은. 지유는 수봉과 함께 싸웠다. 현미를 지켰고 소영을 지켰다. 수봉은 경찰이 찍은 파이프가 어깨에 박혔다. 이후 수봉은 평생, 왼쪽 어깨에 구멍이 뚫린 듯한 상처를 안고 살았다. 지유는 현미와 소영을 도망치게 만들려고 다시 한번 미끼를 자청했다. 그 과정에서 집단 구타를 당한 지유는 광대뼈가 함몰되고 왼쪽 무명지와 소지가 골절되었다. 경찰에게 무차별 구타를 당했지만 끝까지 현미를 도망치도록 시간을 벌었다. 프레스 손잡이를 내리듯 여섯 명의 경찰을 넘어뜨렸다. 넘어져서도 그들의 발을 붙잡고 놓지 않았다. 지유는 맞으면서 웃었다. 그리고 고함을 내질렀다.

"오늘은 축제다. 내 인생에 다시없을 축제!"

14

아, 해보세요. 노인이 입을 벌리자 세헌은 치경을 댔다.

"바…… 머거나 하며…… 피가 나."

"음식 먹고 밥 드시거나 하면 피가 난다는 말씀이죠?"

노인은 억지로 침을 삼키며 고개를 끄덕였다. 큰 어금니와 작은 어금니가 빠졌다. 주변 잇몸이 헐어 곳곳에 상처가 나고 곪았다. 일반적인 치주 질환과 달랐다. 입안 상처는 치명적인 경우는 드물지만 통증이 지속적이다. 이물감에 혀로 계속 건드리는 탓에 통증이 가라앉기 어렵다. 맞지 않는 틀니를 오래 써서 생긴 상처가 분명했다. 치경을 빼고 입을 헹굴 물을 건넸다.

"틀니 하시죠?"

노인이 살짝 눈을 감았다.

"괜찮습니다. 말씀해보세요."

노인은 입을 헹군 뒤 배수구에 뱉었다. 배수구라지만 얼른 치우지 않으면 냄새가 올라왔다. 국내에 몇 대 없는, 버스를 개조한 이동 치과라 열악한 부분이 한두 가지가 아니었다. 세헌은 얼른 배수구에서 눈길을 거두었다.

"그게······."

"괜찮습니다. 가라로 틀니 하셨죠? 싸다고 한 건데 잇몸이랑 맞지 않고요?"

노인은 고개를 끄덕였다. 죄인인 양 겁을 먹은 눈빛으로 변했다.

오늘은 충북 영동에 있는 산골 마을로 왔다. 집은 백여 채인데 스무 가구 정도만 거주한단다. 가장 어린 이장이 쉰여덟 살이랬다. 마을의 고령화가 얼마나 심각한지 짐작되었다. 이장은 어떻게든 주차 장소는 마련할 테니 마을 주민 모두 치과 검사를 받게 해달라 읍소했다. 아침나절에 도착하고 세헌은 입이 떡 벌어졌다. 이장이 자신의 밭을 완전히 갈아엎어놓았던 것이다. 버스가 출입 가능한 언덕까지 오르는 게 아슬아슬했지만 갈아엎은 밭으로 버스는 비행기처럼 사뿐히 안착했다. 그때 버스 문을 밀며 나오코가 나타났다. 깜냥껏 상황을

249

보더니 노인과 눈을 맞추었다.

"아저씨 틀니 가라로 했죠? 아니지. 표준어. 자격증 없는 기공사에게서 맞춘 거죠?"

나오코가 엎은 데 덮었다. 노인은 눈을 내리깔았다.

"괜찮아요, 아저씨. 요 의사 쌤한테 틀니 하나 해달라고 하세요. 가을에 난 채소나 쌀 좀 주면 공짜로 해줄지도 몰라요."

"어, 허. 진짜요? 이렇게 좋은 선생님이 다 있나!"

노인은 바람이 새는 소리로 말했다. 나오코와 세헌을 번갈아 보는 눈에는 어느새 그렁그렁 눈물이 맺혔다.

비겁한 삶, 아니 비겁한 줄도 모르는 삶을 세헌은 살았다. 모든 것을 자기중심적으로 합리화했다. 소위 말해 재수 없는 놈이었다. 딱 하나 재주라면 공부였다고 할까. 고등학교 3년 동안 쌓아놓은 성적으로 세헌은 평생을 먹고살 수 있었다. 좋은 대학, 대학이 만들어준 여건, 유학, 이어지는 군대 회피, 아내와 딸까지. 뻔뻔한 줄 모른 채 자기중심적으로만 살았다면, 유학과 딱지를 단 부유한 의사로 국회의원에 도전하고 있지 않을까?

세헌의 삶에 경종을 울린 것은 가족이었다. 나오코는 신랄했고 민서는 외면했으며 아버지는 어떻게든 구제하려 들었다. 가족이 없었다면 여기까지 올 수 있었을까. 세헌은 아버지의 유산을 포기했다. 나오코의 바람대로 모든 재산을 기부하기로 마음먹었다. 나오코는 한국에서 아등바등 공부해 간

호사가 되었다. 남편을 뒷바라지한다나. 버스를 사서 오지로
다닌 게 어느덧 6년째에 접어들었다. 노인과 같은 환자를 만
나면 나오코와 세헌은 소위 '일당'을 뛰었다. 나오코의 일당은
10만 원 정도, 세헌은 경우에 따라 조금 달랐지만 50만 원이
넘었다. 두 사람이 일주일 정도를 일하면 웬만한 환자들을 위
한 비용을 마련할 수 있었다. 그것 역시 나오코가 부린 고집
이었다. 가급적 오지를 다녔다. 비용은 무료, 필요한 경우 두
사람이 일당을 뛰어 충원했다. 아이고 힘들다, 나오코가 할머
니처럼 버스 좌석에 목을 기댔다. 미안하네, 말하며 세헌이
나오코의 어깨를 주물렀다. 그들에겐 그 시간이 진정한 행복
이었다.

"어르신, 제가 다시 올 때까지 맞지 않는 틀니는 사용하지
마세요. 그동안은 가급적 씹지 않아도 되는 걸 드시고요. 죽
같은 거."

말하는 사이, 나오코가 틀니 본을 가져왔다. 척하면 척이라
고, 나오코는 진정한 동반자가 되어 있었다. 그때 전화가 울렸
다. 나오코는 스마트폰 액정을 보더니 환하게 웃었다. 민서인
게 분명했다. 아교를 개는 나오코를 대신해 세헌이 전화를 받
았다.

"응, 딸. 왜?"

"아빠, 오늘 올 수 있어?"

물음에 물음, 가족이니 가능한 화법이었다. 목소리 톤에서

251

무슨 일인지 짐작이 갔다.

"할머니 나왔어?"

새, 라는 말은 어느새 빠졌다. 함께 겪은 어떤 통과 의례 때문인지 가족은 급격히 뭉쳐졌다. 정말이지 똘똘 뭉쳤다.

"어쩌지? 오늘은 못 갈 것 같아."

"어딘데?"

"충북 영동."

"영동? 먼 데라는 거지?"

이번에는 대답 대신 웃고 말았다. 전화를 끊는데 나오코가 큰 소리로 외쳤다. 딸, 파이팅. 외치는 나오코의 웃음이 예뻤다. 전화를 끊자 나오코가 말했다.

"아쉽다, 같이 봤어야 하는데. 그 순간이 늘 너무 뭐랄까. 고무적? 감동적? 단어는 정확한지 모르겠는데, 무슨 뜻인지 알지?"

"그럼 알지."

세헌은 무슨 일인가 싶어 갸우뚱하는 노인에게 얼른 눈을 맞추었다.

*

전화를 끊는 순간 "딸, 파이팅" 하는 목소리가 들렸다. 배시시 웃음이 났다. 언제나 내 편인 사람, 화를 내도 나를 위해 내는 사람, 엄마가 있다는 게 얼마나 든든한지. 민서는 단체 대화방에 비상등이 울리는 사진을 올렸다. 단체 대화방에 모인 인원은 스무 명이 넘었다. 순식간에 알림이 울려댔다. 대부분 '준비할게요'나 '알겠습니다'였다. '기대된다'며 마지막에 울린 알림은 엄마였다.

기대.

그랬다. 민서는 오늘도 기대가 컸다. 어떤 반응을 보일지. 모두가 행복하지만 단 한 사람에게는 어쩌면 가혹할지 모르는 운명의 장난. 운명이란 단어는 쉽게 사용하지만 가늠하기는 불가능했다. 다만 또 다른 단어적 장난처럼, 유추해볼 수는 있었다. 아버지나 할아버지, 또 할머니로부터. 할아버지는 간혹 통한의 역사를 살았다는 말을 꺼냈다. 민서가 살아온 동안에 통한이라는 말을 꺼낼 만한 무언가 있었나, 돌이켜보면 고개를 저었다. 개인적인 고통은 경험 부족에서 오는 경우가 많았다. 한글이나 엑셀 프로그램을 모를 때는 문서 한 장을 만드는 데 한나절이 걸렸다. 업무 효율은 다른 세상 이야기였다. 지금은 한글 문서 정도는 껌처럼 여겨질 따름이었다. 누구는 못 하나를 박는 데 한 시간이 걸려도 만족하지만, 뚝딱 못을 박은 누구는 그것조차 못마땅할 때가 있는 법이다. 민서는 20대 후반에야 깨달았다. 경험과 고통은 절대 객관화시킬 수가 없다는 사실이었다. 다만 이 사실조차 엄청나게 빠를 수 있지만 엄청나게 느릴 수도 있었다. 객관화시킬 수 없으니까.

'어떡할까요?' 다른 느낌의 알림이 울렸다.

민서는 전화를 걸었다.

"접니다. 민서예요."

"아, 네."

"뭐 언제는 저희가 어떻게 할지 알고 했던가요? 하는 일 자체가 다 처음이라 그냥…… 기다리는 거죠."

"아, 하긴요. 그럼 이제……."

"행복해지는 일만 남은 거죠."

"행복해지는 일? 아하."

전화 너머에서 웃음소리가 들렸다. 민서는 전화를 끊었다. 사람에게 행복이라는 건 추상적이고 모호해서 멀리서 찾을 때가 대부분이었다. 행과 불행은 동전 앞뒤처럼 맞닿지 않는 것이 아니라 서로 같은 공간에 있다오. 노스님이 입적하기 전에 말했다. 갸우뚱거리는 민서에게 이미 안다는 듯 노스님은 웃었다. 할아버지의 친구였던 노스님은 한국 전쟁을 겪었다. 폭음과 폭력이 무시로 나타났다. 외상 후 스트레스 장애였다. 당시에 이 증상을 아는 이들이 없었다. 미쳤다고만 치부했다. 노스님에게 변화가 온 것은 할아버지와 어떤 사건을 겪으면서였다. 노스님의 표현은 이랬다. 그때 총소리가, 내 머릿속에 울리던 총소리를 덮었답니다. 이해할 수 없는 말이었다. 나중에 알게 되었지만 노스님은 총에 발목을 맞았다. 노스님은 이후로 변화되었다. 발을 저는 장애와 평안을 바꾸었다는 표현이 맞을는지 모르겠다. 할아버지 직원으로 승승장구하다 어느 날 떠났다. 이제는 나의 행복을 찾겠다는 게 이유였다. 구도의 길이었다. 민서는 노스님이 걷던 구도의 길에서 마지막쯤에 걸린 불량 구도자였다. 가출한 어머니 나오코를 찾아 무작정 한국으로 왔다. 그때 만났다. 행과 불행이 같은 공간인지는 지금껏 알 수 없지만 민서와 노스님은 같은 공간에서 많은 것을 공유하고 나누었다. 민서는 불확실했던 미래가 늘 불안했다. 짜잔, 하고 마치 영화처럼 등장한 사람이 노스님이었다. 노스님에게 인생의 목표를 바꾸어볼까 합니다, 물었다. 노스님은 껄껄껄 웃으며 말했다.

인생은 별거 없어. 죽을 때 발 뻗을 수 있다면 그게 잘 산 거야. 발 뻗을 수 있는 일이면 되는 거야.

발 뻗을 수 있는 일이요?

노스님의 말은 마지막까지 모호했다.

집요하게 반문했다. 노스님과 민서. 고통과 경험, 남의 것을 객체화하던 끝에 민서는 노스님의 웃음이 무엇을 말하려는지 알게 되었다. 이타. 나아가 타인을 위한 삶. 적어도 노스님을 만나기 전까지 민서는 아이였다. 어쩌면 지금도 그런지 몰랐다. 민서는 민서만을 위해 살았다. 이기적이었다. 손해라도 볼라치면 아버지고 어머니고 가리지 않고 대들었다. 지금은 그런다. 손해 좀 보면 어때서. 할아버지, 정확하게는 할아버지의 인생이 민서를 숙연하게 만들었다. 더불어 할머니……. 민서는 그녀로 인해 방향타를 급격하게 바꾸었다. 한 사람을 보살피는 인생으로. 때로는 등대의 먼 불빛 하나가 수천 명이 탄 배를 이끄는 법이다. 이제야 노스님이 말하는 발 뻗고 자는 삶을 알겠다. 한 사람을 보살피는 일이 인류를 보살피는 일과 다르지 않다는 것을. 민서는 확신이 있었다.

보고 계시죠?

민서는 잠시 하늘을 보았다. 사무실 천장 마감재가 그저 민서와 눈을 마주칠 따름이었다. 헛헛한 웃음이 났다. 이럴 게 아니다. 민서는 얼른 생각을 떨치며 일어섰다. 오늘은 내가 미행해보리라. 지금부터라면 늦지 않을 것이다. 민서는 할아버지에게 문자 메시지를 보냈다.

할아버지. 오늘은 제가 따라갑니다. 할아버지에게서 할머니가 환하게 웃는 사진이 전송되었다. 민서는 강아지가 웃는 듯한 사진을 답으로 보냈다. 가자, 가보자. 행복을 위해.

*

이웃 공개 처리된 블로그였다. 블로그에는 매일매일 일기처럼 상당한 양의 글이 게재되었다. 두 시간 가까이 읽었으니 웬만한 소설 원고 매수에 근접할 터였다. 다만 소설이라기에는 여러모로 서툴렀다. 그래도 충분히 생생했다. 아마도 직접 겪은 일이기 때문이리라. 거기에 더해진 상상력이 지유와 수봉의 과거와 미래를 만들어냈다. 그들이 살았을, 그래서 그를 배반하고 말았던 현미의 속죄! 현미는 다친 수봉과 지유를 더이상 돌아보지 않았다. 그날은, 도망치기에도 급급했다.

현미를 도망치도록 도운 지유와 수봉의 모습이 선연하게 펼쳐졌다. 길고 긴 역사에서 하나의 점 같은 일이라 해도 현미는 가장 순수하고 뜨거웠던 의지를 이날, 이때에 불태웠다. 프랑스 시민 혁명에 맞먹을 1960년 4월 19일의 사건이자 혁명. 이보다 한 달 전, 3월 15일 부정 선거에서 촉발된 시민의 죽음과 부상이 만든 국민의 분노에 찬 정치 참여는 현미에게 깊이 아로새겨졌다. 그러나 현미는 적당히 비겁했다. 현미를 지지해준 지유를 오히려 반면교사로 삼았다. 자칫 잘못 발을 들이면 지유처럼 검게 살아갈지 모른다고 질책하면서 살았다.

'오늘은 축제다. 내 인생에 다시없을 축제!'

지유와 대화를 하면서, 어느새 둘은 어느 순간부터 편한 친구처럼 말을 놓았다.

"이걸 내가 썼다고?"

모든 글을 읽은 현미는 뜨겁게 끓어오르는 감정을 애써 식혔다.

"나는 그럼 치매가 아니었던 거야?"

단도직입적인 현미의 물음에 지유는 입술을 지그시 물었다.

"늘 이 대목에서 당신이 충격을 받더라고."

"늘?"

"늘."

지유가 고개를 끄덕였다. 지유의 말은 화숙을 찾겠다고 나선, 아니 그보다 자신이 쓴 글에서 비어 있는 시간을 찾겠다고 덤빈 공백, 바로 그 5년에 대한 이야기였다.

"당신 제일 친한 친구가……."

"예나 지금이나 소영이지."

"그랬지."

"뭐야, 그랬다니. ……서, 설마."

"잘 들어주길 바랄게. 여기서 당신이 제일 큰 충격을 받고 우니까. 아무리 또 어떻게든 이야기를 바꾸고 상황을 고쳐도 그랬어."

지유가 호흡을 골랐다. 배려였다. 현미는 꾹 감쳐물었던 입술에서 힘을 빼고 지유와 눈을 맞추었다.

"힘들겠지만 알아야 할 일이니까. 화숙 씨가 당신을 졸라 소영 씨를 만나러 갔어. 화숙 씨가 레지던스에 목을 매던 때니까. 당신이 운전하던 자동차에 소영 씨와 화숙 씨를 태워 하남에 있는 마방이라는 한정식 가게에 가던 길이었어. 그때 맞은편에서 타이어가 터진 승합차가 전복했어. 그러면서 달리던 당신의 차를 삽시간에 정면으로 덮쳤어. 당신의 차는 완전히 부서졌고, 그런 중에……."

지유는 긴장했는지 꿀꺽 침을 삼켰다.

"화숙 씨와 소영 씨는 현장에서 사망했고, 당신도 나흘 동안 혼수상태였어. 오른쪽 가슴과 어깨, 무엇보다 머리를 크게 다쳐서 의사는 가망이 없다고 했지."

"말도 안 돼. 나 이렇게 건강한데."

불안에 이은 공포가 엄습했다. 아닌 척 되받아치려 했지만 공포로 인해 손이 떨려왔다. 지유가 옆자리로 다가와 손을 꼭 쥐었다. 지유의 손은 따뜻했다. 과거에 현미는 지유의 손을 잡았다. 용기를 내었던 행동이다. 위기도 모면해야 했지만 한편으로 적선하거나 구제한다는 마음도 없지 않았다. 지유는 그만큼 현미와는 다른, 바닥 세계에 사는 부랑아처럼 느껴졌다. 그런데 지금은, 지유가 그녀의 손을 잡았다. 마치 그날처럼. 바닥 세계에 빠진 현미를 구해내려고.

"그 생각 하지? 내 손 잡아주었던 날? 제발 그 생각은 좀 잊어줘. 난 어렸고 또 더러웠어. 당연히 거지 같았지. 그렇다고 바닥 세계에 사는 부랑아라고 생각하는 건 좀 그런데……."

화들짝 놀라 손을 빼냈다.

"뭐야, 지유 너. 어떻게……."

"그리고 당신. 나 처음 보았을 때 스카프 보면서 돈깨나 있는 노망난 놈이라고 생각하지 않았어?"

"노망은 아냐."

현미는 답하면서 고개를 끄덕였다.

"이 스카프 당신이 선물한 거야. 그래도 나이 70이 넘었는데 명품 하나쯤은 가지고 다니라고."

"내가?"

"응. 당신이."

지유가 웃었다. 그제야 열일곱 살이던 지유의 얼굴이 확연히 살아났다. 현미도 열일곱 살 그날로 돌아간 듯했다.

"마저 이야기할게. 깨어난 당신은 조금 이상했다고 그래. 화숙의 사고도, 또 소영의 죽음도 일절 기억하지 못했으니까. 한 달이 지난 뒤 의사는 정신과 진료를 시작하게 했어. 정신과 전문의들이 모여 당신을 1년이나 관찰하고 치료했다고 하더라. 그들도 진료하며 처음 보는 환자였거든."

"내가?"

"응. 당신이. 당신은 한국에서 그리 사례가 많지 않은 '순행성 기억 상실'에 걸렸다고 해. 당신은 특정 시점 이후 뇌 속에 있는 해마가 다르게 작동해. 마치 다른 뇌에 기억을 저장하는 것처럼. 그런데 오늘처럼 갑자기 뇌가 깨어나 해마가 작동하는 거야. 순행해서 앞으로 간 상태가 되니 이후는 사라지는 거야. 다른 뇌에 저장한 기억은 사라지고."

해마. 순행. 살았지만 특정 시점 이후는 기억하지 못하는, 기억 상실. 다시 순행. 특정 시점으로.

"지난 5년이 비어버린 건 그렇게 되나? 살지만, 분명 살았지만, 리셋해서 돌아간다. 특정한 시점으로."

"정확해. 특히 당신은 당차고 똑똑한 사람이잖아. 당신이 혼란스럽다고 느낀 모든 상황을 되새김질하며 찾아가더라고. 뇌가 순행해서 앞으로 갈 때마다. 그런데 당신의 행동은 상상의 범주를 넘었어. 신의 영역이라고 할까."

"신의 영역?"

지유는 마치 신을 본다는 듯 잠시 하늘로 눈길을 돌렸다.

"당신을 컴퓨터로 말하자면, 한창 쓰던 컴퓨터가 갑자기 팍 꺼지는 거야. 아무것도 저장되지 않은 채. 그러곤 다시 부팅해서 켜져. 쓰던 프로그램들 모두가 이전에 컴퓨터를 켰을 때와 똑같은 시간대에서. 만약 컴퓨터라면 아무것도 저장되지 않아야 맞거든. 그런데 당신은…… 나에 대해 들었던 이야기를 얼추 비슷하게 유추하며 글을 써갔던 거야. 나, 당신이 블로그에 썼던 이야기처럼 살았으니까. 이론으로는 당신이 몰라야 맞는다고. 그런데."

지유는 검지로 모니터를 가리켰다.

"머리로 이해는 가. ……가슴으로는 믿을 수가 없네."

"기다려봐. 이것도 내가 한 것은 아닌데, 당신을 위해 아까 본 한 비서가 만든 거거든."

지유가 호주머니에서 볼펜 모양 리모컨을 꺼냈다. 버튼을 누르자 뒤편에 있는 서가 위에서 프로젝터용 스크린이 내려왔다. 방의 조명도 저절로 어두워졌다. 스크린에는 컴퓨터 화면이 투사되었다. 네모난, 동영상 플레이어가 작은 박스 모양으로 가로세로 도합 쉰 개가 생겨났다.

"아무거나 눌러서 봐."

지유가 리모컨을 건넸다. 리모컨은 레이저 포인터로 마우스 기능이 내장된 제품이었다. 의아해하며 현미가 동영상 하나를 재생했다. 현미가 지유를 향해 고함을 내지르는 모습이었다. 그러더니 곧 오열을 터뜨리며 무릎을 꿇었다. 동영상에서 현미는 서럽게 울었다. "내가, 화숙이랑 소영이를 죽였다고? 내가⋯⋯?" 이 말을 계속해서 반복했다. 믿을 수 없어 다른 동영상에 붉은빛을 가져다 댔다. "그러니까 지유 너와 내가 결혼한 거고, 나는 계속해서 이 삶을 산다는 거야?"라는 말에 지유가 고개를 끄덕였다. 다시, 또다시, 계속해서 현미는 동영상을 재생시켰다. 그때마다 조금은 다른 반응이었지만 현미가 울었고, 그런 현미를 보는 지유도 울었다.

"지유 너는 그럼, 나를 위해⋯⋯."

"5년이나 계속해서 이래왔느냐고 묻는 거지?"

지유는 현미의 모든 질문을 이해하고 있다는 투였다. 얼마나 오랫동안, 또 몇 번이나 반복되었던 걸까. 추측할 수 없는 지유의 지난 세월을 생각하니 현미는 아뜩해졌다. 눈물이, 지유에게 미안하다는 듯 맺혔다.

"정확하게는 4년 8개월하고 오늘이 3일째인가, 그렇지."

"그렇다는 건⋯⋯."

"당신을 도운 다른 사람들이 있다는 뜻이야. 일단 나를 믿고 가볼까 그럼?"

지유가 몸을 일으켰다. 동시에 조명이 밝아졌다. 누군가가 이 방을 제어하고 있는 게 분명했다. 현미가 읽었던 소설,『델로스』가 원작인 율 브리너의 영화 〈이색지대〉처럼. 하지만 지금의 통제는 죽이기 위해서가 아니라 살리기 위해서일 것이다. 박현미라는 여자를 살리려고. 그때 그 지유라면 현미를 위해 그랬을지도 모르겠다.

"아니 그전에. 내가 당신이란 사람을 다른 부류라고 생각했다는 건 알고 있었어?"

"그럼. 당신이 나를 벌레처럼 생각했다고 하는 동영상도 있을 거야. 재생시켜줘?"

"아니 됐어. 굳이!"

현미는 얼른 고개를 내저었다.

"그런데도 나에게 이렇게 온정을 베풀었던 거야?"

"과거에는 제일여고 여학생 전체가 로망이었다면 1960년 4월 19일 이후, 박현미라는 여인이 내게는 로망이었으니까. 멋지게 공부하고, 외교관이 되고, 또……."

지유의 눈에서 눈물이 흘러내렸다. 흐르고 또 흐르며 턱 끝에 모였다 지유의 것이 아닌, 세상의 것이 되어 바닥에서 산화되기 시작했다.

"네가 나를 스토킹한 것은 아니었을 거 아냐. 우리는 안 만난 지가……."

4월 19일 그날부터 만나지 않았다. 친구라고 말하며 새끼

손가락까지 걸었으면서. 현미는 몰래 공장 근처까지 내려와 스쳐가듯 멀리서 지유를 몇 번 본 적은 있었다. 연탄 가루를 묻힌 작업복과 군화에, 연탄 가루 때문에 시커메진 이로도 지유는 웃었다. 친구인 수봉과 장난을 치듯 연탄을 찍어내던 모습은 그저 기계에 함몰된 인간처럼 여겨졌다. 안타깝게도 수봉은 어깨가 부자연스러웠다. 현미는 지유에게 말하지 않았지만, 저렇게 살면 안 된다는 다짐을 몇 번이고 했다.

……지유처럼 살면 안 된다고.

"자, 일단 거기까지 하고 가보자고. 사람들이 기다려. 어서."

지유는 스스로 진정하려는 듯 후, 숨을 내쉬었다. 지유가 문을 열자 비서가 보였다. 한 비서가 지유와 현미를 안내했다. 곧바로 사무실을 나가 계단을 내려갔다. 세 사람은, 특히 현미는 왔던 길을 되돌아, 러시아 식당 앞에 섰다.

"여기?"

"응, 여기."

"나 아까 여기서 밥 먹었는데?"

"그래. 러시아 주인이 알바 때문에 당황해서 전화했다더라. 현미 네가 무얼 하든 하고 싶은 대로 두라고 했어. 들어가자."

지유가 먼저 식당으로 들어갔다. 현미도 어쩔 수 없다는 심정으로 식당에 발을 들였다. 식당에는 손님이 가득했다. 하지만 누가 보아도 음식을 먹기보다는 사람을 기다리는 모습이었다. 현미가 알아본 첫 번째 사람은 컴퓨터 강사였다.

"오셨어요, 사장님."

"사장, 이라고요?"

"네, 사장님. 사실 저는 레지던스에서 컴퓨터를 가르쳐드리던 비정규직이었는데, 지금은 어엿한 중견 기업의 부장이 되었습니다."

"무슨 얘기야?"

현미가 절로 지유를 보게 된다. 설명을 해줘, 응? 눈으로 말했다.

"당신이 쓴 글을 읽고 아이디어를 떠올린 게 현주 씨였어. 현주 씨가 당신의 글을 '#0419_축제'라는 해시태그를 달아서 블로그에 연재를 했었거든. 당신과 나 사이에 있었던 그날의 일을 쓴 게 현주 씨는 단순히 소설이라고 생각해서 공유하고 싶었나 보더라고. 특히 현주 씨는 당신이 치매라고 생각해서 조금이라도 치료에 도움을 주고 싶었다고 하더라고."

"네 맞아요, 사장님. 그래서 제가 글을 페이스북에 연재하고, 또 포털 사이트에 치매 환자 치료비 마련을 위한 글로 연재를 했거든요. 그런데 치매가 아니란 걸 알았어요. 저를 처음 보시는 것처럼 대하시며 선생님이 있었던 일을 똑같이 반복하시더라고요. 놀라기는 했지만 멈출 수는 없어서 선생님의 '반복 일상'이, 아 저희들은 이렇게 정의했어요, 반복 일상이라고, 세 번째가 될 때까지 꾸준히 제가 글을 올렸거든요. 일기도, 또 소설도요. 그런데 소설이라고 생각했던 글에 저기

계신 손녀분께서 만나자고 연락을 하셨어요. 손녀분은 그 글이 아무래도 자기 할아버지 이야기 같다고 했어요."

할머니, 라며 단아한 아가씨가 모습을 드러낸 것도 그때였다. 장민서입니다, 하고 인사했다. 민서는 하얀 자카드 블라우스에 핑크색 치마를 입었다. 어디인가 나갔다 급히 돌아온 모습으로 보였다.

"많이 상의했어요. 할아버지도, 또 저도. 어떻게 하면 이 일을 긍정적인 방향으로 나가게 할 것인가, 또 할아버지가 할머니의 인생에 끼어드는 게 맞는가. 그런데 상황을 인지한 할머니가 오히려 적극 지지하셨어요. 나와 같은 노인에게, 더불어 치매 환자들까지 긍정적인 치료를 할 수 있는 거라면 하자, 끝까지 하자! 그래서 출범한 게 '#0419_축제' 재단이에요. 덕택에 여기 계신 모든 분들이 정직원으로 일을 하고 계십니다."

민서가 막힘없이 설명하고 사람들을 소개했다. 식당 직원부터 화숙의 사무실 직원이라고 생각했던 사람들까지 열여섯 명이나 식당에서 현미를 맞았다. 러시아 식당의 주방장은 다가와 현미를 껴안았다.

"양엄마! 나, 알리시아 페티코바의 아들. 토치 페티코바. 양엄마가 나 찾아서 여기까지 오게 했어. 한국말 열심히 배우는 조건으로. 그래서 나, 죽자 살자 한국말 배웠어. 잘하지?"

맙소사! 현미는 알리시아의 아들을 힘껏 껴안았다. 잘한다 한국말, 잘한다, 몇 번이고 말하며 등을 도닥였다. 그런데 저 모든 사람들이 정직원이민!

"맙소사!"

이번에는 토치를 밀어내며 현미가 사람들을 둘러보았다.

"걱정 마. 저 많은 사람 월급은 어떻게 주느냐고? 당신 재산이랑 내 재산을 출연했고, 거기다 대학 병원에서 무상 치료를 해주니까. 나머지는 뜻있는 사람들이 모아준 거야. 특히 치매연구를 위해 아프게 부모를 보낸 사람들이 적극적으로 행동해준 덕분이니까."

"그럼 난 몇 번이나 이 생활을 반복한 거지? 반복 일상이라고 하던 거."

현미의 말에 민서가 가까이 다가왔다.

"할머니. 이번이 정확히 백일흔두 번째."

172번이라.

"요즘은 이렇게 할머니가 우리를 찾아 반복 일상이 리부팅될 때마다 회식을 해요. 우리는 그때마다 정말이지 행복해요."

그게 행복하다고? 왜? 꾹꾹 누르고 있던 질문 하나가 목구멍을 넘쳐 튀어나오기 직전이었다. 결혼, 사랑은 가짜로 해서는 안 되는 거 아니냐는. 아무리 지유가 헌신적이라 해도, 그러면 안 되는 거 아니냐는. 현미가 생각을 하는 돌차간, 엄지를 살짝 들었다 내리는 지유의 모습이 보였다. 순간 식당 안에 있던 사람들이 일제히 동작을 멈추었다. 짧은 정적 뒤에 "음, 음" 하고 누군가가 목소리를 가다듬었다.

"박현미, 듣고 있지? 나야, 박현미. 이 목소리를 녹음하는 오늘 날짜가 보자, 노안이 와서."

그 말에 사람들이 웃음을 터뜨렸다. 현미만 여전히 정적에 휩싸여 있었다.

"2017년 7월 16일이네. 네가 그토록 바라던 여성 외무부 장관이 탄생한 지도 한 달쯤 되었어. 무엇보다 내가 기억을 잃어 리부팅이 되지 않은 날을 최장인 103일째 살고 있기도 하고. 듣고 있지?"

응, 듣고 있어.

현미는 작게 스피커 속 현미에게 대답했다. 그때 지유가 현미를 뒤돌아보게 했다. 뒤로 돌자, 도로가 보이던 러시아 식당 전면 유리에 스크린이 내려졌다. 영상 속에서 현미는 정면을 바라보고 있었다. 영상 속 현미가 오른손을 들어 몇 번 흔들었다. 마치 현미가 보인다는 것처럼.

"처음 사흘은 그저 혼란스럽기만 했어. 화숙이가 죽었다는 것도, 또 소영이마저 내가 운전한 차에서 사고로 죽었다는 사실, 정말이지 그 사실은 받아들이기 힘들었어. 세상 그 어떤 무엇보다 끔찍했거든. 그러다 나를 위해, 오로지 나를 위해서만 헌신하는 사람들에게 미안했고, 반성했고, 감동하기 시작했어. 그때 무언가 이상하다, 이 일에는 배후가 있다는 직감이 온 거야. 알잖아, 박현미 네가 얼마나 촉이 좋은지."

알지, 그럼. 현미는 스크린 속 현미에게 대답했다.

"나는 탐정 일을 누구도 모르게 시작했던 거야."

"오늘…… 나도 그랬거든."

이번에는 현미도 소리 내어 대답했다. 그 탓에 그만 웃음이 났다.

"제1용의자는 오현주 씨. 사근사근했지만, 노인을 가르치는 컴퓨터 강사 일로 경차이기는 해도 외제 차를 탄다는 게 의심스러웠어. 그래서 현주 씨만 쫓았지. 현주 씨가 결재 서류 같은 걸 들고 있을 때가 있더라고. 그런데 그날 현주 씨가 들어간 곳이, 아이러니하게도 화숙의 사무실이었지 뭐야. 난 죄책감이 들었지만 문을 벌컥 열고 들어갔어. 그때 '#0419_축제' 재단 사람들 얼굴을 찍어두었어야 했는데."

화면 속 현미는 그때가 생각난다는 듯이 해맑게 웃었다. 너무 안타깝다는 듯 주먹마저 쥐었다.

"나는 기습을 하는 장수의 심정으로 사장실을 습격했어. 거기서 보게 된 거야, 지금의 짝지를."

짝지……라. 참 오래전 단어다. 기억하는 한 사투리를 고친 뒤로 써본 적이 없었던 말이다. 훔쳐보듯 지유를 보았다. 지유는 스크린 속 현미의, 지금과 다른 기억으로 움직이는 그녀의 모습에 흠뻑 빠진 듯했다. 그 모습을 본 것과 거의 동시에 화면 속 현미가 오른손을 들어 재빠르게 인사를 했다. 지유도 박자를 맞추듯 오른손을 들어 현미에게 인사했다. 화면 속 현미가 말했다.

"짝지야, 사랑해."

내가, 저런 말을 아무렇지 않게 했다니. 현미는 화면 속 현미에게 느껴지는 이질감에 그만 헛웃음을 지었다. 반대로 지유는 행복한 표정으로 답했다. 나도, 우리 짝지 사랑해.

"자, 다시 갈게. 난 저 노인이 누구인지 몰랐어. 따지고 싶었는데 얼굴을 보는 순간 무서워졌던 거야. 분명 깊이 각인된 얼굴이었고 본능이 알아본 얼굴인데도 누구인지 모르겠더라고. 나…… 습격하겠다던 생각은 사라지고 도망을 쳤어. 집으로 돌아가서도 한동안 생각나지 않더라. 멍하니 TV를 틀어놓고 있는데 유니세프 홍보 대사 관련 광고가 나왔어. 거기에는 이렇게."

화면 속 현미가 새끼손가락을 내밀었다.

"유명 배우가 아이에게 새끼손가락을 거는 모습이 나와. 그때 그날이 찾아온 거야. 4월 19일 새벽, 그리고 이어졌던 날들이. 지금껏 내 반복 일상에서 몇 번이나 사과를 하겠다는 마음을 먹은 건지는 나도 몰라. 아마 기록하고 있는 민서나 의사분은 알 거야. 나를 연구하니까. 어쨌든 지금, 내가 너를 위해 이 영상을 촬영하는 이번 반복 일상에서는 지유에게 사과하고 싶었어. 적어도 지유에게만큼은 난 이중인격자였잖아. 다음 날 사무실을 찾아갔지. 해외 출장을 갔다더라고. 어이가 없어서, 내가 그랬어. 당장 비행기 돌려서 나한테 오라고 하라고."

당장 비행기 돌려서 나한테 오라고 하라고!

화면 속 현미와 영상을 보는 지유의 목소리가 겹쳤다. 지유는 이 영상을 도대체 몇 번이나 본 것일까. 지유의 눈이 화면 속에 흠뻑 빠진 모습에 현미는 묘한 감정이 일었다. 저건 화면이고 나는 실체인데, 어떻게 여기 서 있는 나를 두고. '질투'라는 단어가 떠올라 스스로 고개를 내저었다.

"공항에서 비행기가 출발 직전이었다나 봐. 그런데 세 시간 뒤에 사무실에 나타났지 뭐야. 헐레벌떡 달려온 지유를 보자 또 내가 죄를 지었다는 걸 알고 무릎을 꿇었어. 뭐 무릎을 꿇었다는 말은 비유니까 진짜 꿇었다는 상상은 하지 말고."

진짜 꿇었잖아, 지유가 낮게 읊조렸다.

"그런 뒤 솔직히 사과했지. 50년도 더 넘은 그 옛날에 내가, 너를 기만했다고. 가난하고 없이 보여서 너를 사람으로 취급하지 않았다고 말이야. 그때 지유가 그러더라."

"나는 그때 사람 아니었어, 아이였지."

이번에도 지유의 목소리가 현미의 목소리와 겹쳤다.

"지금 지유는 애가 하나, 손자가 둘. 보다시피 인권 운동가를 꿈꾸던 민서는 나를 연구하는, 박현미 전문가가 되었지 뭐야. 막내 손자 민우는 민서에 이어서 나를 연구하겠다고 의대가겠다고 하는데, 성적은 영 아니래. 현미 네가 이걸 볼 때는 의대에 갔으려나?"

그 순간 사람들이 웃음을 터뜨렸다. "이제 고3이에요, 열아

흡. 의대는 재수하면 갈지도" 하고 민서가 속삭였다.

"너는 모르겠지만 지숙 씨와 결혼해서 행복하게 살았더라고. 근데 지숙 씨가 10년 전에 뇌졸중으로 돌아가셨어. 소설가는 되지 못했지만 소설 같은 삶을 살았대. 저 남자 때문에. 나와 달랐지만 열심히 살아온 지유의 과거에 존경심이 생기더라. 무엇보다 지유가 그러더라고."

현미는, 영상 속 현미의 말에 반응해 지유를 바라보았다. 현미의 목소리가 입혀진 지유의 말이 지유의 입술에서 들렸다.

"친구한테 부끄럽게 살기 싫었어. 네가 말한 『백치 아다다』와 횡보와 공초의 글, 무엇보다 『운수 좋은 날』처럼 소중한 것을 잊고 돈을 좇는, 아니 돈만 아는 사람이 되기 싫어서 누구보다 열심히 살았다고. 언제인가 만날지 모를 내 로망에게 부끄럽게 살기 싫었다고. 아직 잊지 못한 그 사람 이름과 그의 눈동자, 입술은 내 가슴에 있으니까."

지유의 눈이 붉게 충혈되었다. 현미를 만나 사랑을 설명하고 기억을 다독이던 때와는 다른, 누구보다 열심히 살았을 지난 과거가 만들어준 눈물이 보였다.

"내가 그때 반했어. 아니 운명이라는 걸 느꼈다고 할까. 시작은 아니라 할지라도 마지막은 함께할 수 있겠다는 운명! 그걸 느낀 거야."

나도. 저 눈물을 보고 나도 그걸 느낀 것 같아. 현미는 화면 속 현미에게 속으로 말했다.

"내가 지유에게 청혼했어. 지금 봐, 지유 저놈, 돈 많은 놈이 됐거든. 물론 그 돈 다 기부하겠대. 고아들을 위해. 멋있지?"

멋있네. 현미는 화면 속 현미에게 답했다.

"같이 죽는다는 건 난센스라도, 내가 먼저든 저가 먼저든 아름답게 보내줄 수 있지 않을까."

능청스럽게 눙치는 화면 속 현미의 말에 사람들이 크게 웃었다.

"다만 반복 일상이 시작될 때는, 물론 내가 아는 것은 아니야, 그리고 지금 103일째 지속되는 동안은 반복되지 않았으니까, 여하튼 그때 내가 너무나 혼란스러워한다며 지유가 걱정했어. 많이 생각하고 어떤 결론이 좋을까. 그래서 내 목소리를, 미래의 나에게 들려주는 거야. 이 프로젝트 이름이 뭔지는 알지? 재단 이름……."

"해시태그 공사일구 언더바 축제?"

현미가 화면 속 현미에게 말했다. 화면 속 현미는 현미의 말이 들린다는 듯 고개를 끄덕였다.

"그래, 몇 번째인지는 모르겠지만……."

화면 속 현미가 기회를 준다는 듯 정면을 응시했다. 현미는 지유와 함께 화면 속 현미에게 속삭였다. "일백일흔세 번째." 지유는 놀란 표정으로 현미를 바라보았다.

"자, 여러분 축제를 시작합시다."

화면 속 현미가 일어섰다. 현미 뒤로 기다리는 사람들이 보였다. 배경은 오늘과 똑같은 식당이었다. 탁자 위에는 연탄 모양 케이크가 있었다. 짓궂은 장난 같았다. 불현듯 생각이 스쳤다. 저 장난은 내 작품이다! 영상 속 현미는 뒤에서 기다리는 사람들에게 다가가 일일이 포옹했다. 손녀가 된 민서는 몇 번이고 현미를 껴안았다. 러시아인 사장, 양아들 토치는 어울리지 않게 엉엉, 통곡했다. 민서가 세헌을 영상으로 소개했다.

"오늘 치과 봉사 갔어요. 재단을 관리하는 직책인데 저보다 직급이 낮아요."

민서가 웃었다.

화면을 보던 현미가 저도 모르게 지유의 손을 잡았다. 지유는 놀란 듯했지만 이내 맞잡은 손에 힘을 주었다. 60년도 더 넘은 그날처럼. 그때 문이 열리며 한 노인이 등장했다. 가만 저 사람은…… 수봉? 그래, 수봉이었다.

"아, 오늘도 나만 늦어버렸네."

수봉이 지유를 향해 다가오다 현미를 보았다. 수봉은 어떻게 됐느냐는 몸짓을 했다. 수봉을 향해 현미가 고개를 끄덕였다. 현미는 지유의 손을 잡은 채 수봉에게 말했다.

"저의 일백일흔세 번째 인생을 축하하러 와주셔서 감사해요. 그럼 축제를 즐겨볼까요?"

막 숨

"걱정하지 마십시오. 장담은 못 하더라도 지금보다는 나을 겁니다." 내려다보던 가운이 남자에게 말했다. "그만 들어가 보십시오."

"그게, 저…… 쉽게 발이 떨어지지 않네요. 이해할 수도 없고요."

"그런가요? 하긴 저도 뇌를 연구하는 의사가 아니었다면 납득하기 어려웠을 겁니다. 아시죠? 인간은 제한적으로 뇌를 사용한다는 사실을요."

모를 리 없었다.

세헌이 연구를 제안받았을 때 가장 먼저 그것부터 공부했다. 인간의 뇌는 기껏해야 10퍼센트 정도, 보통은 8퍼센트조차 사용하기 어렵다.

나머지 90퍼센트의 저장 공간!

이 공간에 주목한 것은 그야말로 최근이었다. 그리고 여전히 비밀에 부쳐졌다.

인간이 장수에 주목하기 시작한 건 오래전이었다. 오죽하면 성경 속 므두셀라의 나이가 969세, 태초의 인간이라는 아담은 930세까지 살았을까. 동경이자 선망이었다.

단순히 '오래 산다'에서 '건강하게 오래 산다'로 패러다임이 바뀐 것은 그리 오래되지 않았다. 특히 아프리카와 동아시아 정도를 제외한 국가에서는 저출산과 노화가 상반된 화두로 자리 잡았다. 덩달아 노인 복지는 첨단 연구 소재로 부상했다.

모르고 살았으나 필요했던 일.

첫 대항마가 치매 정복이었다.

"치매 비율이 노인 열 명당 한 명을 넘어선 지는 오래되었습니다. 관심이 없어 몰랐을 뿐이었죠."

세헌은 그제야 남자의 가슴에 오버로크로 박힌 이름을 보았다. 박대한. 박현미의 아들. 어머니가 고군분투 홀로 키워낸. 대한의 사정, 그리고 세헌의 사정.

"과거 치매 연구는 기억을 살려내는 것에만 관심을 두었습니다. 그래서 치매 유발 물질이 무엇인지, 어떻게 하면 뇌에 쌓인 아밀로이드 단백질을 제거하는지에만 집중되어 있었습니다."

하지만 죽은 뇌세포를 살리는 일은 불가능했다.

불가능에 기대느니 새로운 기억을 주입하면 어떨까! 즉 사용하지 않은 뇌에 과거의 기억을 강제 주입한다면?

"치매 유발 물질 제거는 가능해졌습니다. 그렇지만 사라진 기억을 복원해내는 일은 불가능하다는 사실을 점점 인정하게 되었습니다. 사라진 기억과 잔존하는 기억, 그 극간에 다시 기억을 주입하는 게 이 실험의 목적입니다."

실험이다. 그래서 미래를 모른다.

아버지는 '4·19 혁명'을 축제로 기억했다.

아버지에게 1960년 4월 19일이 축제로 기억된 이유는 박현미라는 여인 때문이었다. 박현미에게는 그날이 상처인 동시에 동기 부여가 된 날이었다.

아버지는 박현미를 흠모했고, 박현미는 아버지처럼 살기 싫었다.

두 사람의 인생은 그날 이후로 극명하게 갈렸다. 아버지는 안주하기보다 무엇이든 바꾸어보려 들었다. 그러나 시도는 번번이 실패했다. 한시 택시는 고용했던 기사가 무면허 인사 사고를 내며 옥살이를 했고, 지입 트럭은 원청 회사의 부도로 빚을 떠안았다. 무엇보다 택시 뺑소니를 당하며 인생은 완전히 기울었다.

그날 이후 세헌도, 그리고 아버지도 부유하게 살아본 적 없

었다. 누구보다 열심히 살았지만 잘살지 못했던 삶, 그 한 문
장이 아버지였다.

뺑소니 사고 후유증으로 아버지 뇌의 절반이 죽었다. 젊었을
때는 버텨내던 뇌가 나이 70을 기점으로 완전히 기울었다.

아버지가 의사 박대한을 찾아간 것은 그즈음이었다. 주치
의로 10년 가까이 아버지를 살폈다. 박대한의 어머니 박현미
가 교통사고를 당한 것은 3년 전, 어머니에게 극적인 변화가
찾아온 것도 그 사고 때문이었다.

도돌이표처럼 인생을 계속해서 헤집던 어머니를 살피는
일은 박대한에게 고통이었다. 어떻게든 무엇이든 하려고 덤
벼들었다. 자신이 근무하는 대학 병원에 연구 단체를 설립
한 것도 박대한이었다. 박대한이 발족한 프로젝트의 이름은
'#0419_축제'였다.

박대한의 의지가 점점 빛을 발했다. 의료에 기술 융복합을
시도했다.

걷지 못하는 노인을 전기적 치료와 보조 기구를 이용해 뛰
어다니게 만든 치료는, 별일도 아닌 축에 속했다. 박대한은
더 대담한 아이디어를 냈다.

"일단 한번 보실래요?"

박대한이 가운 호주머니에서 스마트폰을 꺼내 제어하자
녹색 선만이 부각되던 환자실의 불이 켜졌다.

유리 너머, 새근새근 잠들어 있는 아버지와 그 옆 병상에

나란히 누운 박현미가 보였다. 스마트폰으로 몇 번 더 조작하자 충전 중이던 드론이 날아올랐다.

"드론의 기능은 두 가집니다. 뇌파를 자극해 뇌를 활성화시키는 것, 그리고 끊임없이 새로운 기억을 주입하는 것입니다."

새로운 기억이란, 가공의 기억을 말했다. 다시 말해 조작된 기억.

처음에는 동의하기 어려웠다. 치매를 앓는다고 해서 과거의 기억을 버리고 새로운 기억을 주입한다니!

과거가 꼭 미래까지 영향을 끼쳐야 한다는 법은 없지 않습니까. 살았다고 해도 죽은 것과 다름없는 삶이라면 다시 살게 해주는 게 저는 나은 결정이라고 봅니다.

두 시간 가까이 세헌을 설득하던 박대한이 마지막으로 내민 것은 박현미의 일기장이었다. 사고가 난 이후, 그녀가 워드프로세서로 작성한 글.

박현미의 글을 읽으며 몰랐던 아버지의 과거 하나를 알게 되었다. 검댕을 묻히고 연탄을 찍던 아버지에 대해서. 세헌은 아버지에게 물었다.

"1960년 4월 19일 기억하세요?"

치매를 앓던 아버지는, 희한하게도 그날을 묻자 환하게 웃었다.

"어라, 수봉아. 오늘 현미 만나기로 했잖아?"

아버지는 세헌을 수봉이라 불렀다. 그리고 마치 아이가 된 것처럼 그날을 재잘재잘 말했다. 기뻐하며, 행복해하며, 그리고 동경하고 선망하며. 아버지는 쐐기를 박듯 이렇게 말했다.

"나도 고등학교 다니고 싶다."

나도 고등학교 다니고 싶다.

고등학교. 그게 뭐라고. 오늘을 사는 사람들에게는 아무것도 아닌 일인데.

이런 기억이라면 다시 바꾸어준다 해도 괜찮지 않을까. 부유하고 성공한 인생을 사는 아버지로.

날아오른 드론은 뇌파를 자극하며 계속해서 이야기를 주입한다. 세헌이 되어, 민서가 되어, 그리고 현미와 지유가 되어. 말하고 떠들고 노래한다. 더불어 아버지와 박현미, 두 사람의 뇌는 상호 기능하고 작용한다. 인간이 사용하지 않는 90퍼센트의 뇌에 서로가 간섭하는 기억으로 저장하도록. 다만 그 기억이 자리 잡을 특정 시기까지는 계속해서 잠을 재운다.

자면서 듣고 자면서 꿈꾼다. 꿈이 기억이 될 때까지.

"깨어나지 않는다 해도, 행복하시겠지요?"

눈물이 맺혔다는 걸 그제야 알아차렸다.

박대한은 잠시 주저하는 듯했다. 그러나 힘차게 고개를 끄덕였다. 그의 눈에 뒤늦게 눈물이 맺혔다는 사실을 세헌은 알아차리지 못했다.

박대한은 어머니에게서 과감히 자신의 기억을 제거하려 들었다. 물론 그 시도가 먹힐지 어떨지는 모른다. 박대한에게는 박대한의 사성이 있는 것이다. 그것마저 세헌이 묻고 알아야 할 권리는 없다.

언젠가는 일어날 것이다. 그리고 일어설 것이다. 아버지도 박현미도. 두 사람이 1960년 4월 19일부터 새로 시작한다고 해서 타박할 이가 누구일까. 두 사람에게 더없이 특별했던 날! 비록 누군가에게는 상처인 그날이, 아버지에게는 축제였으니까.

일요일이면 으레 아버지와 동생들이 함께 목욕했다. 제일 여고 아래 앵화탕에서 나는 아버지를, 아버지는 내 등을 밀어주었다. 목욕을 마치고 나면 유리병에 든 부산우유를 톡 소리가 나게 눌러 마셨다.

아버지는 가난했고, 가난한 사람의 특기라는 듯 근면과 성실 하나만으로 세월을 이겨냈다. 어려서는 넝마주이를 했고 연탄을 찍었으며 드센 사람만 살아남는다는 부둣가에서 온갖 거친 일을 마다하지 않았다.

그런 아버지도 일요일이면 아들들과 목욕탕에 갔다. 적어도 내가 직장인이 되기 전까지 빠지지 않던 의식이자 가족애였다. 때론 친구인 수봉 아재 가족과 함께 가기도 했다. 보통은 우유로 마무리할 과업에 부록이 붙을 때가 있었다. 바로 아버지의 과거사였다.

소설의 모티프가 된 4월 19일의 이야기 역시 목욕탕에서 들은 이야기였다. 아버지는 무참한 폭력에 노출된 그날을 '처음으로 여고생의 손을 잡은 날'로 미화시켜 기억했다. 굳이 분석하자면 무드셀라 증후군이라고 아들놈이 아는 척을 하는 것이겠으나, 아버지에게는 잊지 못하는 마음 한편의 자부심이었으리라.

무릇 4·19다!

1960년 4월에 일어난, 민주주의의 혁명!

그렇게 보자면 이 글은 이질적일지도 모르겠다. 굳이 변명하자면 문학적 엄숙주의를 배제하고 싶었다. 거기에 얄팍하나마 아버지에게 일어났던 작디작은 실화 하나를 발화점으로 삼고 싶었던 아들의 욕심을 엮었다.

이제 고인이 되신 할머니도, 아버지도 누구보다 열심히 살았다. 아버지의 친구들 역시 마찬가지. 그분들에게 작게나마 소설이라는 이름으로 무한한 감사를 대신한다. 더불어 근면하고 성실하게 살아가는 모든 사람이 잘사는 세상이 되기를 바라고 꿈꾼다. 그 바람으로 작가의 말을 갈음한다.

달빛

#축제_0419

초판 1쇄 인쇄 2023년 4월 10일
초판 1쇄 발행 2023년 4월 19일

지은이 달빛
펴낸이 김문식 최민석
총괄 임승규
기획편집 박소호 김재원 이혜미 조연수
　　　　　김지은 정혜인 김민혜 명지은
디자인 배현정
제작 제이오

펴낸곳 (주)해피북스투유
출판등록 2016년 12월 12일 제2016-000343호
주소 서울시 성북구 종암로 63, 5층 (종암동)
전화 02)336-1203
팩스 02)336-1209

© 달빛, 2023
ISBN 979-11-6479-736-3 (03810)